Le projet Ithuriel

Michèle Laframboise

Le projet Ithuriel

ROMAN D'ANTICIPATION

David

Catalogage avant publication de Bibliothèque et Archives Canada

Laframboise, Michèle, 1960-
   Le projet Ithuriel / Michèle Laframboise.

(14/18)
Publ. aussi en formats électroniques.
ISBN 978-2-89597-275-4

   I. Titre. II. Collection : 14/18.

PS8573.A3647P76 2012   jC843'.54   C2012-906305-3

Les Éditions David remercient le Conseil des Arts du Canada,
le Secteur franco-ontarien du Conseil des arts de l'Ontario,
la Ville d'Ottawa et le gouvernement du Canada par l'entremise
du Fonds du livre du Canada.

Les Éditions David   Téléphone : 613-830-3336
335-B, rue Cumberland   Télécopieur : 613-830-2819
Ottawa (Ontario) K1N 7J3   info@editionsdavid.com
www.editionsdavid.com

À la nouvelle génération qui bâtira,
je l'espère, un avenir différent

À Josette Laframboise,
poétesse discrète

La carte du mal s'étend
Et vous restez impuissants

Niagara, *La vérité*

"Him thus intent Ithuriel with his spear
Touch'd lightly; for no falsehood can endure
Touch of celestial temper, but returns
Of force to its own likeness: up he starts
Discover'd and surpris'd."

John Milton
Paradise Lost

Mon père est le troc
Ma mère la propriété privée
Je suis leur enfant aveugle

Poème indigné, 2011

Prologue

Proche-Orient, 1982

Hadi court comme une chèvre, un sac de jute bondissant sur son épaule. Le couvre-feu risque de le surprendre hors du camp. Un grondement le fait sursauter. L'enfant lève la tête à temps pour voir une flèche d'acier fendre l'azur. Depuis une semaine, des avions de chasse labourent le ciel, y traçant des sillons de bruit et de peur. Il se planque sous un escalier de métal tordu. Des tirs d'obus griffent l'air sans atteindre l'avion qui poursuit son vol. Les batteries martèlent leur présence, puis le silence revient. Hadi sort de sa cachette et reprend sa course.

Il brûle de montrer à sa mère le sac d'oranges qu'il a obtenu de l'officier, en échange des douilles, des briquets et des cartons de cigarettes qu'il a ramassés dans les ruines. Elle lui pardonnera, même si elle n'aime pas ses escapades. Hadi traverse le dépotoir déserté par les éboueurs chargés d'enfouir les immondices. Un barrage militaire ferme la route de terre qui mène à leur camp, un amas de huttes hâtivement dressées avec des plaques de tôle, autour d'un noyau de tentes. Les réfugiés attendent la reconstruction de leur ville depuis des mois. Aucune équipe ne s'est encore présentée.

Le garçon se souvient de leur maison. Dans leur cour arrière, il revoit le potager, plus deux orangers et un abricotier. Un des premiers obus a détruit le potager. Le suivant a anéanti leur maison, tuant son père, dont le visage buriné recule lentement dans les souvenirs de l'enfant.

Hadi montre sa carte au barrage routier. Un soldat lui envoie un sourire, comme un drapeau brièvement agité. Son fusil d'assaut lui cisaille l'épaule. C'est à peine un adolescent. Lui et ses camarades gardent leur camp contre les pillards. Le garçon s'arrête devant une grande tente blanche, d'où un poste de radio crachote des bribes de nouvelles, morceaux éparpillés d'un casse-tête incompréhensible. Le père François-Xavier de l'Enfant-Jésus y tient une classe pour les enfants du camp. Ses yeux veinés, empreints de gentillesse derrière des lunettes rondes, distillent l'espoir. Il a souvent un bon mot – et parfois une friandise – pour Hadi. Il répond de son mieux à ses questions sans cesse plus nombreuses sur la guerre.

Le jeune garçon fait un pas timide à l'intérieur. Il reconnaît la carte du monde suspendue au pilier central, une mosaïque irrégulière de pièces parfaitement emboîtées. Le vieil homme n'est pas là. Sans doute est-il parti visiter un malade, régler une dispute entre réfugiés ou négocier avec le *boss* du camp. En son for intérieur, Hadi est convaincu que le bon père saurait faire entendre raison aux soldats ennemis qui ont bombardé leur ville. Ouvrant son sac, il y pige une orange. Elle est molle, ayant séjourné à la chaleur, mais aucune moisissure ne tache sa pelure. Le garçon la dépose sur la table pliante. Le père mange peu. Il dit en riant qu'il a un appétit d'oiseau, mais Hadi le soupçonne de sacrifier ses rations pour d'autres affamés.

Il contourne prudemment par l'arrière la tente de Malik, le *boss* du camp. Les rires qui s'en échappent sonnent faux aux oreilles de l'enfant. Le père Xavier ne s'y trouve sûrement pas. L'enfant chemine jusqu'à une cabane dont le mur de tôle arbore une publicité de Gitanes. Sa mère se tient devant l'entrée, un bidon d'eau potable à ses pieds.

– Tu reviens tard ! gronde-t-elle. Tu sais que les soldats tirent à vue, après le couvre-feu !

Malgré le reproche, Hadi devine qu'elle est secrètement fière de sa débrouillardise. Demain, elle échangera ses fruits contre d'autres denrées, chez le *boss*. Hadi n'aime pas cet homme trop gras qui vole les réfugiés, mais lui et ses cogneurs ont un accès privilégié aux rations. Tous les commerces, licites et illicites, transitent par la tente de Malik. On ne peut l'éviter.

Sou-Sou jubile à sa façon. Elle s'est levée pour se balancer au cou de son grand frère. Elle est encore fiévreuse malgré les comprimés obtenus à prix fort. Ce soir, ils festoient avec une des oranges. Sa mère n'en mange qu'un quartier, laissant les enfants se partager le fruit qui améliore leur ration. Hadi joue avec sa petite sœur, lui inventant des jeux. Il espère qu'un jour, elle pourra courir sur une pelouse plutôt que sur un sol boueux, foulé par des milliers de pieds. Une fois la petite endormie, il étudie à la lueur d'une chandelle, dans un livre grugé par les insectes. Le père Xavier dit que, s'il s'applique bien, il sera accepté dans un des collèges de Beyrouth, pour y apprendre un métier utile. Hadi rêve de pouvoir redonner une maison à sa mère et à sa sœur.

Un rugissement de réacteurs éclate au-dessus des toits, si fort que le garçon sent la pression contre ses tympans. Il retient son souffle. Aucune

explosion ne crève la nuit. Hadi respire. Ils ne font
que passer. Seulement passer.

Montréal, 2042

Les News
qui comptent pour vous

■ **Le mardi 20 mai 2042** ■
Une publication de *Magna Media* inc.

L'invasion du Complexe Orphée par des casseurs provoque la démission de son directeur

Le Complexe Orphée a été le théâtre de la plus grosse manifestation de grogne populaire depuis l'ère des Choix difficiles. Des casseurs ont causé des millions de dommages et nui aux recherches. L'ancien orignal des manifs, Antoine Comtois, aurait même été aperçu sur les lieux, mais la police ne confirme aucune arrestation. Le directeur, Kane Sardan, a remis sa démission juste avant d'être arrêté pour meurtre sans préméditation.

Un chercheur controversé disparaît

Le révérend Jéroboam Black, qui menait des recherches neurologiques, a disparu pendant la aura lieu à la station Davos. Jude Lightning, patron du *Tactical Operation Center*, affirme : «Pas de danger que des manifestants viennent nous déranger en orbite ! »

Le Forum, qui réunit les têtes dirigeantes des plus grandes banques et compagnies, sera présidé par Arthur Lansdowne, le charismatique pdg de Lansdowne Future. Pour régler le problème de l'Europe ravagée par une succession de crises, on s'attend qu'il propose une remise de dettes. Toutefois, Boris Poutine, le puissant oligarque russe et principal créancier des banques européennes, s'oppose à cette idée. Le sommet abordera également la question névralgique de l'état de la banquise artificielle. Une rencontre préliminaire se tiendra aujourd'hui dans les bureaux sécurisés de *Lansdowne Future*, à la Pyramide du Mont-Royal.

Les *Yacht People* font exploser les prix du Plateau

Le visage de Montréal change constamment et les jeunes les plus instruits quittent en masse les pays asiatiques affectés par la hausse du niveau des mers. Le *Democratic Advancement Group* affirme que les qualifications élevées de ces arrivants les placent aux meilleures loges du marché de l'emploi, au point que bien des Québécois se contentent d'emplois dans le secteur des services, ou s'exilent à leur tour dans des pays émergents.

Bientôt un remède contre la *bitcheuse* ?

Une équipe américaine de la *Mighty Lord University* affirme avoir mis au point un traitement plus efficace contre la « bitcheuse » des pays émergents.

Bientôt un remède contre la *bitcheuse* ?

Une équipe américaine de la *Mighty Lord University* affirme avoir mis au point un traitement plus efficace contre la « bitcheuse », qui prolongerait artificiellement la période de dormance du rétrovirus. Tous les espoirs sont donc permis pour les nombreux porteurs de la variété C-38 du sida, qui s'attaque au système nerveux et affaiblit le système immunitaire. Pour le moment, le remède n'est pas à la portée de toutes les bourses; nombre de porteurs doivent se rabattre sur un traitement palliatif basé sur des stimulants immunitaires.

Des thérapeuvirus qui font reculer la mort

Le Dr Kane Sardan a présenté à la presse ses récents thérapeuvirus, conçus pour lutter contre le cancer. Phare de la recherche industrielle dans l'est du Canada, le Complexe Orphée possède le plus puissant bioordinateur du continent. Plus de 90 % des malades traités avec les derniers thérapeuvirus, montrent des signes d'amélioration. Interrogé lors d'un bal de charité tenu à la Pyramide, le Dr Sardan espère obtenir plus de fonds pour mener ses recherches.

Le mouvement *GodWar* ouvre un bureau à Québec

Le populaire mouvement de renouveau chrétien *GodWar* a ouvert un autre bureau dans la ville de Québec. Soutenu par le puissant fonds *Preachers*, dont les actifs de plus de 800 milliards

Preachers, dont les actifs de plus de 800 milliards de dollars sont investis dans des projets humanitaires, le mouvement *GodWar* se présente en gardien de la moralité. Tous ses membres affirment souhaiter l'avènement d'une société céleste.

Un bâtisseur du Canada salué

L'ancien premier ministre Oscar Saint-Onge a été honoré lors du dernier bal de charité à la Pyramide. Saint-Onge a en effet piloté d'une main de fer l'ère des Choix difficiles, qui a marqué une mutation profonde au Canada. Tous s'accordent pour souligner la vigueur de l'économie maintenant libérée de toute entrave.

Un autre attentat déjoué par le *TOC*

La vigilance du *Tactical Operation Center* a permis d'arrêter des membres d'un groupuscule qui préparaient un attentat contre l'hôtel de ville de Montréal. Des explosifs ont été découverts et quatre arrestations effectuées. Interrogé, Jude Lightning, patron du *TOC*, affirme qu'il ne peut divulguer ses méthodes de détection.

La génération A1 la plus performante

Une récente étude du *Démocratic Advancement Group*, montre que les enfants nés entre 2010 et 2025 sont motivés et performants. Ayant vu leurs parents de la génération Y supplantés par la technologie et les arrivants qualifiés, ils ont pour devise de tout faire pour être les meilleurs. Si certains traitent ce mode de pensée de « loi de la jungle », d'autres y saluent le triomphe de l'esprit d'entreprise hérité de l'ère des Choix difficiles.

ils ont pour devise de tout faire pour être les meilleurs. Si certains traitent ce mode de pensée de « loi de la jungle », d'autres y saluent le triomphe de l'esprit d'entreprise hérité de l'ère des Choix difficiles.

Culture : la troupe *Equinox* triomphe dans la grosse Pomme

La dernière chorégraphie de Hugo Santerre a été acclamée à New York, malgré un incident technique.

En effet, la jeune et prometteuse Cassandre Comtois devait danser sur la face nord de l'édifice de la *Morgan-Paulson Financial*. Des lasers indiquaient des appuis aléatoires, que la danseuse devait atteindre dans un délai minimal. L'acrobate de 19 ans a raté un appui et a chuté de huit étages, avant que son harnais de sécurité ne la retienne. L'artiste n'a souffert que de blessures légères. Le directeur a démenti que la danseuse ait consommé des drogues avant sa performance. Toutefois, l'absence de la jeune femme, officiellement en repos, fait courir les rumeurs. Rappelons que Cassandre est la fille de l'activiste Alminthe Comtois, qui purge une peine dans un camp du Nord, pour entrave économique.

CHAPITRE 1

Au bas de la Pyramide

Habituée à l'éclairage tamisé de son cocon, Lara avance à pas hésitants. Une vive lumière bleue la fait larmoyer. Elle s'appuie à un arbre. Ses doigts curieux tracent l'écorce rugueuse. Son ventre grouille avec insistance. Un goût amer lui reste dans la bouche. Ses paumes râpées et ses ongles brisés lui rappellent les fils arrachés, le coffre ouvert, une grille déchirée, puis une longue glissade sur un mur incliné. Au bas du mur, un tapis spongieux a amorti sa chute. Lara s'est retrouvée sur une bande de terre couverte de fleurs et d'arbres. Elle ne sait plus ce qui l'a poussée à se sauver. Sa mémoire fuit comme un pot percé, en une coulée de boue noire et visqueuse qui charrie des cauchemars : l'image d'une coupole rouge de flammes et d'une maison ronde déchiquetée dans la nuit…

Elle regarde le paysage devant elle : le bleu se divise en un ciel brillant et une plaine couverte de maisons, poussées là comme des herbes grises. Un grondement liquide s'élève sur sa droite. Lara se fraie un chemin entre d'autres arbres, fascinée par cette nouveauté. Elle n'a jamais vu d'eau monter si haut en l'air.

* * *

Cassandre Comtois fixe le rideau de *niouzes* sur le rempart qui encercle la gigantesque *Fontaine de la Croissance.* Les embruns lui mouillent le dos, mais elle n'en a cure : sa vie vient de se terminer. Les larmes lui viennent aux yeux. C'est pire qu'une peine d'amour, une peine de *job*. Elle relit l'article qui défile sur le film de cellules actives. Sa main traverse l'image virtuelle et touche le béton strié derrière.

La troupe *Equinox* triomphe dans la grosse Pomme, malgré un incident technique.

La vidéo montre sa dernière performance, en accéléré. Suspendue par des câbles, Cassandre bondit comme une araignée noire sur la façade illuminée par des projecteurs ; ses pieds et ses mains trouvent sans peine les appuis, suivant les marques au laser rouge. Puis, surviennent le faux pas et la chute. Le système du treuil n'a pas réagi à temps !

Le directeur a démenti que la danseuse ait consommé des drogues avant sa tragique performance. Toutefois, l'absence de la jeune femme, officiellement en repos, fait courir les rumeurs.

Elle serre les poings ; ses griffes d'acier s'enfoncent dans ses paumes. Dans le train qui la ramenait de New York, elle a revu l'incident sur vidéo une centaine de fois. Rien ne justifie la décision de la mettre en congé forcé. D'ailleurs, elle n'a jamais touché à la drogue ! Enfin, juste une fois, lors des épreuves qui départageaient les candidates. La concurrence était si féroce que les filles incapables de se payer des traitements hormonaux en prenaient. Cassandre, qui jouit d'une cote d'artiste élevée, compte dans sa tête les milliers d'heures d'entraînement intensif, les dures répétitions, les multiples blessures, les muscles étirés, les modifications de son corps et les cinq années de spectacles... Tous ces efforts, pour en arriver là.

– Cassandre ? Ça va ?

L'oncle Antoine vient de remarquer ses larmes. Il grogne en lisant à son tour le mot gentil publié sur sa sœur... Il lève la tête vers le fouillis de plantes et d'arbrisseaux de la terrasse principale. L'endroit est fermé au public. Antoine décide de laisser la jeune fille cuver son chagrin.

– Bon, dit-il, tant qu'à avoir payé mon billet d'entrée, autant en profiter. J'vais prendre le sentier du belvédère. T'auras juste à m'y rejoindre.

Il regrette presque d'avoir accepté cet arrêt à Montréal, en route pour sa ferme où il a invité sa nièce à se refaire une santé. Après cinq ans aux USA, Cassandre a insisté pour visiter la fameuse Pyramide du Mont-Royal... « Faut avouer qu'elle vaut le coup d'œil », se dit Antoine en se grattant la barbe.

La structure occupe la même surface que celle de Khéops, soit un carré de 230 mètres de côté. Toutefois, ses boutiques de luxe, ses trente étages de condominiums et ses projecteurs lasers n'empruntent rien à l'Égypte ancienne. Une lame de verre en traverse la face sud, laissant deviner des salles de gala que le commun des mortels ne verra jamais. Le soir, la Pyramide brille d'un éclat doré, alors que l'énergie solaire emmagasinée dans son revêtement est renvoyée aux étoiles. Des terrasses en escalier ceinturent l'édifice, chargées d'essences rares, certaines rescapées du défunt jardin botanique. Le parc s'étend sur la moitié du Mont-Royal, jusqu'au lac aux Castors. Évidemment, le grand public n'a accès qu'aux parterres dominés par le jet de la grande fontaine.

Antoine soupire. Sa sœur s'est tellement démenée pour empêcher cette construction... Elle n'a jamais compris que défiler avec des pancartes ne revient qu'à gigoter sous la botte des puissants. Arthur Lansdowne a joué du chéquier, faisant pleuvoir des dizaines de millions sur Montréal, baptisant des arénas, des parcs et des écoles. À l'insistance du maire Viger, qui ne voulait pas paraître trop laquais, l'oligarque a conservé ce parc, dans lequel on laisse le bon peuple se dérouiller les jambes moyennant une entrée à deux dollars post-crise. Antoine s'est exilé en Estrie longtemps avant la première pelletée de terre.

Le sentier qu'il a choisi passe près d'un chêne basculé aux racines grimaçantes. Des travailleurs temporaires ébranchent l'arbre. Ce sont des jeunes Mexicains ou des Haïtiens en transit, à l'exception d'un jardinier grisonnant au teint plus pâle, qui vaporise un produit sur les racines d'un pin. « Deux cents ans de syndicalisme pour en arriver aux boulots-tempos ! » se dit amèrement Antoine. Au bout de cinq minutes, il gravit les marches du belvédère qui permet d'admirer Montréal au-delà de la muraille qui enserre le Parc. En se tournant, il peut encore voir la fontaine, de loin. Un touriste américain dicte ses impressions à l'agenda accroché à son cou. L'appareil convertit ses paroles en texte, lequel sera aussitôt affiché sur sa portion de Filet. Antoine se demande si quelqu'un se souvient encore des claviers.

CHAPITRE 2

Au sommet de la Pyramide

Appuyé contre la vitre inclinée, le propriétaire de la Pyramide regarde les gens aller et venir dans le parc. Gros comme un grain de riz, l'implant enfoui sous son oreille interne est capable de puiser dans le Filet les noms et les données personnelles de tous les visiteurs qui arpentent les sentiers. Pour le moment, l'appareil minuscule est inactif, les ondes ne pouvant pénétrer dans la salle de réunion scellée. Arthur Lansdowne s'en passe aisément, tellement les gens se ressemblent. La petite adolescente blonde qui pleure devant la fontaine : une peine d'amour. À ses côtés, le gros barbu en jeans usés a le mot « perdant » inscrit sur le visage.

— Qu'est-ce qu'on fait pour la banquise ?

Il pivote. Jude Lightning, le corpulent directeur du *Tactical Operation Center*, vient de poser la question qui le taraude. Le haut gradé le fixe d'un air malicieux, comme pour signifier « J'avais raison ». La réunion de préparation du Forum tire à sa fin. Pour éviter l'espionnage, Arthur a exigé la présence de tous les participants, une consigne que tous ont respectée, sauf le général Lightning, arrivé avec douze minutes de retard.

— On abandonne ce projet, suggère le ministre de la Croissance économique, Aimé Brossard. Notre déficit grossit.

— Avez-vous songé aux réactions du public ? demande Arthur.

– J'admets que la banquise était un projet rassembleur, dit le ministre.

– Nous saurons faire accepter cet abandon, affirme Octave Saint-Onge, d'une voix chevrotante.

Malgré ses 92 ans, l'ancien politicien a refusé une retraite dorée. Son expérience de *spin doctor* demeure très recherchée, tant au gouvernement que dans le secteur privé. Lors de son passage à la tête du pays, Saint-Onge a piloté d'une main de fer l'ère des Choix difficiles, privatisant les hôpitaux, les universités et les organismes de protection du public. Son principal fait d'armes a été d'imposer la stérilisation et le marquage des trafiquants et des meurtriers. Le slogan de sa campagne, «Étouffer le crime dans l'œuf», a su plaire aux classes laborieuses.

Arthur ne l'aime pas, mais il a un impérieux besoin de son outil, le *Democratic Advancement Group* ou *DAG*. «Une dague affûtée pour découper l'opposition», pense-t-il. La démocratie est devenue un déguisement que les fortunés enfilent pour protéger leurs acquis. Des organismes spécialisés, comme le *DAG*, savent faire avaler les remèdes prescrits à la population. Leurs publicités, leurs sondages et leurs rassemblements « spontanés » s'avèrent des bijoux de manipulation en douceur.

– J'ai fait préparer une stratégie pour blâmer l'un des partenaires privés du Pacte Boréal, annonce Saint-Onge.

– Boris Poutine ? demande Lightning, narquois.

Saint-Onge lui jette un regard surpris.

– Vous êtes une plus fine mouche que je ne le pensais, général Lightning !

Arthur a rarement vu le vieux stratège aussi ennuyé.

— Je croyais qu'on s'était mis d'accord pour blâmer les bureaucrates incompétents, dit-il pour calmer les esprits de ses invités. Nous avons formé le consortium *Phoenix*, avec les pétrolières, pour gérer la construction de cette banquise.

— Une banquise très profitable, Monsieur Lansdowne, fait remarquer le général. Vous êtes en discussion avec le fils Poutine pour obtenir la signature d'un Pacte Boréal renouvelé, ce qui vous permettrait de demander plus de fonds aux gouvernements.

Arthur en a le souffle coupé. Comment Lightning sait-il cela ? Ses rencontres avec Boris ont eu lieu dans le plus grand secret. Le chef du *TOC* s'est renversé sur son siège, l'air satisfait. Son organisme veille sur la prospérité de l'Amérique du Nord et coordonne la lutte antiterroriste avec les autres agences de renseignement. Un peu avant cette réunion, Lightning a fait allusion à un nouvel outil de cueillette d'information, qui pourrait rivaliser avec les meilleurs services d'espionnage. « L'aurait-il trouvé ? » se demande Arthur.

* * *

Une dizaine de minutes plus tard, Oscar Saint-Onge et les ministres sont repartis. Arthur et le général Lightning se sont retirés dans un salon d'où la vue de Montréal, dans toute sa splendeur, console des pires déceptions financières. Un homme voûté dépose un plateau de café sur la table.

— Merci, Jamie, dit Arthur.

Intraitable en affaires, Arthur a pourtant gardé l'ancien chauffeur de sa mère près de lui. Il lui sert de secrétaire autant que de maître d'hôtel. Le domestique tourne son visage parcheminé vers le général.

— Sucre ? Crème ?

— Ni l'un ni l'autre, dit le militaire. Pas de compromis !

Une fois le serviteur sorti, le général va directement au fait.

— Monsieur Lansdowne, j'imagine que vous êtes curieux.

— En effet, votre démonstration m'a impressionné. Je n'aurais jamais cru qu'on puisse moucher ce vieux renard de Saint-Onge !

— Les renseignements sur ses intentions me sont parvenus neuf minutes avant le début de votre réunion.

Arthur renverse presque sa tasse.

— Comment avez-vous fait ?

— La... l'installation se trouve deux étages sous nos pieds.

— Dans ma pyramide ? s'étonne Arthur. Je n'aime pas cela.

La Pyramide abrite des pied-à-terre luxueux, des points de contacts entre les membres de la classe affaires qui dirigent la planète, mais aucun service d'espionnage.

— Le même projet nous a aidés à identifier les responsables des derniers troubles. Cependant, les fonds que le *TOC* peut consacrer à notre travail sont limités. Nous avons beaucoup de chats à fouetter, avec la préparation du Forum.

Arthur fixe les volutes de vapeur qui s'élèvent de sa tasse. Son regard dérive vers la bibliothèque et un cadre appuyé contre les livres : deux garçons se chamaillent dans l'eau, au bord du lac Simcoe, à une époque plus simple de sa vie… Il revient au présent.

— Vous avez donc pensé à moi pour vous financer, dit-il. Soit, montrez-moi cette installation.

* * *

Incrédule, Aléna Cyn fixe l'intérieur du caisson tendu de blanc. Le petit oreiller porte la trace d'une tête. Des tubes pendent à leur crochet, du sérum incolore en coule, tachant le matelas. Le couvercle a été repoussé avec force.

— Comment a-t-elle pu s'enfuir ? s'étonne le général.

— C'est ça, votre projet ? s'exclame Arthur Lansdowne, les poings sur les hanches.

La jeune femme se garde bien de montrer son désarroi devant deux hommes aussi redoutables. Bien que le général ait lui-même insisté pour procéder à une démonstration à la Pyramide, en l'absence du chef de projet, cet accroc professionnel peut être fatal à sa carrière.

— Sous l'effet du sérum, elle a… de la ressource, répond Aléna.

Elle montre la vitre brisée, la moustiquaire déchirée.

— Il n'y avait personne d'autre dans la pièce ? demande le général, en montrant les écrans et les sièges qui encombrent la salle voisine.

— Je vous l'ai dit : lors d'une démonstration, ce caisson doit être isolé. Les appareils électroniques, les ondes et même les personnes nuisent à la cueillette de renseignements.

Arthur Lansdowne observe la fenêtre, juste assez large pour y passer la tête. Il devine que le *projet* s'y est faufilé et a dévalé la façade inclinée de l'édifice.

— J'espère que votre *projet* n'entachera pas la réputation de ma pyramide !

CHAPITRE 3

La fontaine de la Croissance

Lara s'est approchée, fascinée par le jet qui monte en répandant une fine brume. Un arbre aux branches tombantes comme un rideau vert lui obstrue la vue. Elle grimpe une petite butte, puis écarte les rameaux couverts de feuilles minces pour mieux voir. Dans la vapeur d'eau s'élève un arc transparent, une glissoire pleine de couleurs, aussi belle qu'un rêve. Lara avance encore pour l'attraper... et son pied rencontre le vide. Poussant un cri de frayeur, l'enfant agrippe par réflexe une poignée de rameaux fluides. Elle comprend trop tard que l'arbre – et tout le jardin – se trouvait au bord d'un autre mur. La branche flexible commence à plier. Lara jette un coup d'œil sous ses pieds : le sol est trop bas ! Et, sur le mur, plein d'images bougent !

Des mottes de terre s'écrasent près de Cassandre, en même temps qu'un hurlement lui fait lever les yeux. Grâce à ses cornées modifiées, elle repère une petite fille en robe bleue accrochée à la branche d'un saule qui ploie dangereusement. Que faisait-elle sur les terrasses privées ? L'enfant n'aura jamais la force de remonter. Ses doigts glissent sur les feuilles. Si elle lâche prise, une chute depuis la terrasse lui garantit des os brisés. La branche ne tiendra pas longtemps. Cassandre bondit vers le mur d'infos.

L'acrobate s'élève en de rapides mouvements d'araignée, se servant de la surface derrière le flot d'images virtuelles. Ses pieds trouvent les fissures entre les plaques de béton, ses ongles durcis s'insèrent dans les moindres cavités. Elle a vite dépassé le niveau de la deuxième vasque, où un puissant moteur pousse l'eau vers le ciel. Les dangers s'empilent à mesure qu'elle s'élève : elle n'a pas de harnais. Si l'enfant lui tombe dessus, les deux filles s'écraseront en contrebas, sur le ciment. En plus, les embruns de la fontaine rendent glissante la surface du mur... Arrivera-t-elle à temps pour aider l'enfant à remonter sur la terrasse ?

CRAAC !

Grattée par la pierre, la branche vient de céder. La fillette tombe, des rameaux verts dans les mains. Cassandre écarte les bras, qu'elle referme sur la petite fugueuse. Au moment où elle bascule sous l'impact, ses genoux se détendent comme un ressort. Son corps décrit une parabole qui s'achève dans la vasque surélevée de la fontaine. L'eau froide lui coupe le souffle. Ses pieds patinent sur le fond tapissé d'algues. Son visage crève la surface. Elle s'efforce de garder la petite fille hors de l'eau, mais les gouttes poussées à trente mètres de hauteur retombent en une pluie violente et glacée. L'enfant tousse, ses cheveux noirs plaqués sur la tête. La jeune danseuse cherche à tâtons le bord extérieur, assourdie par le grondement du moteur. Soudain la pluie s'arrête.

— Hé, les petites, c'est pas une piscine ! crie une voix, avec un accent anglais.

Glissant et patinant, Cassandre s'installe à califourchon sur le bord, à trois ou quatre mètres au-dessus du grand bassin inférieur. Un jardinier aux cheveux gris y patauge, une bonbonne de pesticide attachée au dos. Cassandre fait descendre la petite fille au bout de son bras. L'homme s'étire et lui attrape les jambes.

— Je l'ai ! dit-il.

Il pose la fillette sur l'accotement du bassin, puis tend à nouveau les bras. N'ayant aucune envie de se jeter au cou d'un *tempo* au moins trois fois plus âgé qu'elle, la jeune fille saute de côté. Elle atterrit si fort qu'elle éclabousse l'homme.

— Petite étourdie ! gronde-t-il. Tu as de la chance d'être encore en vie, après cette cascade ! Si j'étais ton père, je…

Déjà irritée, Cassandre remarque le boîtier de son agenda, ruiné par son immersion forcée.

— J'ai pas de père, pis il se fiche bien de c'qui m'arrive ! s'écrie-t-elle, sans réviser la logique de sa réponse.

— J'ai bien envie de le remplacer…

Il attrape le poignet de Cassandre avec une vigueur inattendue. L'ancienne acrobate de la troupe *Equinox* s'apprête à lui laisser un souvenir de ses ongles modifiés, lorsqu'elle remarque les éraflures sur ses mains, là où le béton a frotté.

— Tu vas devoir désinfecter ça, ma grande ! conseille-t-il, sans la lâcher.

Cassandre grimace. Comme tout le monde, l'homme se trompe sur son âge. Une poitrine menue et un visage de lutin davantage exposé aux projecteurs qu'au soleil n'aident pas à corriger cette première impression ; pas plus que les yeux immenses, bleus et limpides, hérités du père absent. Une nuée de curieux s'est condensée autour d'eux. L'employé les tance vertement, en trois langues.

— *Ni kan shemma* ? *Was it good* ? Alors, le spectacle était bon ?

Les promeneurs, surtout des Chinois, se dispersent. L'employé se désintéresse de Cassandre pour examiner l'enfant. La petite fille doit avoir huit ou neuf ans. Ses longs cheveux sont noués en une tresse détrempée. Un beau saphir taillé pend à son cou. Elle porte une robe de soie lotus turquoise, dont les imprimés fleuris miroitent au soleil. Cassandre note avec un brin d'envie que même les algues n'ont pas laissé de traces sur le vêtement luxueux. Pourtant, la maigreur de la fillette et ses ongles rongés contrastent avec l'opulence de sa tenue. Ses pommettes saillantes et son teint de porcelaine accentuent l'impact de ses yeux, si noirs qu'on n'y distingue pas l'iris de la pupille. L'encolure déchirée de la robe laisse voir un disque orange, juste sous la clavicule droite. On dirait une capsule de bouteille collée sur sa poitrine.

— Qu'est-ce que c'est ? s'écrie Cassandre.

L'employé semble aussi étonné qu'elle.

— Un port d'injection, dit-il, sa colère évaporée.

— À quoi ça sert ?

— À introduire des médicaments sans devoir percer une veine chaque fois.

Parce qu'elle a enduré des dizaines de prises de sang exécutées par des aide-infirmières tatillonnes, Cassandre comprend l'utilité du gadget. Le jardinier s'agenouille devant la fillette, qui n'a pas dit un mot. Il tapote de l'index la vignette sur sa combinaison de travail : *S. Brunswick, Maintenance.*

— Je m'appelle Stephan, se présente-t-il. Et toi ?

— La… La-ra.

— C'est un beau nom, Lara !

Il sourit, faisant naître un éventail de plis au coin de ses yeux.

– Bon, tu t'appelles Lara comment ? reprend-il.

– C'est Lara mon nom, pas Laracoman !

– Tu n'as pas de nom de famille ?

L'enfant scrute le visage de l'étranger comme pour y trouver une réponse à ses questions. Le jardinier ouvre la bouche, mais rien n'en sort. Ses yeux couleur du fleuve restent plantés dans ceux de la fillette. Le curieux malaise s'étend à Cassandre qui essore le tissu de sa blouse. « Ben, qu'est-ce qu'il a ? » se demande-t-elle. « Il est dans la lune ! » À ce moment, elle sent un souffle dans son dos, comme une brise très douce. Pourtant, le vent a cessé.

La jeune fille est tiraillée entre la raison qui lui dit d'aller rejoindre son oncle, et une impérieuse envie de protéger Lara, qui a si peur... Cassandre a vu des reportages de *Magna Media* sur des enfants de la rue fouillant les poubelles, dans les pays endettés. Les yeux de la petite ont cet air, affamé et vide à la fois.

Le moment s'étend, s'étire... puis se casse.

– Qui s'occupe de toi, petite fleur ? demande l'homme, en lui prenant la main.

– Mon ami, Zavier, babille l'enfant, c'est lui qui m'a donné cette pierre, elle est belle, hein ?

– Ton ami doit être rudement inquiet !

– Il a disparu. Depuis tous mes doigts de jours !

– Tous tes doigts... Dis donc, tu as quel âge ? demande l'employé, les sourcils froncés.

– Je n'ai pas d'âge, dit la petite, le plus sérieusement du monde.

« Pas d'âge, pas de nom. C'est du propre ! » se dit Cassandre.

– La voilà ! constate une voix.

Trois hommes, vêtus de l'uniforme noir d'une milice privée, contournent la fontaine. Une femme en veste rouge les suit. Stephan Brunswick esquisse un autre sourire qui change sa physionomie.

— Tu vois bien que tu n'es pas abandonnée !

Lara frémit en voyant le groupe approcher.

— Non ! Je ne veux pas aller avec eux !

— Ils ne te gronderont pas, voyons ! dit le jardinier en se relevant. Je vais leur parler.

Lara se dégage brusquement. Elle détale vers un sentier où des gens débitent un arbre mort. Un ruban orange en ferme l'accès.

— Eh ! s'écrie l'employé. C'est dangereux par là !

Cassandre se lance sur les traces de l'enfant. Paniquée comme elle l'est, la fillette va faire de nouvelles imprudences… La peur a donné des ailes à Lara, mais la jeune acrobate compte sur des années d'entraînement intensif. Elle ramène le petit paquet gesticulant et braillant, sous les yeux intrigués des ouvriers. Elle soulève d'une main le ruban orange, pour rejoindre Brunswick qui discute à grands gestes avec les arrivants. Un costaud met fin à sa pantomime, d'un coup de poing à l'estomac. L'employé s'effondre comme un sac, vite enjambé par les autres poursuivants. Fouettée par une peur subite, Cassandre disparaît avec son fardeau.

*　　*　　*

Depuis sa position sur le belvédère, Antoine Comtois a pu suivre des yeux l'escalade de sa nièce vers l'enfant suspendue, leur chute dans la fontaine, et l'intervention d'un jardinier en leur faveur. Après avoir assisté, impuissant, à la suite des événements, il s'est précipité sur le sentier. Quand il arrive au bas de la fontaine, essoufflé, le jardinier est replié sur lui-même ; des halètements rauques s'échappent de ses lèvres. Antoine le relève avec une délicatesse de bûcheron.

Le temporaire n'est pas beaucoup plus âgé que lui, mais sa peau crayeuse lui colle au visage une étiquette défraîchie. Une cicatrice lui traverse un sourcil. Les cernes sous des yeux d'un bleu lessivé répondent aux plis amers autour de la bouche. Des cheveux plus sel que poivre, attachés en queue de cheval, lui donnent l'air d'un poète maudit. Sans doute un comédien mis au rebut par l'usage généralisé de personnages virtuels... Trois anneaux brillent aux doigts d'une de ses mains. Lorsque l'homme lui renvoie son regard, Antoine se rend compte qu'il l'a dévisagé plus longtemps que ne l'excuse la simple prévenance. Il s'ébroue.

— Si j'étais arrivé plus vite, ces chiens sales ne vous auraient pas touché !

Antoine Comtois a toujours eu l'indignation facile et la pancarte prête. Sa barbe fournie et sa carrure d'orignal en faisaient une cible de choix dans les manifestations, jusqu'à ce qu'une cannette de gaz lacrymogène mette fin à sa carrière d'indigné. L'employé ajuste son uniforme. Le petit cadran orange accroché à sa ceinture bourdonne. C'est un contremaître avec GPS intégré, qui l'avertit d'un retard dans ses tâches.

— Si ça peut vous consoler, personne ne fait le poids contre une milice privée !

Il parle d'une voix rocailleuse et un peu chantante, qui trahit ses racines anglophones.

— Et s'ils trouvent Cassandre ? s'inquiète Antoine.

— Ah! Vous êtes le père de ce lutin blond?

— *Lutin*? Une vraie peste! Je suis son oncle, Antoine Comtois. Vous, mon p'tit doigt me dit que vous vous appelez S. Brunswick...

Une voix aigre éclate derrière lui.

— Et il va remettre cette foutue fontaine en marche, sinon il retourne à la rue!

Le superviseur, un Pakistanais haut comme quatre citrouilles, montre la plaque ouverte du moteur de la fontaine. Alors que l'employé se penche sur le mécanisme, le col de sa blouse glisse, dévoilant un tatouage sur sa nuque.

— Mais il a aidé une petite fille..., fait Antoine.

Le patron lui jette un regard glacé.

— Pfah! Il trouve toujours quelqu'un à aider au lieu de travailler!

Puis il part en quête d'autres contractuels à terroriser. Brunswick hausse les épaules. Il referme la plaque, puis ramasse son matériel de vaporisation. Il montre le sentier fermé par un ruban orange.

— Je crois qu'elles sont allées par là, dit-il.

Le sentier fait une boucle de deux kilomètres près de la croix du Mont-Royal. Antoine adopte un rythme de marche rapide, échangeant quelques mots avec le temporaire.

— Vous demeurez près de Montréal? demande Brunswick.

— À New Mexico.

— Euh? Vous venez de loin!

Antoine savoure l'incrédulité de son interlocuteur.

— C'est un coin tranquille à l'ouest de Sherbrooke, dit-il, plein d'arbres, pis de moustiques. Nous exploitons une ferme bio, une hôtellerie...

Deux miliciens remontent le chemin. Antoine et l'employé s'écartent du sentier. De près, le premier distingue les matraques et les pistolets à leurs ceintures.

— Ces types sont bien équipés pour des gardiens de parc, souffle-t-il.

— Ce n'est pas le personnel habituel, dit Brunswick.

Il déplace distraitement un des anneaux à ses doigts, assez pour qu'Antoine aperçoive une marque rouge.

— Curieux, dit-il. On envoie une milice armée aux trousses d'une petite fille si malade qu'elle a un *port d'injection* sur la poitrine !

Antoine écarte les bras, en montrant l'étendue du parc.

— Comment on va faire pour les trouver ?

— Il y a trois sentiers qui partent de la fontaine, dit l'employé. En nous séparant, nous aurons une petite chance de les atteindre avant ces gorilles.

* * *

— Sale petite souris !

— Du calme, Andy. Elle ne peut pas être allée très loin, dans son état.

Partie de rien et ambitieuse, Aléna Cyn symbolise bien la nouvelle économie. Fouettée par la mort de son père et de sa sœur abattus par des trafiquants, Aléna s'est arrachée du sol stérile des *favellas* d'Argentine. Elle a passé des nuits blanches à se cerner les yeux pour comprendre ce qui nourrissait la violence omniprésente. Elle a immigré au Canada, étudié en psychologie, se hissant dans la hiérarchie sociale. Quand le *Tactical*

Operation Center l'a recrutée, elle a découvert un projet audacieux qui non seulement payait bien, mais allait dans le sens de ses intérêts. Jusqu'à cette bourde. « Fichue démonstration ! »

Les adultes s'éloignent, sans se douter que la jeune fille et sa protégée se trouvent sous leurs pieds. En voyant les hommes frapper l'employé, une frayeur primitive a agrippé Cassandre. Elle a détalé avec Lara, changeant de sentier, coupant à travers les arbres, jusqu'à un espace de rangement en-dessous d'une terrasse. La porte en treillis d'aluminium n'était pas verrouillée. Elles sont accroupies dans un contenant de copeaux de bois. La cachette n'est pas idéale, mais c'est le mieux que Cassandre a trouvé avec la panique pour seule conseillère. Sa blouse détrempée colle à son dos. Jusqu'à présent, rien n'était venu la faire trébucher dans son élan de générosité. Maintenant, les failles de son action impulsive se révèlent. On finira par les trouver... Lara grelotte près de Cassandre. *Dans son état...* Si l'enfant est malade, Cassandre s'expose à de sérieux démêlés. Sa mère figure déjà sur la liste de *persona non grata*. Elle n'a pas hérité de son goût pour la lutte.

— J'ai faim, dit la fillette.

— Lara, écoute, je vais sortir chercher mon oncle. Tu ne dois pas bouger d'ici, tu comprends ?

La phrase résonne comme une petite trahison. La natte en désordre, les doigts crispés sur ses genoux repliés, Lara ne répond rien. Cassandre se hisse hors du contenant de paillis et en referme le couvercle. Elle se fraie un chemin vers la sortie, entre les outils de jardinage et les sacs d'engrais. Des pas approchent. Les miliciens ? La jeune acrobate se raidit alors qu'une main repousse le treillis.

– Hé, je me doutais que je te trouverais ici, ma grande !

Elle identifie avec soulagement l'ouvrier temporaire, la bonbonne sanglée au dos.

– Monsieur Brunswick ? Comment…

– Je connais le parc, dit-il. Au fait, ton oncle te cherche sur un autre sentier.

L'employé soulève le couvercle du container. Lara tremble comme une feuille, mais son visage s'éclaire en le reconnaissant.

– Stephan ! J'ai peur, j'ai faim…

– Holà, un problème à la fois, mignonne.

Il hisse sans effort la frêle enfant hors de sa cachette.

– Je vais t'amener chez un copain où tu pourras manger.

Alors qu'il avance la main vers la poignée, la porte du refuge improvisé s'ouvre de l'extérieur.

– Tiens, comme on se retrouve !

Cassandre reconnaît le milicien qui a tapé sur le tempo. Ce dernier réagit en vaporisant un nuage de pesticide au visage de la brute. Saisissant une pelle, Stephan en assène un bon coup à son agresseur aveuglé. L'homme se plie comme un accordéon et s'étale sur les déchets empilés.

– Wow ! fait Cassandre. Vous l'avez tué ?

Stephan se penche sur le milicien. Il serait tenté de voler l'arme, mais l'engin intelligent se bloquerait en identifiant une empreinte digitale inconnue.

– Euh, non. Aide-moi un peu, ma grande !

Cassandre prend un bras flasque. Ensemble, ils traînent le milicien derrière le container.

– Bon, ne prenons pas racine.

Stephan les guide sur un sentier moins fréquenté qui s'éloigne de l'entrée. Cassandre n'a aucune idée de ce qu'il a en tête, car le parc n'a qu'un accès. Des appels se répercutent dans le sous-bois. Ils seront bientôt cernés. L'employé ralentit, un bras autour de l'enfant.

— Écoute, Cassandre. J'ai un ami dans le secteur de la pointe. Thomas Boyce. Il habite dans l'ancien réservoir Texaco. Dis-lui que Lara doit voir la Taupe. Elle saura quoi faire.

— La Taupe ? répète Cassandre, qui ne comprend rien.

La piste s'arrête au mur. L'homme s'immobilise devant une porte de la même couleur que le béton.

— Ça passe ?

— Une sortie des employés.

Stephan prend une clef carrée et l'applique d'un côté. Un déclic, et la porte s'ouvre sur un escalier de bois qui descend à pic vers une promenade publique. Un amas de mégots et de tasses jetables montre que l'endroit sert à des pauses-cafés. Il prend l'enfant par les épaules.

— Lara, tu vas avec Cassandre.

Elle lève ses yeux noirs vers lui.

— Et toi, Stephan ?

— Je vous rejoindrai là-bas, dit-il.

— Vous ne venez pas avec nous ? insiste Cassandre.

Il presse un objet dans sa paume.

— *Can't do*. Je dois les attirer ailleurs, sinon tu vas les avoir sur le dos. *Go !* dit-il, en repoussant le battant.

Elle entend l'homme s'éloigner dans la broussaille. Puis, un bourdonnement d'hélicoptère couvre les autres bruits. La jeune danseuse regarde dans sa main et siffle entre ses dents. Une carte-monnaie, vert foncé, encore pleine.

* * *

À la recherche de sa nièce, Antoine complète le circuit du troisième sentier, ne croisant qu'un couple âgé, en voiturette. Un gros hélicoptère ronronne au-dessus de sa tête et disparaît. « Les décideurs repartent », se dit-il, un poids au fond de l'estomac. Il espère que l'employé a trouvé la petite fugueuse. Lui a diablement hâte de retrouver sa nièce et de sacrer son camp !

Au retour du sentier nord, il voit un attroupement. Cassandre ? Il a promis à Alminthe de veiller sur sa fille… Antoine presse le pas, pour en avoir le cœur net. Il se faufile entre un couple de *Yacht People* aux lunettes roses d'infos. Il repère d'abord le dos des miliciens penchés sur une forme immobile. Puis il reconnaît les cheveux gris, attachés. Stephan Brunswick est étendu la face contre terre, l'uniforme taché de poussière, une main encore repliée sur le tube de pesticide. « Qu'est-ce qui est encore arrivé ? » se demande-t-il. « Où sont l'enfant et Cassandre ? »

– Circulez !

Un des agents s'est retourné, le logo de l'agence *No Question Asked* bien visible à son épaule. Antoine a beau le dépasser d'une tête et d'une cinquantaine de kilos, la combinaison chatoyante, les armes à la ceinture et le masque à gaz pendu au cou de l'homme, lui inspirent un respect subit de l'autorité. Il recule d'un pas, les yeux sur l'employé gisant au sol. « Respire-t-il ? »

Bâti comme un baril de pétrole, un deuxième milicien s'accroupit. Il repousse les cheveux et tire le col de l'uniforme, dévoilant complètement le tatouage.

— La marque de Caïn ! s'écrie une femme aux cils surdimensionnés.

Le souffle manque à Antoine. Les lignes noires ont pâli avec le temps, mais il discerne aisément un code-barres. Stephan Brunswick a été marqué comme une marchandise.

— Ils engagent des assassins pour l'entretien du parc ! s'offusque la même femme.

L'agent saisit un lecteur. Le laser rouge balaie la nuque découverte. Des informations défilent sur le petit écran, puisées dans le gouffre de données du Filet. Une moue plisse les traits de l'agent.

— Délit d'entrave ! Et pas son premier.

Antoine insiste.

— Hé ! Il, il a besoin d'aide, vous ne trouvez pas ? Il n'a pas l'air bien…

— Vous aimez les criminels ? demande l'agent trapu. Dégagez, sinon je vous fais arrêter pour obstruction à notre travail !

Antoine a soudain une vision de lui-même en détention, de sa voiture fouillée… Si on y découvre les pièces mécaniques usagées qu'il transporte, une montagne d'ennuis s'abattra sur la ferme. La nouvelle économie n'apprécie pas les bricoleurs qui réduisent les profits des fabricants.

La dizaine de promeneurs s'éparpillent. Antoine s'éloigne, sans toutefois perdre de vue le malheureux Stephan. Tiens, une autre femme s'approche. Un collier de jade luxueux étincelle sur sa gorge. Elle replace ses cheveux sombres retenus par un bandeau et se penche sur l'employé.

Après une courte discussion avec le milicien, elle active son agenda vert pomme. Un torrent d'invectives annonce éloquemment l'arrivée du superviseur des temporaires. Antoine devine que les perspectives d'emploi de Stephan viennent de s'effondrer comme un soufflé au fromage trop vite sorti du four.

Cinq minutes après, deux miliciens de l'agence *NQA* attachent l'employé inanimé sur une civière, puis le chargent sur une camionnette noire. La femme au collier y monte aussi, l'expression amère. Antoine reste seul avec ses questions.

*   *   *

Les amortisseurs encaissent les inégalités de l'asphalte réduit à une peau de crocodile. Des herbes à poux et des graminées sauvages jaillissent entre les plaques de bitume et les rails abandonnés de l'ancien site industriel. Antoine ralentit pour contourner un amas de détritus. Ses doigts s'enfoncent dans le volant molletonné. Il a sacrement hâte de filer à la ferme !

Inquiet de l'absence prolongée de Cassandre et doublement mal à l'aise devant le traitement subi par l'employé, Antoine se morfondait. Il a lu deux fois les nouvelles alternatives imprimées sur un feuillet de « papier patate » ramassé sur un sentier. Le papier artisanal a été recyclé à partir de pelures de légumes… et se composte très vite. Faute de posséder un agenda, il s'est décidé à retourner au stationnement pour attendre sa nièce. Il a trouvé celle-ci accroupie derrière sa camionnette, avec la petite fugueuse.

– T'en a mis du temps ! a-t-elle dit.

Lara est demeurée muette depuis leur départ de la Pyramide, ses mains jouant dans sa tresse échevelée. Tant mieux, parce que le conducteur est d'humeur mauvaise. Il espère trouver assez vite l'ami de Brunswick pour lui larguer l'enfant.

CHAPITRE 4

Les soucis du Complexe

Kane pose son cavalier au milieu de l'échiquier. Le roi adverse est menacé de partout, malgré sa dérisoire barrière de pions. Le directeur du Complexe Orphée, technopole scientifique de Montréal, s'accorde une minute de détente entre deux rapports. Le jeu d'échecs lui fait oublier ses soucis. Les premières notes du deuxième concerto de Chopin retentissent, annonçant un appel privé. Il écoute, le visage de plus en plus sombre.

— …

— Oh, votre précieux projet ? dit-il, agacé.

— …

— Une démonstration a mal tourné ? À la Pyramide ? Désolé, mais je n'ai pas le temps de courir après votre problème !

Il a répondu plus sèchement qu'il ne le voulait. Il a pourtant vécu l'an dernier une relation électrisante avec Aléna Cyn. Une enfance difficile dans un bidonville a insufflé à la jeune femme la grâce d'une herbe tenace, alliée à une volonté de fer qui a ému le chercheur. Or, cette volonté s'exerce maintenant à ses dépens.

— …

— Casser votre bail ? Vous n'y pensez pas ! Ce sont des menaces en l'air !

Le départ de cette équipe priverait le Complexe d'une importante source de revenus.

– Bon, d'accord, d'accord ! Je vais voir ce que je peux faire pour retrouver votre enfant malade.

Une minute plus tard, Kane Sardan se déleste du Filet. Il respire à petits coups, pour se calmer. Il ne veut pas s'acheter une crise cardiaque pour son cinquante-cinquième anniversaire. Son écran mural affiche un sablier : *Le manque de temps est une constante de l'univers.*

Le temps... Jeune chercheur en génétique virale, il se brûlait jadis à l'ouvrage. Il a à peine vu ses enfants pousser. Collectionnant les liaisons éphémères, il a récolté un divorce. Puis, la chance a tourné ou, plus précisément, son labeur acharné a porté ses fruits. Lors d'un congrès sur les nouvelles thérapies, Kane fut abordé par un producteur de la chaîne scientifique de *Magna Media*, qui avait apprécié sa conférence. La populaire série médicale a vite modifié l'attitude des institutions à son égard. Ses locaux se sont agrandis et ses publications sur la virothérapie se sont multipliées comme des petits pains. Au printemps 2035, quand le prestigieux Complexe Orphée a été construit sur un terrain agricole dézoné dans l'ouest de Montréal, son nom figurait en tête de liste pour en prendre les commandes.

Le Complexe regroupe quatre cents laboratoires, salles de réunion et bureaux, desservis par le bioordinateur le plus puissant de sa génération. Sa triple architecture le met à l'abri des prédateurs du *Filet* : la trinité se compose d'Orphée, le super calculateur, d'Eurydice, la mémoire, et de Cerbère, le gardien des données... Orphée participe aux recherches avec une souplesse inégalée. Il calcule en un clin d'œil les chaînes de protéines que les équipes synthétisent et dont Eurydice conserve la carte. Cerbère passe au crible tous les intrants, éliminant les virus. Orphée, Eurydice et Cerbère ne paient pas de mine : ce sont trois grosses toupies jaunes dans un bain de protéines, réunies par des tubes de fibres optiques.

Ses *thérapeuvirus* font reculer la mort, mais chaque minute d'utilisation du bioordinateur vaut des milliers de dollars, que Sardan doit sans cesse quémander aux firmes privées et aux organismes publics. Une tâche digne de Sisyphe. Kane pianote sur la surface du bureau : un labyrinthe de factures virtuelles, de demandes de subvention, de rapports d'étape à contresigner serpente devant lui. Il doit garder le Complexe à la fois rentable et sécuritaire, protéger les recherches délicates menées par les équipes qui louent des espaces... Sur l'écran, une balle rouge et translucide bondit entre les factures. Kane la tape du doigt, faisant apparaître une notice urgente. Il faut engager deux aide-ménagers pour se conformer aux normes sanitaires. Il n'a pas encore eu le temps d'y donner suite.

Si la situation de la Pyramide s'envenime, les actionnaires du Complexe voudront clouer quelqu'un au pilori. Lui, ainsi que ses thérapeuvirus. Alors, il ferait mieux d'aider à traquer cette petite fugueuse...

Trois appels plus tard, Kane Sardan se repose. Il sort d'un tiroir un dessin qu'il contemple furtivement : des épinettes jalonnent le bas des pentes autour d'un lac aux eaux vertes.

Jadis, un impair délicieux l'a transformé en père. L'étudiant qu'il était a dû choisir entre la raison et les sentiments. Entre la pauvreté avec une peintre et la bourse d'une université de renom.

Son père a payé l'accouchement, puis chassé la jeune mère avec un chèque. Stigmatisée par son abandon, l'artiste tourmentée a joué à la roulette russe avec la vie, contractant une infection fatale. Michaël a atterri sur le tapis paternel. Tenaillé par un remords tardif, Sardan a passé outre aux objections de son épouse pour élever cet enfant.

Michaël avait tout pour devenir un as dans le jeu social. Son potentiel cognitif se classait parmi les vingt plus hauts du pays. Sardan l'a expédié dans un institut de surdoués, niché dans les Rocheuses. Le paysage a tant frappé le garçon, qu'il a peu à peu délaissé le calcul avancé et la robotique pour se mettre à rêvasser. Il séchait des cours, remplissant des carnets entiers de paysages auxquels le stylo rendait un bien faible hommage.

De guerre lasse, Sardan l'a fait revenir. Il espérait ramener son aîné à de meilleurs sentiments, comme son père l'avait fait avec lui. Ce fut peine perdue. Le jeune homme est parti, laissant derrière lui ses cartes d'identité et des centaines de croquis au pastel. Sardan a effectué des recherches et payé des limiers, sans succès. Il n'a jamais revu son fils.

— Michaël, soupire-t-il.

CHAPITRE 5

La Zone des raffineries

Réseau Téléquité : vos nouvelles sans déguisement !

Notre adresse :
hasp://telq45nnn4896465rfp0394utm03t30.rot

Les dessous noirs de la banquise

Présentée comme un projet rassembleur, la banquise fut surtout une occasion en or pour les compagnies pétrolières de se remplir les poches grâce à de généreuses subventions. On soupçonne une collusion entre le consortium *Phoenix*, mené par *Lansdowne Future*, et le groupe Petromix, qui aurait fourni du polymère de moins bonne qualité.

Le Complexe Orphée, un miroir aux alouettes ?

Les succès du Complexe ne devraient pas faire oublier qu'il doit son existence aux compressions budgétaires subies par la recherche publique.

Rappelons que le puissant fonds *Preachers* et *Lansdowne Future*, des organismes privés, en ont financé la construction et ont installé <u>Kane Sardan</u>, à sa tête.

Vaccin ou poule aux œufs d'or ?

Un ancien professeur de l'UQAM affirme qu'un vaccin contre la *bitcheuse* aurait pu être accessible depuis huit ans, n'eût été de l'interférence des compagnies privées qui en restreignent l'accès.

finance la construction et ont installé Nunu Sar, au,
à sa tête.

Vaccin ou poule aux œufs d'or?

Un ancien professeur de l'UQAM affirme qu'un vaccin contre la *bitcheuse* aurait pu être accessible depuis huit ans, n'eût été de l'interférence des compagnies privées qui en restreignent l'accès.

<u>L'entrevue par notre journaliste Loulou Nagard</u>

Les laissés-pour-compte de la génération A1

Bien que la performance caractérise les enfants A1, peu d'entre eux percent réellement. Trop poussés par leurs parents, beaucoup se découragent. La montée des suicides et la hausse de la criminalité remettent en cause la privatisation de l'éducation. Certains élèves décrochent et rejoignent des bandes de rôdeurs.

Les plus colorés sont les Arlequins, qui arborent des atours flamboyants en réaction aux complets sobres des « performants ». Ils sont souvent en butte aux autorités. Les *Vampyrs*, dignes émules de Dracula, affectionnent le noir intégral. Cachés le jour, ils vivent de rapines. Les plus dangereux, les *Acid Brains*, hantent les quartiers défavorisés. Marqués par le désespoir, ils se détruisent avec des drogues dures.

Les jeunes réactionnaires du mouvement *God-War*, anxieux de nettoyer la ville, sont souvent en conflit avec tous ces groupes.

Des Choix difficiles… pour les pauvres

Si les grandes entreprises attribuent la croissance inégalée de leurs actifs à l'application des « Choix difficiles » d'Oscar Saint-Onge, les privatisations massives dans la santé, l'éducation et les prisons ont produit de nombreux ratés. Ainsi, la loi créant le délit d'« entrave économique » a envoyé des milliers de citoyens aux camps de travail du Nord pour des peines de trois mois à deux ans. Avec la disparition des syndicats, les emplois contractuels sont devenus la norme.

Votre réseau Téléquité déménage!

...plois contractuels sont devenus la norme.

Votre réseau Téléquité déménage !

Les limiers du gouvernement ont obligé notre serveur actuel à fermer, pour cause de propagande anti-croissance. Votre réseau favori sera donc hébergé par un autre serveur au Mexique. Les abonnés recevront la nouvelle adresse rotative hasp (*High Activity Secure Protocol*) par la voie habituelle.

En levant les yeux du feuillet clandestin, Cassandre remarque les usines couvertes de graffitis, certains assez artistiques. Incapables de s'adapter à une concurrence de plus en plus sauvage, les raffineries ont dû déménager et abandonner sur place des carcasses rouillées. Des promoteurs ont racheté des terrains, espérant en tirer profit. La succession de crises a cependant dissipé leur enthousiasme. De grands champs d'herbes folles attendent toujours d'être décontaminés. Enfin, elle aperçoit une pancarte intitulée *Bientôt vos condos sur le fleuve !*

— C'est là, dit-elle, en montrant trois anciens réservoirs d'huile qui contemplent le fleuve. Tu peux stationner juste devant.

Une murale colorée, pleine d'arbres et d'oiseaux, couvre un des réservoirs. Ils gravissent des marches de métal, jusqu'à une porte sans poignée ni sonnette. Antoine cogne vigoureusement. Une fenêtre percée dans la paroi s'ouvre au-dessus d'eux.

— Qu'est-ce que vous voulez, demande une voix bourrue. Vous vous êtes perdus ?

— Nous voudrions parler à Thomas Boyce, annonce Antoine. De la part de Stephan Brunswick.

— Stephan ? Il n'est pas avec vous ?

– Euh, fait Antoine. Il... euh... c'est que la petite, là, elle...

Il tombe en panne. Alors, une voix flûtée s'élève.

– Stephan veut que j'aille chez Thomas pour voir la Taupe.

– Vous n'avez pas honte ? s'indigne une voix de femme. Traîner des enfants ici, le soir !

Des pas précipités résonnent à l'intérieur. La porte est ouverte par un curieux hippie, dont la longue barbe blanche tombe sur une tunique couverte de hiéroglyphes mayas.

– Entrez... Oh !

Son regard s'arrête sur la camionnette.

– C'est à vous ce fossile ? Vous ne pouvez pas le laisser dehors. Je vais ouvrir l'enclos, et vous allez me rouler ce trésor à l'intérieur.

L'enclos grillagé contient déjà une fourgonnette Volkswagen couverte de motifs bariolés, à moins que ce ne soient des taches de rouille. Antoine y stationne son antiquité, veillant à ne pas renverser les bicyclettes, deux modèles à dix vitesses, aussi anciens que la fourgonnette. Après avoir cadenassé la grille, l'homme les fait entrer dans un vestibule exigu. Il verrouille derrière eux.

– Je suis Thomas Ronald Boyce, artisan et poète, pour vous servir ! dit-il. Et vous ?

– Antoine Comtois, fermier bio.

Les sourcils du vieux poète s'élèvent.

– Ça alors ! L'orignal des manifs en personne ! On s'est sûrement croisés dans une démonstration ou deux.

Antoine n'a pas entendu ce surnom depuis des années. Il toussote pour masquer son embarras.

   Le projet Ithuriel

– Ouais, bien, j'ai pris ma retraite, dit-il. Voici Cassandre, ma nièce. La petite s'appelle Lara.

Thomas les guide par un étroit escalier jusqu'à un palier où les attend une femme aux yeux plissés de curiosité. Elle flotte dans une ample robe noire, sertie de pierres brillantes qui évoquent un ciel étoilé.

– Je vous présente mon épouse, Babel, traductrice émérite poussée à la retraite par les logiciels, dit Thomas.

– Vous excuserez nos précautions, dit celleci. Notre amour pour l'humanité est sans limite, mais la réciproque n'est pas vraie. Sans les enfants, Thomas ne vous aurait même pas laissés entrer !

En d'autres circonstances, Cassandre aurait claironné son âge réel, mais son attention demeure rivée sur les tuniques chatoyantes de leurs hôtes. Antoine est tout aussi perplexe : dans quelle secte vient-il d'atterrir ?

– Écoutez, je repars tout de suite, dit-il. J'étais juste venu déposer Lara…

Une rafale d'arme automatique crépite, loin à l'extérieur. Antoine se crispe.

– *Kosséça* ?

– Oh, des trafiquants qui font la fête, soupire Thomas.

– Le jour, notre porte reste ouverte, dit Babel. Mais la nuit, quand les *Acid Brains* et les *Vampyrs* sortent de leur léthargie…

– Les vampires ? répète Antoine.

– Un des clans du quartier. Les *Vampyrs* sont plus excentriques que dangereux, contrairement aux *Acid Brains* qui se détruisent avec entrain.

– Tout n'est pas si noir, affirme Thomas. Les Arlequins nous rendent souvent des services. Ils nous apportent parfois des livres pour enrichir la bibliothèque.

— La bibliothèque ? répète Antoine.

Leur hôte désigne d'un geste la pièce où ils se tiennent. L'éclairage tamisé révèle des murs tapissés de livres. Antoine en tire un d'une étagère, tournant avec respect des pages jaunies. Il respire l'odeur de papier qu'il n'a pas humée depuis des années... Les rares livres imprimés le sont sur des feuilles en polymère. Ou bien ce sont des romans-savons publiés sur le bon vieux papier-patate.

— Vous les avez récupérés lors des fermetures ? demande-t-il, en déchiffrant l'estampille « Bibliothèque publique du *Mile-End* » au verso de la couverture.

— Oui. Nous en sommes fiers, répond Babel.

— Pourquoi Stephan n'est-il pas avec vous ? demande Thomas à nouveau.

Antoine hésite, ramené au rôle ingrat de porteur de mauvaises nouvelles.

— Eh bien, il a...

Un gargouillement d'estomac l'interrompt.

— J'ai faim, dit Lara.

Babel leur fait signe.

— Ne dérangeons pas les lecteurs. On parlera mieux en haut.

* * *

Ils gravissent un escalier de bois à la suite de leurs hôtes. Le sommet du réservoir est une demi-verrière ouverte du côté du fleuve où les embarcations clapotent, retenues par un tapis flottant de lys d'eau. Des faisceaux verts et bleus balaient l'horizon au-dessus du Mont-Royal, en une danse lascive. Les lasers de la Pyramide…

Des papyrus s'épanouissent dans des pots autour d'un bassin. Des bacs de tomates, de fèves et de poivrons forment un potager. Des vêtements sèchent sur des cordes tendues. Les pieds de Cassandre glissent sur un bois lisse comme un plancher de danse. Un bruissement d'ailes et de roucoulements s'élève : des pigeons occupent une cage tapissée de paille.

Thomas guide ses visiteurs vers un cercle de coussins autour d'une table basse. Babel apporte des gâteaux-santé que Cassandre mâche avec persévérance. Lara en dévore trois, avec un verre de lait de riz.

— Pourquoi es-tu partie de chez toi ? lui demande Cassandre.

Entre deux bouchées, l'enfant expulse sa réponse, comme pour tasser ces mauvais souvenirs sous le tapis.

— J'étais couchée dans mon cocon de voyage. D'un coup, j'ai eu très peur. J'ai entendu des cris, j'ai vu des choses horribles avec du sang et je me suis sentie tomber dans un trou sans fond.

À force d'encouragements, Lara brode avec son maigre vocabulaire un récit qui tourne autour du départ de son ami Xavier et de monstres qui hurlent dans sa tête.

— Tu as des parents, Lara ? Un père et une mère ?

Lara mâchouille, sans comprendre.

— Où c'est, chez toi ? insiste Cassandre. À la Pyramide ?

Le mot éveille à peine l'intérêt de l'enfant, qui entame un quatrième gâteau.

– Non, je reste dans mon cocon où je suis en
sécurité.

Elle bâille soudain.

– Houla! La petite cocotte est épuisée, s'écrie
Thomas.

Au vif soulagement d'Antoine, leurs hôtes
insistent pour les garder à coucher. Mais peut-
être que les « enfants » en sont la cause : Babel les
couve du regard.

– Je ne sais comment vous remercier, s'épan-
che Antoine. Mais je dois prévenir la ferme. Avez-
vous un terminal ou un agenda ?

– Non, répond Thomas.

– Vous avez un téléphone, alors ?

– *Avions*, corrige leur hôte. La dernière ligne
aérienne a été coupée par des vandales.

– Vous vivez en dehors du Filet ? demande-t-il.

– Nous nous tirons d'affaires sans tout ce tra-
lala, dit Thomas.

Antoine se tourne vers sa nièce. Celle-ci grimace, agitant son petit agenda rose.

– Kaput! Tu devrais t'en acheter un.

– Je déteste la dictature de cet appareil à tout
faire! J'irai dans une cabine télécom demain pour
contacter la ferme…

Les visiteurs descendent à l'étage du dessous,
un cercle de chambres. Babel pousse un rideau de
soie tendue.

– On garde toujours des chambres d'amis,
explique-t-elle, invitant les filles à s'y installer.

Cassandre s'avance vers la fenêtre percée dans
l'épaisse paroi et habillée du même bois blond que
les lits superposés. Elle donne sur le fleuve où
tremblotent les lumières de centaines d'embarcations amarrées. Sous le lit du bas, la jeune artiste

remarque un objet massif. Elle tire vers elle une pauvre vieille chose au vernis craquelé.

— Hé, elle est à qui ? demande-t-elle.

— C'est la guitare de Stephan. Il en joue, quand il vient ici.

Pendant que son oncle s'installe (après être retourné dans l'enclos pour récupérer le sac à dos de sa nièce), Cassandre amène Lara se laver. Leur plongée dans la fontaine et dans un container de déchets les a laissées plutôt sales. La salle de bain comporte deux douches rustiques. Comme Lara hésite à se déshabiller, elle retire ses propres vête-ments. Mue par l'exemple, l'enfant l'imite.

Nue, Lara évoque une petite fée drapée dans ses longs cheveux de jais. Ses jambes fines la sup-portent à peine. Ses yeux noirs ombragés de longs cils accentuent la pâleur de son visage. Fruit d'une génération qui se méfie du soleil, Cassandre arbore fièrement son teint de porcelaine. Or, l'épiderme de la fillette paraît plutôt diaphane, comme celui d'un bébé né avant terme, avec des réseaux de veines bleues dessinés à fleur de peau. La collec-tion d'égratignures récoltée pendant sa chute n'en ressort que davantage, ainsi que la pastille orange du port d'injection. « D'où sort donc Lara ? » se redemande l'ex-ballerine, en versant une capsule de shampoing sur la tête de l'enfant.

Lavée et séchée, Lara s'est enroulée dans les couvertures rugueuses, en adoptant une position fœtale. Malgré sa fatigue, l'excitation de cette étrange journée repousse le sommeil. Trop de choses nouvelles se bousculent en elle. Cassan-dre est sortie après l'avoir bordée, comme Zavi le faisait. Elle caresse sa pierre taillée, comme une ancre pour apprivoiser l'inconnu. Son ami lui manque beaucoup.

Guitare en main, Cassandre regagne le jardin du sommet. Elle ne veut pas déranger l'enfant par ses tâtonnements musicaux. Elle s'installe sur un coussin, près de Thomas, et gratte les cordes, produisant un accord plaintif.

— Hé bien, dit-il, tu as les ongles parfaits pour jouer de cet instrument !

— Stephan a parlé de la Taupe. Qui est-ce ?

— La dernière lueur des sans-espoirs, répond une voix.

Un jeune homme au crâne rasé vient de s'asseoir en lissant sa toge orange. Cassandre survole son visage régulier, ses yeux limpides comme une fontaine. Un si beau garçon, fait moine !

— Son Terrier est tout près, dit-il.

— Le Terrier ?

— La Taupe tient un hôpital clandestin. Notre ami Shakti l'assiste dans son apostolat, dit Thomas en désignant le nouvel arrivé.

— Et Stephan ? demande Cassandre.

— Il va au Terrier un jour par semaine, quand son boulot le lui permet, dit Babel.

— Il aide à soigner les blessures et il apporte des provisions, dit le jeune moine. Et il joue de la guitare pour les malades.

Penchée sur l'instrument, Cassandre en teste à nouveau les cordes : *ploing, ploing.*

— Il est bon musicien ? demande-t-elle.

Shakti ne répond pas.

— Dans le temps, Stephan avait son groupe rock, dit Thomas. Mais il ne chante pas souvent. Il dit qu'il a cassé sa voix dans le Tunnel.

– Le Tunnel? s'écrie Antoine. Pas ce maudit pipeline…

– Il n'aime pas parler de cette expérience, interrompt Babel, en jetant un regard lourd de reproches à son bavard d'époux.

Antoine juge bon de changer de sujet.

– Quand est-ce qu'on peut aller voir la Taupe? demande-t-il.

– Demain. Shakti vous conduira à son hôpital.

– Difficile d'obtenir des soins depuis l'ère des Choix difficiles! soupire Babel.

Thomas pose une main sur l'épaule de sa femme.

– Mon épouse n'aime pas tellement l'*establishment* médical, depuis les privatisations.

« Elle n'est pas la seule », songe Antoine, qui a perdu son père une dizaine d'années plus tôt. Malgré les annonces triomphales, les thérapeuvirus qui auraient pu dévorer sa tumeur n'étaient toujours pas prêts… Et les traitements disponibles étaient hors de prix.

La conversation glisse sur la pente savonneuse des grands débats sociaux. Qu'il s'agisse des entreprises lâchées la bride sur le cou, du recul des salaires ou du lessivage des acquis sociaux, Antoine devient intarissable. Son débit accéléré laisse croire qu'il craint de disparaître, advenant un silence prolongé. Thomas se réchauffe à ses propos… Incapable de loger la moindre réplique entre ces deux ego survoltés, Cassandre se lève. Du coin de l'œil, son oncle la voit s'en aller. Il poursuit d'une envolée vigoureuse sur sa génération apathique.

Au milieu de la nuit, des gémissements éveillent Cassandre. Lara se tord de douleur, les mains crispées sur son ventre, dans lequel les gâteaux-santé de Babel exercent une vengeance posthume. La jeune fille parvient à entraîner la malade vers la salle de bain pour endiguer le désastre. En passant devant la chambre voisine, elle entend les ronflements d'Antoine, qui se repose de son marathon verbal. « Ce n'est pas lui qui se serait dérangé ! » pense-t-elle.

CHAPITRE 6

À l'ombre d'un cèdre

Hadi aspire l'odeur âcre des masures brûlées et des canalisations d'égout éventrées. Un trait blanc de phosphore transperce les nuages. L'explosion secoue l'horizon. Une maison s'affaisse comme si elle était en carton. Hadi saute sur ses pieds.

Des crépitements de mitraillette amorcent un échange mortel derrière lui. Il ne se retourne pas pour voir quelle faction a repris l'avance. Il trébuche sur un pantalon, avec des jambes dedans… seulement les jambes. Il se relève. Il court jusqu'à ce qu'il entende à nouveau le bruit de ses pas. Les bombes ont remodelé le paysage : le voilà perdu. Devant lui, pourtant, s'ouvre un espace vert. Qu'est-ce qui peut bien être encore vert ici ? Le gamin aperçoit une maison intacte, qui ressemble à celle où il habitait avant la guerre. Ses pieds s'enfoncent dans l'herbe moelleuse. Il entend un rire aigu, mêlé à un timbre plus grave.

Assis à l'ombre d'un cèdre, devisent un homme et une petite fille. Les questions déboulent des lèvres de l'enfant, trop vite pour que l'adulte y réponde. Pourquoi ne se sont-ils pas cachés ? N'ont-ils pas entendu les tirs ? Hadi marche vers cette vision de paix. L'homme se lève, défroissant son pantalon, et entraîne l'enfant plus loin. Le soleil brille sur ses cheveux argent. Cette petite fille n'habite pas leur camp, Hadi aurait remarqué ce visage si pâle et ces cheveux noirs, comme ceux de Sou-Sou. Le garçon trottine derrière le couple. Il veut crier pour attirer leur attention, mais seul un murmure sort de sa gorge, dominé par les vrombissements qui s'amplifient. Il fait un effort désespéré pour rejoindre la fillette, mais l'homme qui la tient par la main presse le pas. Le gazon bien coupé, les fleurs, les arbres refluent avec eux. Sous les pieds mal chaussés d'Hadi, renaissent la boue et les cendres, un mélange dans lequel il s'enlise.

La petite fille regarde derrière elle. Hadi la reconnaît, en une certitude qui se fiche dans son cœur. Il hurle son nom, malgré le sifflement des obus. Il croit la voir sourire... Des explosions en chaîne tissent un sinistre chapelet. Le parc est englouti dans le noir, avec l'homme et la petite fille.

*   *   *

Hadi se réveille en sursaut. Il s'est assoupi dans la salle d'embarquement de l'aéroport, malgré l'incessant jacassement de ses voisins. Entre ses mains se trouve l'orange achetée à un des comptoirs, qu'il n'a pas encore pelée. Calé entre ses pieds, un sac réfrigéré, le but de son périple. La vitre lui renvoie un reflet qui n'est plus celui d'un garçon qui se terre dans les ruines. La soixantaine s'est posée avec une élégance racée sur son visage, sans diminuer l'intensité qui palpite dans son regard.

Ses rêves, millions d'instants de conscience brassés au hasard des neurones, font surgir de puissantes émotions. Ce n'est pas la première fois que l'assaille le cauchemar de la ville morte, le fantôme de son enfance éclatée. Sauf que jusqu'à maintenant, la petite fille avait toujours été seule.

Il frissonne malgré l'humidité étouffante que
les climatiseurs de l'aéroport chassent à grand-
peine. Il est parti depuis trop longtemps.

CHAPITRE 7

Un talent prodigieux

Le jeudi 3 avril

Ses hommes ont enfermé dans une cabane les villageois qui ont survécu au bombardement. Sans égards à leurs supplications, Lara ordonne d'asperger le bois d'essence. Elle n'en veut pas personnellement à ces civils, mais son groupe ne peut laisser de témoins derrière lui. Sa main lance un briquet allumé sur l'amoncellement de détritus, qui s'enflamme aussitôt. Elle aurait préféré leur accorder une mort rapide, mais les ordres du commandement central sont précis. Son lieutenant laissera en place les indices qui orienteront la fureur populaire vers la faction rivale. Prisonnière dans une tête et un corps étrangers, Lara veut fuir. En vain. L'air devient brûlant. Même à distance, ses yeux larmoient.

Lara sort de son rêve, horrifiée. Elle n'a jamais mis le feu à des gens! Puis, la lumière qui frappe ses paupières dissipe son rêve. Le drap gratte sa peau. L'estomac lui démange. Elle a encore faim. Elle se lève, la camisole prêtée par Cassandre lui tombant aux genoux. Un son lourd et traînant provient d'en haut. Lara gravit les marches.

Au sommet, une vive lumière révèle une profusion de feuilles vertes. Des dos et des têtes droites sont tournés vers les fenêtres. L'enfant reconnaît Thomas, assis près d'un disque suspendu par des chaînes. Il a troqué sa tunique chatoyante contre une toge ivoire. Il tient une baguette. Lorsqu'il en frappe le cercle, il fait naître un son qui semble tout remuer en elle. Un calme velouté émane de ces gens immobiles. Lara a soudain envie d'aspirer en elle une part de ce bien-être. Elle se demande si Stephan va finir par les rejoindre.

Cassandre retrouve Lara au dernier étage. L'enfant s'est accroupie derrière les résidents qui chantonnent doucement : *ooom...* Des notes de flûte s'élèvent, calmes. L'instrument est manié par Shakti. Laissant la fillette à sa contemplation, Cassandre entreprend ses étirements matinaux. Performance oblige, elle ne peut laisser une journée passer sans entretenir sa forme. Une fois bien échauffée, elle se lance dans des sauts et des pas glissés. La flûte guide ses gestes. Quand elle danse de cette manière, sans maître ni public, Cassandre frôle un bonheur fragile.

Ses mouvements sont empreints d'une grâce que Lara n'a jamais crue possible. Le sourire de Cassandre goûte sucré. En observant son amie à la dérobée, un doute effleure l'esprit de l'enfant. Pourquoi Xavier ne lui a-t-il jamais montré ces couleurs, et même cette grosse boule brillante au-dehors qui la force à plisser les yeux ? Et les pages pleines de petits dessins alignés que tournait Antoine ? Et maintenant, cette façon de bouger ?

Cassandre remarque son public.

– Tu ne fais pas d'exercices, toi ?

– Je joue dans mon jardin avec Xavier.

–Ah, oui, Xavier. C'est un petit camarade ? s'enquiert-elle.

– Non. Il est grand, avec les cheveux gris.

–Ah, fait-elle, déroutée. Quel âge a-t-il ?

Lara se concentre, fronce les sourcils. Stephan, lui aussi, voulait savoir si elle avait un âge.

— Est-ce que tout le monde a un âge ? demande-t-elle avec sérieux.

La patience de Cassandre s'effiloche.

— Dis donc, qu'est-ce que tu apprends à l'école ?

— L'école ?

En attendant que son oncle se lève, Cassandre a trouvé un *Astérix* dans la bibliothèque. Même cet ouvrage illustré déroute Lara.

— Les gens n'ont pas d'aussi gros nez, affirme-t-elle.

— Lara, ce sont des per-son-na-ges de B.D. !

Cassandre lève les yeux du livre, en entendant un frottement. Les paupières collées, la barbe hérissée et les cheveux en bataille, son oncle marche d'un pas traînant vers la salle de bain. Un Bouddha au sourire énigmatique orne sa tunique. Le portrait de l'Éveillé respire la sérénité et la grâce, mais le visage bouffi d'Antoine évoque une bonne demi-douzaine de péchés capitaux. Cassandre éclate d'un rire sonore, qui poursuit son oncle jusque dans la salle de bain. Reprenant son apostolat, elle explique que les « petits dessins noirs » sont des *lettres* et forment des *mots*. Lara se penche avec ferveur sur les pages.

— Les *mots* peuvent être dessinés ?

Quand Antoine réapparaît, lavé, peigné et pantalonné, il entend sa nièce s'écrier d'une grosse voix :

— Ils sont fous ces Romains !

Lara interrompt la lectrice à chaque mot nouveau.

— C'est quoi un Romain ?

– Et bien, tu vois, Lara, dans ce temps-là, la Gaule…

– C'est quoi la Gaule ?

– *(Toussotements pédagogiques.)*

Antoine s'éloigne vers l'escalier, savourant une douce vengeance.

*   *   *

Un déjeuner frugal réunit la douzaine d'occupants au sommet du réservoir. Ils mangent dans un silence qui laisse rigoler la petite fontaine du bassin. Outre Thomas et son épouse, il y a le bibliothécaire, Phil, et son partenaire Guy, les plus âgés, probablement des membres de la génération X. Shakti est le plus jeune.

Les femmes ont délaissé maquillage et teintures capillaires. Antoine comprend vite que les vêtements, comme les livres, circulent entre les occupants. Il frissonne devant le branchement électrique primitif qui limite le nombre de tâches simultanées ! Il essaie de deviner ce qui a pu les conduire à mener cette vie de reclus. « Ce n'est pas de la simplicité volontaire, c'est de l'ascétisme », se dit-il en mâchant ces boulettes dures, que Babel appelle des gâteaux.

– Nous ne sommes pas une secte, répond Babel à Cassandre. Nous cherchons une façon harmonieuse de vivre sur cette planète.

– Des « Harmonistes » ?

– C'est une étiquette qui va bien avec notre murale, dehors, dit le vieux Phil.

– Antoine, dit Thomas, vous en portiez une belle dans le temps ! L'orignal des manifs…

— Oh, moi… J'ai laissé tomber mes étiquettes. «Avec les causes perdues d'avance», pense-t-il, amer.

Après le déjeuner, Cassandre reprend sa tâche éducative.

— C'est quoi, après six? demande Lara.

— Sept, répond-t-elle, en montrant un nombre congru de doigts.

Cassandre guide Lara jusqu'à dix, émue de jouer la première institutrice pour quelqu'un. La fillette assimile deux mots nouveaux à la minute, ne trébuchant que sur les termes abstraits. Cependant, la provision de salive de Cassandre s'amenuise. Au bout d'une demi-heure, elle opte pour la stratégie «Tiens, Lara, dessine un peu toute seule» en lui remettant une tablette et des crayons prêtés par Babel.

— Oh oui! s'écrie-t-elle, joyeuse. J'aime beaucoup dessiner!

*   *   *

Cassandre rejoint les autres au sous-sol du réservoir, sous la bibliothèque. Une moitié de l'espace est occupée par des bacs de champignons, une nourriture qui complète le potager du sommet. L'autre moitié contient des ateliers d'artisanat de verre (à partir de tessons récupérés) et de papeterie. Des feuilles de papier-patate sèchent sur des grilles.

— Ce ne sont pas les meilleures conditions de vie pour un ancien prof de littérature, dit Antoine, en plongeant un doigt dans le terreau des champignons.

— Il y a une quinzaine d'années, explique Thomas, une collègue férue de zen a été renvoyée de mon université financée par le fonds *Preachers*. Ses croyances inquiétaient la direction. J'ai commis l'erreur de protester contre ce congédiement.

Babel sourit, une chaleur contrastant avec ses yeux noirs. Cassandre devine qui était l'autre professeur. Le couple a vendu sa maison de Beaconsfield. Les employeurs se faisant rares, Thomas et d'autres esprits indépendants ont loué ce site désaffecté. La compagnie a d'abord refusé, mais Thomas a offert de payer pour la décontamination du sol…

— Ça a dû vous ruiner! s'écrie Antoine.

— Bah! Ça revenait bien moins cher qu'une maison sur le Plateau!

Les vagues de *Yacht People* talentueux, à peu près tous informaticiens et ingénieurs venus de l'Inde et de Chine, ont rendu les logements de Montréal hors de prix. Les anciens résidents du Plateau, de Rosemont et même de Saint-Henri ont quitté l'île ou se sont établis à l'est des anciennes raffineries.

— Phil et Guy nous ont aidés, raconte Babel. Tout notre bois provient de rebuts ou de vieux meubles jetés au bord de la route. Phil a assemblé les étagères.

La conversation tombe dans un creux.

— Mon oncle, commence Cassandre, à propos de Lara…

— T'en fais pas, ma chouette, c'est tout arrangé! Thomas et Babel vont la garder ici. Je vais consulter un copain et retracer Stephan. Tiens, regarde un peu ce vitrail : c'est Thomas qui l'a créé pour un *Yacht People* du centre-ville…

Exaspérée, Cassandre se plante devant son oncle, pince un poil de sa barbe entre le pouce et l'index, puis tire d'un coup sec.

— Ayoye! Es-tu folle?

— Écoute-moi, gros orignal! dit-elle. En plus d'être aussi maigre qu'un mannequin anorexique, Lara est complètement illettrée!

Son apprentie lectrice dessine toujours quand Cassandre remonte, suivie par les deux hommes et Babel. Elle s'apprête à se répandre en louanges sur un gribouillage amoureusement pondu. Pourvu qu'elle puisse deviner du premier coup ce dont il s'agit... Elle se penche par-dessus l'épaule de l'artiste.

— Oooh! chante-t-elle, c'est beau ce... que tu...

Le reste du compliment meurt au fond de sa gorge. Antoine lorgne le dessin, ouvre la bouche pour critiquer, puis la laisse ouverte. Sur le papier, une danseuse est arquée comme une branche dans la tempête. Lara achève le pied gauche d'un seul trait, sans faire la moindre ébauche. Chaque ligne sort lentement, comme si l'enfant calquait un modèle invisible. Elle trace la dernière courbe du pied.

— Regarde! dit-elle, en tendant la tablette. C'est toi!

Cassandre tourne les feuilles. La précédente montre un gros barbu, vêtu d'une tunique bouddhique. Tout le monde rit, sauf Antoine. La suivante contient un visage familier. Les rires s'éteignent.

— Stephan, murmure Babel.

Ses yeux clairs sont bien rendus, mais sans la lueur qui donne vie au regard. Si Lara semble à l'aise pour tracer les contours, les rides et les commissures des lèvres, les jeux d'ombre et de lumière demeurent un mystère pour elle. Une autre feuille est couverte de nombres cinq, dessinés dans toutes les tailles. Un gros chiffre en porte cinq autres dans sa courbe, comme une mère kangourou, ses petits.

— Où as-tu appris à dessiner comme ça ? demande Cassandre.

— Chez moi, répond la jeune prodige. On me donne des bonnes choses quand je dessine bien. Et je réussis souvent, ajoute-t-elle fièrement.

Son mystérieux talent supplante bientôt les autres sujets de conversation dans l'ancien réservoir.

— Je trouve bien curieux qu'elle n'ait pas appris à lire, commente Phil, un peu plus tard. Je vais lui trouver des ouvrages pour jeune lecteur.

— Elle ne savait pas compter non plus, affirme Cassandre.

— Ça s'explique, réfléchit Antoine. Comme on ne l'a jamais encouragée à développer ses autres capacités, elle s'est concentrée sur la seule chose qu'on lui permettait de faire. Et voilà le résultat !

— Je ne comprends pas, mon oncle.

— Quoi donc ?

Cassandre prend le crayon et trace des ovales approximatifs. Le dessin n'est pas son fort.

— Lara est intelligente et capable d'apprendre. Pourquoi avoir cultivé chez elle un talent unique, au détriment de tous les autres ?

CHAPITRE 8

Antoine enquête

— Toujours *gentleman-farmer*, mon « Toine » ?

Christian Ménard est court et nerveux, avec des cheveux rares plaqués sur le crâne. À côté d'Antoine, il a l'air d'un insecte, mais l'impression disparaît dans ses grands gestes qui avalent l'espace.

— C'est gentil de me recevoir sans rendez-vous.

Christian émet une série de « ben voyons » qui culbutent les uns sur les autres en un grondement guttural. Ils ont marché ensemble contre le G-20, contre Wall Street, contre la hausse des frais étudiants… L'avocat s'est depuis recyclé dans la chasse aux mauvais payeurs.

— Bon, j'gage que t'es venu pour l'Absinthe ?

Antoine grimace.

— Heille, Ménard, appelle-la pas comme ça ! Déjà que les pouilleux de *Télé-Crasse* lui collent ce nom-là…

— C'est sa quatrième condamnation pour entrave économique.

Après le resserrement des peines au criminel, le gouvernement s'est attaqué aux empêcheurs de profiter-en-rond. Tant que les opposants se contentaient de gentilles manifs colorées, ça allait. Quand leurs actions concertées ont commencé à menacer les profits des compagnies… le délit d'entrave économique est né.

Antoine explique le but de sa visite.

— Alors, je soupçonne que c'est la deuxième arrestation de Stephan. J'ai pensé que, avec tes contacts à la police, tu pourrais le retracer.

— Ouaiiis! émet Christian en faisant craquer ses jointures. Tu t'es toujours embarqué dans des histoires compliquées. Je vais faire un contact ou deux.

Pendant que l'avocat s'active sur un agenda élégant, son visiteur observe le Brecht authentique au-dessus du bureau, preuve que ses affaires sont florissantes. Il se demande si la coulisse qui tombe du gros T croche est un effet voulu dans le tableau.

— Voyons, lui a déjà expliqué son ami. C'est un symbole chinois, le *Tian* du ciel, que l'artiste a su réinterpréter…

S'il n'avait un besoin pressant des compétences de son ancien compagnon d'armes, Antoine disserterait sur la dégénérescence de l'art contemporain, qui trouve sa pleine expression dans les œuvres de Jean-Claude Brecht : trois coups de pinceau, toujours trois, qui s'arrachent à des prix déments.

— T'as entendu pour le Forum? jase Christian, en attendant des réponses à ses appels. Notre Midas de la Montagne joue les hôtes! Pis quand il va hériter, il sera encore plus insupportable…

— Le père est malade? fait Antoine.

— Ouais. Julius Lansdowne attend la faucheuse dans son domaine du Lac Simcoe… Ah!

L'avocat rabat son agenda d'un coup sec.

— Bon. Aucun Stephan Brunswick n'a été arrêté pour entrave économique. Ton *chum* n'est pas non plus dans un hôpital, privé ou public.

— C'est pas mon *chum*, grogne Antoine, agacé.

– Ben voyons ! rigole Christian. Tu lui parles cinq minutes hier, puis là, tu remues ciel et terre pour le retrouver !

Le visiteur se lève à demi de son siège, mais la mimique de Christian désamorce sa colère. L'avocat a été témoin de ses déboires amoureux.

Beau gaillard sous sa toison brune, avec une carrure digne de Jos Montferrand, le jeune Antoine méritait bien le surnom d'orignal, immortalisé par les médias. Son verbe dru et cru attirait une flopée de camarades idéalistes, parmi lesquelles Antoine espérait trouver l'âme sœur qui partagerait ses combats. Hélas, il gardait rarement une compagne plus qu'une saison. La lune de miel passée, une sourde rivalité croissait entre la Copine et la Cause. Le pur et dur interprétait la moindre réticence de sa douce comme une trahison. Comment, en effet, chercher un bonheur égoïste à deux, alors que le monde allait si mal ? En retour, sa dulcinée l'accusait d'être incapable de s'engager et de cacher son complexe de *Peter Pan* derrière mille et une causes. Antoine flairait dans ces accusations un subtil chantage… Avec le temps, la douce finissait par s'en aller. Dans le feu de l'action, l'orignal des manifs n'avait pas le temps d'habiter sa peine. Très vite, une autre ardente compagne comblait le vide, tissant la toile de la jeunesse d'Antoine : une suite de visages se fondant les uns dans les autres, sur fond de ciel fleurdelisé et de Grand Soir toujours remis au lendemain.

Un sifflement de son ami le tire de ses souvenirs.

– Wow, Antoine, toi, tu sais choisir tes *chums* ! Quand j'ai lâché mon fureteur dans l'gros nuage de données, r'garde ce que j'ai repêché sur Brunswick !

– Un article ?

– Ça vient des archives de *Télé-Crasse*. Une affaire de meurtre dans le milieu de la drogue. Stephan Brunswick était guitariste dans un *band* rock alternatif, *Rebels Without a Mind*, dissout en 2016.

La rubrique recense le curriculum juridique de l'homme. Les infractions vont du vol qualifié à la contrebande, le tout arrosé d'une bonne dose de voies de fait et culminant avec un meurtre.

– Qui a-t-il tué ? demande Antoine.

Une curiosité morbide le tenaille. Stephan avait l'air tellement inoffensif au parc...

– Une affaire de cœur : son amant est mort d'une overdose. Ton Brunswick a tué le trafiquant. Il a d'abord purgé sa peine dans le secteur carcéral privé, puis il a été affecté au creusage du super pipeline. Un beau projet pour occuper nos criminels !

– Misère, qu'est-ce que je vais faire ? soupire Antoine.

Christian Ménard arpente la pièce en tirant de sa pipe des nuages éthérés.

– Un problème à la fois. Ton bonhomme, je ne courrais pas après, si tu veux mon avis. Maintenant, ta petite Lara pas-de-nom-de-famille. Cette affaire-là sent le moisi. Mon fureteur est en train de répertorier les instituts et les fondations privées qui hébergent des enfants de son âge.

– Je peux te l'amener cet après-midi ?

– Je suis pris. Rappelle demain. Il faut qu'un médecin examine la petite. Après, je peux contacter les services sociaux, enfin… ce qu'il en reste. Je ne peux pas m'engager davantage, tu comprends ?

Antoine hoche la tête, en un mouvement moutonnier qui l'irrite dès qu'il en prend conscience.

— Tu me prêtes ton terminal ? demande-t-il.

— Franchement, tu pourrais t'acheter un agenda, grogne l'intéressé.

Antoine pitonne et tâtonne pour se brancher au Filet. Il compose le numéro de la ferme. Il attend encore trente secondes avant qu'un modeste « Allô » ne lui parvienne.

— Zéphyr ? C'est moi, dit-il à l'écran gris.

— Antoine ! Qu'est-ce que tu fabriques ? Tu devais rentrer hier !

Ça lui prend cinq bonnes minutes pour s'expliquer. Il patauge dans ses doutes, mâche ses mots et perd de sa conviction, à mesure qu'il devine à quel point son histoire doit paraître loufoque.

— À ta place, je ramènerais la petite à la police, dit Zéphyr. Tu vas nous attirer des ennuis.

— Ce n'est pas si simple, proteste Antoine.

— Tu connais les sacrifices qu'on a faits. C'est notre ferme que tu mets en danger avec tes histoires ! On a besoin des pièces pour le tracteur !

Plus tard, Antoine reprend la route vers la zone des raffineries, le cœur lourd.

Ses amis ont trop donné d'eux-mêmes pour mettre leur rêve en danger. Zéphyr était sage-femme et Maxime, acuponcteur. Ils espéraient vivre des deux professions du couple avant que les dispositions sur les médecines parallèles, adoptées dans la foulée des pandémies, ne rendent leur pratique illégale. La ferme périclitait. Les taxes montaient en flèche et d'autres tracasseries administratives indiquaient ce que les dirigeants pensaient d'eux.

Seul célibataire parmi les bâtisseurs de la ferme, Antoine est parti pour amasser le pécule nécessaire à leur survie. Pendant six ans, il a été tour à tour bûcheron, mineur au Plan Nord, travailleur dans les pâtes et papiers, puis, quand l'usine a modernisé ses procédés, il s'est engagé dans le fameux Tunnel : 900 kilomètres à l'abri des attentats et du climat, combinant un oléoduc, un gazoduc et trois conduites qui amènent les métaux extraits des mines du Labrador vers la Côte-Nord.

Les tâches les plus risquées étaient confiées à des détenus loués à rabais par les prisons privées. Le nombre d'accidents était effarant. Et les meurtres…

Il entend les coups de pioche, les éclats de ciment. Neuf gars mal réveillés s'acharnent sur le béton encore chaud, où semble avoir poussé une main aux doigts raidis, agrippant l'air.

— Un règlement de compte des Loups, a dit le superviseur. Shit! Astheure, il faut recouler toute la dalle!

— Enweille, grouille, Tattoine!

— Chuis électricien, pas couleux de béton!

Il aide à casser le ciment autour de la main, du bras… Quand, enfin, on en dégage le corps mutilé, il s'éloigne pour vomir. Derrière lui, les autres se passent en ricanant des morceaux de ce moule obscène.

Le lendemain, Antoine a rempli le formulaire de rupture de contrat, regrettant qu'aucun espace n'ait été prévu pour comparer les *boss* à une meute de chiens sales.

CHAPITRE 9

La Taupe

Le sol craquelé ne se prête guère à la marche. Cassandre doit aider Lara à enjamber les obstacles, arbustes agressifs et débris de toutes sortes. Shakti les guide dans cette rebutante promenade. Avec Antoine, ils longent un terrain vague jusqu'à une ancienne brasserie. Le moine les fait entrer par une fenêtre borgne.

Ils traversent une salle pleine de cuves au chômage. Le moine s'arrête près d'une pile de débris d'alambic et de blocs de ciment. Il frappe sur une plaque de tôle appuyée contre le mur du fond. Un chuchotement lui répond. Des mains repoussent la plaque, révélant un passage à peine assez large pour Antoine. Deux jeunes hommes d'âge indistinct gardent cet accès ; leur teint livide et leurs sombres oripeaux les classent parmi les *Vampyrs*. Le groupe suit les mystérieuses sentinelles, luttant contre une claustrophobie grandissante. Des sons leur parviennent : plaintes, murmures et froissements de couvertures. Ils arrivent dans une salle à l'éclairage crépusculaire. Des miasmes de saleté, de rouille et d'excréments les accueillent, enrobés dans une humidité suintante. Une centaine de malades gisent sur des sacs de jute ou de vieux sommiers.

Une femme noire en salopette usée se déplace entre les lits. À la déférence que lui témoigne Shakti, Antoine devine qu'il se trouve en présence de la Taupe. D'épaisses lunettes à double foyer agrandissent ses yeux bruns. Son âge oscille entre la cinquantaine avancée et la soixantaine. Son visage est marqué par d'incessants combats. La Taupe porte de vulgaires gants à vaisselle jaunes pour toucher, palper, injecter et nourrir ces affligés. Elle traîne, attaché à son dos, un petit siège qu'elle déplie devant ses visiteurs.

— Qu'est-ce que vous voulez ? demande-t-elle en s'y installant.

Lara l'imite, s'assoyant sur le ciment. Cassandre et Antoine restent debout, rebutés par la saleté. Shakti explique le but de leur visite en désignant l'enfant assise. Antoine prend le relais, pour détailler les événements de la veille.

— Stephan, l'avez-vous vu récemment ? demande-t-il.

La Taupe soupire.

— Il nous rend visite plutôt les fins de semaine. Bon, viens ici, la petite.

Elle fait signe à Lara, silencieuse depuis son arrivée. La Taupe la guide près d'une cuve où l'eau s'égoutte d'un robinet de fortune. Elle montre à Lara une caisse couverte d'un drap.

— Assois-toi, ma belle.

La Taupe tire autour d'elle et de sa patiente un rideau de douche fixé à des conduites. En attendant, Antoine et Cassandre font de leur mieux pour ne pas nuire aux allées et venues des aides-soignants. Une fille au visage caché sous des motifs peints chantonne près d'un grabataire, dont les yeux vides suivent on ne sait quoi. Un barbu au crâne orné de signes de croix se penche au-dessus d'une petite chose prématurément ridée, un plat à la main. La cuiller accomplit le court trajet de l'assiette à la bouche.

— Yen a qui ont la *bitcheuse*, chuchote Cassandre en frémissant.

— Avant, on les aurait soignés dans un hôpital public, dit Antoine.

— Il paraît que ces hôpitaux étaient gérés par des incompétents.

Il soupire. Née après l'ère des Choix difficiles, Cassandre a absorbé la version de l'histoire écrite par les vainqueurs et martelée par leurs médias.

— Tes « incompétents » étaient forcés de couper dans les soins, au nom de l'équilibre budgétaire.

— Et c'était si compliqué ?

— À mesure que les organismes publics se serraient la ceinture, les salaires minables réduisaient encore les revenus de l'État, tandis que les entreprises payaient moins d'impôts. L'équilibre devenait un mirage qui reculait sans cesse. Avec le coût des nouvelles prisons, des avions de chasse, du réseau de défense satellitaire, y restait plus grand-chose pour la santé !

— Parce que les gérants et le personnel étaient incompétents, s'entête la jeune artiste.

Antoine perd patience.

— Imagine que ton directeur artistique exige que tu sois à ton... euh... *top-max* pour ta prochaine chorégraphie. Sauf qu'y t'paie pas, qu'y t'nourrit pas, qu'y te donne pas de place pour t'entraîner. *Quesse* tu fais ?

Cassandre n'a jamais gagné de débat contre son oncle. « Il ne saura jamais ce que c'est que de se donner au *top-max* de son créneau, lui. L'adversité trempe le caractère », réfléchit-elle. Son regard coule sur un « infirmier » arrêté près du malade que le barbu nourrissait. Le pourpoint bleu et la blouse chargée de dentelles évoquent une gravure médiévale. Il soulève l'alité pour le nettoyer, avec des gestes délicats. Se sentant observé, le garçon lève la tête. Le sourire qu'il adresse à Cassandre gomme l'austérité de son visage encadré de cheveux noirs. Le mouvement découvre aussi une ligne rose qui lui traverse la pomme d'Adam.

— B-bonjour, fait Cassandre, nerveuse.

Le garçon ne répond pas.

— Le crois-tu incompétent, lui aussi ? murmure son oncle.

— Notre ami Louis ne parle pas, dit une voix calme.

Shakti se faufile entre eux, chargé d'une pile de serviettes dans un sac transparent. Il a fixé les pans de sa toge orange pour ne pas la laisser traîner au sol, révélant des jambes galbées. Il s'arrête près d'un gros sac accroché aux conduites du plafond. Le sac remue ; une tête frisée en émerge. Shakti remet une serviette à son occupant, avant de repartir. Cassandre remarque alors d'autres tentes-escargots accrochées aux conduites du plafond pour économiser l'espace libre.

Une odeur de cuisson l'attire vers un coin cuisine. Deux Arlequins tranchent des lanières de viande qu'ils font griller dans une poêle. Une vieille femme, emmitouflée dans un foulard beige, récure des peaux qu'elle jette dans un bassin. Cassandre s'approche pour voir ce qui mijote.

— Ça a l'air bon, qu'est-ce que c'est, du poulet ?

La femme noire fait un geste vers un baquet à ses pieds, où s'amoncellent des queues grises et touffues… Cassandre sent son estomac remonter.

— Des… des… Vous mangez des… écureuils ?

– Si ! répond-elle. C'est une viande abondante et pas chère.

Un des Arlequins rigole.

– Les mardis, on sert du moineau rôti et le jeudi, de la carpe asiatique, pêchée sur place, si tu préfères !

*   *   *

La Taupe ouvre le rideau, perplexe. Geste inattendu, elle saisit Antoine par le coude.

– Je n'ai jamais vu ça !

– Qu'est-ce qu'elle a ? s'inquiète-t-il.

– Son calendrier naturel fonctionne depuis au moins un an.

Comme il ne pige pas tout de suite, elle répète dans un langage plus clair.

– La petite a déjà ses règles. Mais il y a autre chose... Lara souffre de malnutrition. Et son port d'injection m'intrigue. D'où sort cette petite ?

– Euh, on ne le sait pas nous-mêmes. Un ami avocat m'a suggéré qu'un médecin contacte les services...

– Hum. Je ne peux pas le faire depuis mon hôpital. Ce soir, je suis trop occupée pour sortir. Demain, je vais voir...

– Je vous remercie, dit-il. Si je peux faire quelque chose pour vous...

– Certainement ! se hâte-t-elle de répondre. Vous pouvez me payer en nature.

– En nature ? répète Antoine, confus.

La Taupe lui montre des tubes suspendus à un poteau, un siège à accoudoirs et un réfrigérateur portable, à côté de son cabinet improvisé. Antoine comprend qu'on l'a pris au mot. La Taupe déballe tranquillement une aiguille.

— Il faut bien que je nourrisse mes petits *Vampyrs*, dit-elle.

Pendant la prise de sang, elle jette des réponses laconiques aux questions d'Antoine. Comme si, habituée au rationnement, elle économisait aussi son souffle. À son sujet, Antoine n'apprend que son séjour à Port-Au-Prince après le séisme de 2010, et son nom, Ange-Élisabeth Saint-Gilles.

— Et voilà, fait-elle, en pressant un tampon sur son bras. Ça n'a pas fait si mal, hein ?

Antoine remet son gilet.

— Comment avez-vous connu Stephan ?

La Taupe le fixe à travers ses lunettes. Soudain mal à l'aise, Antoine se dandine comme une ampoule électrique qui ne saurait pas trop où se visser. La soignante enlève ses gants et frotte l'une contre l'autre des mains qui doivent souffrir de l'humidité.

— Il y a huit ans, il s'est pointé dans mon ancien terrier. Il m'a regardée travailler. Il avait l'air... égaré, comme un matou perdu. J'n'ai pas vu qu'il se vidait de son sang, jusqu'à ce qu'il s'effondre. Je l'ai soigné là où il est tombé. J'ai trouvé sa marque de Caïn. Il avait croisé des *Acid Brains* de mauvais poil... Dès qu'il a pu se lever, il est reparti.

Antoine jette un coup d'œil circulaire sur la faune autour d'eux.

— Vous soignez n'importe qui ?

— *Solèy la klere sou tout moun. Molèr a trete tout moun.* Le soleil brille sur tout le monde. La Taupe soigne tout le monde.

Il ressent une double morsure de jalousie et d'admiration envers cette curieuse doctoresse, qui reprend une œuvre abandonnée par l'État...

— Et après, Stephan est revenu ?

— Les bras pleins de paquets, dit-elle avec plus de chaleur. Il a payé la petite étuve, là-bas.

— Euh, fait Antoine, ce matériel n'est pas donné. Un boulot-tempo rapporte des miettes !

La Taupe hausse les épaules.

— J'y demande pas de détails. Il m'apporte du matériel utile. Et il joue de la guitare pour les malades. C'est juste dommage qu'il chante comme une casserole fêlée !

Elle s'interrompt, consciente de glisser dans une frivolité inacceptable pour elle.

— Bon, si vous, ou ce bon vieux Thomas, voyez Stephan, vous lui donnerez ceci.

Elle lui remet un tube de comprimés.

— *Kessé* ? fait Antoine.

— Des stimulants pour son système immunitaire. Beaucoup de gens ici sont atteints de la *bitcheuse*.

Antoine aspire brusquement.

— Il a la *bitcheuse* ?

La Taupe se moque de lui.

—Tu croyais que Stephan venait ici pour mes beaux yeux ?

— Euh, non, non... balbutie Antoine.

Il est troublé par ce qu'il vient d'apprendre. « Son amant mort. Lui, marqué comme une marchandise. Pis infecté à l'os. »

— Je te niaise, là ! Stephan serait venu m'aider de toute manière. Il a un don.

* * *

Plus tard, au sommet du réservoir, Babel montre à Cassandre comment plaquer sur la guitare les accords de *Let It Be.* Cette ballade classique remplit Antoine d'une nostalgie qui rend son départ plus difficile. Il doit s'y résigner : les trois heures de route vers New Mexico ne lui laissent plus le choix.

— Je dois apporter les pièces de rechange pour le tracteur, dit-il à Thomas. Je reviendrai demain.

— Allons, je comprends, cher ami. Nous garderons Lara.

L'enfant, qui écoute Babel chanter, ne leur prête pas attention.

— Cassandre, tu es prête ?

Celle-ci hésite, les doigts sur les cordes de l'instrument. Elle n'a rien en commun avec son activiste de mère, pourtant, l'idée de laisser Lara lui déplaît.

— Non, merci. J'veux attendre que ce soit réglé pour Lara.

Antoine quitte le réservoir, les notes de guitare dansent encore dans sa tête. Il espère que, bientôt, le fardeau de la mystérieuse enfant reposera sur d'autres épaules que les siennes.

CHAPITRE 10

Visite guidée

Un concerto de Bach joue en sourdine dans la pièce habillée de tons neutres et de plantes vertes. Stephan s'avance sur le plancher verni. La netteté de l'endroit scande *chaque chose à sa place*. Dans son uniforme fripé, lui ne se sent pas à sa place. Il touche le tampon sur sa tempe. Il a réussi à attirer ses poursuivants loin de la porte, mais ceux-ci l'ont rattrapé… avec leurs matraques. Stephan ne se souvient de rien, jusqu'à son réveil dans une chambre surveillée par un gardien contrarié. À peine lui a-t-on laissé le temps de se soulager avant de l'amener ici !

Ce cabinet feutré réveille des souvenirs de sa vie d'avant la prison. Il se concentre sur ce que le décor peut lui révéler, de la même façon qu'il a appris à jauger un nouveau gardien. Bien calé dans un fauteuil, un homme tape sur des touches virtuelles : les lignes s'empilent sur l'écran à une vitesse prodigieuse. Éclairée par un puits de lumière, une cage vide brille sur le coin du bureau. Face au meuble, les couleurs criardes d'une toile abstraite griffent effrontément le beige sobre des murs. Sous le tableau, un plateau d'échecs le fait tiquer : les cases sont toutes d'un même gris aluminium. Les pièces aux deux bouts de l'échiquier sont toutes noires. Jouer une partie pose un sérieux défi intellectuel. À moins que ce jeu n'ait pour seule fonction d'impressionner les visiteurs !

Stephan jette un coup d'œil par les fenêtres panoramiques. Des parterres bien aménagés se déroulent jusqu'à une muraille, derrière laquelle une forêt a survécu. Au-delà, un terrain de golf s'étire paresseusement. Au loin, des gratte-ciel bleutés s'entassent au pied de la montagne coiffée par la Pyramide. Par réflexe, il porte la main à sa ceinture : plus de contremaître. Après sa course folle, Stephan ne se faisait pas d'illusion sur son contrat. Dommage qu'on l'ait viré ; il aimait bien le parc…

Une forme blanche remue sur l'épaule du personnage assis, lui grimpe à l'oreille et s'engage dans sa chevelure. Arrivé au sommet de la tête, le rongeur se dresse, comme pour inspecter le texte qui apparaît sur l'écran. Absorbé par son travail, l'homme ne lui prête aucune attention. Une minute s'écoule, le visiteur oscillant entre l'impatience et la fascination. Enfin, l'autre remarque sa présence. Lorsqu'il fait pivoter son fauteuil, le petit animal se réfugie dans une poche de son gilet.

L'homme qui se lève pour l'accueillir paraît bien jeune pour occuper un bureau si imposant. À peine trahis par un mince filet d'argent, ses cheveux noirs dégagent un front large posé sur d'épais sourcils. Il désigne la bosse dans son gilet.

— J'aurais aimé vous présenter Georgina, mais elle est timide avec les étrangers, dit-il d'un ton léger.

— Vous êtes Xavier ? demande Stephan, en acceptant sa poignée de main.

L'homme lui sourit, découvrant des dents bien soignées.

— Non. Je suis le docteur Kane Sardan. Je dirige le Complexe Orphée, lequel abrite notamment l'équipe du professeur Xavier Peacegiver.

Stephan n'arrive pas à choisir parmi les questions qui se bousculent dans sa tête. Il se sent étourdi. Le Complexe Orphée navigue haut et clair dans l'imaginaire public. Sur le mur d'infos de la Pyramide, il a lu des reportages au sujet des thérapeuvirus qui y sont conçus. Le directeur lui désigne un siège dont les pattes défient les lois de la gravité. Il s'y installe avec précaution.

À son tour, le directeur considère l'homme assis devant lui. Les miliciens l'ont matraqué à qui mieux mieux. La commotion cérébrale a bien failli lui être fatale. Kane l'a fait soigner à une clinique privée de la cité d'Émeraude. Une fois hors de danger, le temporaire a été amené au Complexe. Pendant ce temps, le directeur a examiné son dossier civique et ses archives médicales. Il a trois pièces maîtresses dans son jeu, chacune amplement suffisante pour obtenir ce qu'il veut du temporaire. L'équipe de Xavier pourra récupérer l'enfant sans faire de vagues. Sûr de lui, il pose une carte monnaie sur la table.

— Monsieur Brunswick, dit-il, je suis désolé de ce qui vous est arrivé à la Pyramide. L'agence de travailleurs temporaires vous a largué, en raison de votre, hum… indiscipline. Cette somme devrait couvrir vos frais pour un bon mois.

Le temporaire soupèse la carte. Puis, il la repose.

— De quoi souffre Lara ?

— Leucémie, répond l'autre. Son absence nous inquiète beaucoup.

– Son nom complet ?

– Confidentiel.

– Et que fabriquait-elle à la Pyramide ?

– Elle consultait un spécialiste. L'enfant a eu une mauvaise réaction à un médicament et s'est enfuie.

Brunswick se tape sur la poitrine.

– Cette petite a un port d'injection, ici, comme les grands malades ! Or, elle bondissait comme une gazelle...

Kane est intrigué par ce détail. Malgré leur relation amicale, Cyn s'est montrée d'une discrétion exemplaire au sujet du projet de Peacegiver.

– Vous avez ensuite retardé notre personnel, continue-t-il.

– Lara était terrifiée ! Je voulais avertir vos hommes qu'une telle chasse pousserait la gamine vers d'autres imprudences.

– Et ils se sont conduits d'une manière inexcusable.

L'homme a un sourire en coin.

– Disons qu'ils n'ont pas jugé bon de retenir ma suggestion.

Kane s'attendait à une dose de cynisme, mais cette touche d'humour le surprend. Il a enseigné assez longtemps pour détecter une vive intelligence dans ces yeux délavés. Pendant qu'il écrivait son article, il a bien vu, reflétée sur son écran, l'intensité avec laquelle son invité observait la pièce. Beaucoup de temporaires sont des artistes sans ressources ou des intellectuels qui ont étudié « à côté de l'or », se spécialisant dans un secteur de pointe qui s'est vite émoussé. Si Brunswick était jeune et en bonne santé, Kane l'expédierait dans une bonne université. Il l'a déjà fait pour d'autres, sa façon à lui de contester un système d'éducation axé sur la fortune. Et une manière, il doit se l'avouer, de compenser pour ce qu'il n'a pu offrir à son fils disparu.

— Et pourquoi n'est-elle pas soignée dans un hôpital ?

— Son traitement innovateur a exigé un gros investissement, mais n'a pas encore été élargi aux établissements de santé. Pour cette raison, elle est traitée à l'Institut Icare.

— C'est votre seule préoccupation, le fric ?

Kane soupire, agacé. Il aimerait ne pas avoir à s'en occuper, du fric !

— Vous avez mangé ?

Ayant sauté deux repas, Stephan est affamé. À la cafétéria, le directeur lui paie deux assiettes et un dessert, sans sourciller. La murale de la salle à manger représente la lutte contre la maladie et la mort, assaisonnée d'un brin de mythologie. Le personnage d'Orphée y affronte Cerbère, tous deux observés par une Eurydice pudiquement voilée. En face, une plaque de bronze énumère la longue liste de donateurs, surtout des entreprises d'énergie et d'informatique.

— Le Complexe Orphée ne coûte pas un sou au gouvernement québécois, dit Sardan. Le fonds *Preachers* assure notre fonctionnement de base et notre sécurité. La division Recherches de *Lansdowne Future* a financé la construction du site.

— Ça valait la peine de raser le Mont-Royal, commente Stephan, entre deux bouchées.

— La Pyramide reste controversée, je l'admets. Écoutez, j'ai un peu de temps. Laissez-moi vous montrer l'Institut Icare. Vous verrez ce que le fric permet d'accomplir.

Quand le directeur le guide hors de l'édifice, Stephan se sent nettement mieux.

* * *

L'Institut Icare est un modeste pavillon conçu pour absorber un maximum de lumière. Une vingtaine d'enfants s'amusent dans une grande cour intérieure. Le directeur traverse le groupe comme un berger, distribuant sourires et bons mots. Les petits appellent par son nom la souris perchée sur son épaule.

À l'intérieur, des murales naïves et colorées égaient les corridors. Sardan s'arrête devant une porte peinte en bleu ciel. On y a fixé le dessin d'un arbre au tronc surdimensionné. Stephan y lit un nom, Lara, griffonné au marqueur violet. Un autre dessin d'enfant surgit de sa mémoire, lui aussi affiché sur une porte. Il en chasse le souvenir et entre dans la pièce. Les murs colorés répondent au soleil qui entre par la fenêtre. Sur un bureau, une cartouche vidéo attend d'être visionnée sur l'écran mural. Stephan feuillette un livre de contes.

— A-t-elle une famille ? demande-t-il.

— Non. Ses parents sont morts dans l'épidémie-éclair de 2035.

Stephan tressaille. Cette année-là, un virus tropical ramené par un voyageur imprudent a semé la mort à Québec. Il visite ensuite une pièce où des enfants en pyjama sont branchés à d'imposants appareils qui ne chôment pas. Le directeur pige dans ses mots compliqués pour en expliquer le fonctionnement.

— Un traiteur virothérapique agit comme un dialyseur : le sang traverse ici (*il pointe du doigt un tube anodin*) et le virus est injecté là (*il montre un autre tube tout aussi anodin*) pour infecter les cellules ciblées.

— Les cancéreuses.

— Oui. Le filtre, ici (une *boîte d'où jaillissent des spaghettis de fils*) recueille les cellules tuées par le virus. Le sang assaini est alors retourné au malade.

— Vous fabriquez des virus à la carte ?

— C'est notre domaine d'excellence. Avec un bon synthétiseur de nucléotides et de la patience, on peut construire un virus maison chargé d'une tâche précise.

Malgré la bonhomie du directeur, Stephan éprouve un malaise. L'odeur de désinfectant réveille de mauvais souvenirs.

— Monsieur, est-ce que ça va ? s'inquiète une infirmière qui a remarqué sa pâleur.

— Oui, répond trop vite Stephan, irrité de sa prévenance.

On le conduit vers une aile où l'odeur de désinfectant se fait plus forte. Ils s'arrêtent devant un mur transparent. Derrière cette cloison, une salle de jeu où s'ébattent d'autres enfants. À hauteur de la taille, pendent des gants réversibles qui permettent un contact.

— Cette aire isolée préserve les jeunes malades des infections opportunistes, lesquelles, autrement, profiteraient de leurs défenses immunitaires affaiblies. Ces enfants vulnérables peuvent jouer dehors en scaphandre.

Une fillette de l'âge de Lara accourt, espérant sans doute une visite. Elle s'arrête à quelques pas des adultes derrière la cloison. La déception avale le petit visage aux prunelles affamées.

Stephan ne peut plus réprimer le souvenir qui remonte en lui. *La porte avec le dessin, sa main sur la poignée...* Sardan lui parle d'un ton pressé, l'infirmière lui prend le bras. Il les entend à peine. Il étouffe ! Il se libère et s'enfuit. Sardan n'a pas à courir bien loin. À genoux, son invité achève de rendre son dîner sur le plancher verni du passage.

— De l'air, gémit-il.

On installe Stephan sur un banc dans la cour pleine d'enfants.

— Vous avez soif ? demande l'infirmière.

Il fait *oui* de la tête. Elle s'éloigne.

— Je suis désolé, dit le directeur en s'assoyant à ses côtés. C'est difficile pour tout le monde.

Son accent de sincérité ébranle Stephan. Il pourrait lui dire... Une indélicate sonnerie interrompt ses pensées. Le médecin porte à son oreille une plaquette ivoire. Il répond sans émettre un son, laissant l'agenda lire ses lèvres.

— Je dois m'absenter un instant, s'excuse-t-il.

Stephan se retrouve seul au milieu des enfants anonymes. Un ballon transparent avec des spirales bleues s'immobilise à ses pieds. Il se raidit : un petit cosmonaute court vers lui. Le casque révèle une frimousse de fillette aux cheveux clairsemés.

— Vous êtes le père de Julie ? demande sa voix, retransmise par un émetteur à la base du casque.

— Non, répond Stephan, d'une voix enrouée.

Un autre cosmonaute accourt. Sans doute Julie, car son air dépité ne trompe pas.

— Tes parents viendront sûrement, dit Stephan pour l'encourager.

– Je ne sais pas, Monsieur. Ça fait longtemps que Maman n'est pas venue.

– Et ton père ?

– J'en ai pas…

« … Et il se fiche bien de ce qui m'arrive ! » a dit la jeune Cassandre devant Stephan. Il desserre le col de son uniforme. Deux garçons s'approchent. Aucun d'eux n'est âgé de plus de dix ans.

Quand l'infirmière revient avec un gobelet scellé, leur visiteur n'est plus sur le banc. Si elle est surprise de le voir lancer le ballon et servir de monture aux pensionnaires, elle n'en laisse rien paraître. Après tout, les scaphandres sont solides et les distractions rares.

*   *   *

Lara, elle, ne manque pas de distractions. Elle a regardé Babel jouer sur la guitare de Stephan. Elle a récité sans se tromper toutes les lettres de l'alphabet, ce qui lui vaut des applaudissements de Cassandre. Elle a parcouru la bibliothèque et sorti au moins soixante livres pour admirer leur couverture. Le brave Phil les a replacés avec une patience d'ange. La fillette assimile deux mots nouveaux à la minute, ne trébuchant que sur les termes abstraits. Sa curiosité ne s'arrête pas aux livres. Elle observe ses ongles courts et roses, puis ceux de Cassandre, longs et argentés.

– Tes ongles sont drôles, dit-elle.

– Ils sont recouverts d'un alliage très dur, dit l'acrobate.

– Pourquoi ?

– Pour mieux grimper le long des murs.

– Pourquoi ?

Le projet Ithuriel

– Parce que mon métier, c'est de danser sur des murs ou sur des façades de maison.

– C'est pour cela que tu as grimpé si vite, près de la grande fontaine ! s'exclame l'enfant. J'aimerais ça en avoir des pareils !

Cassandre regarde ses mains, songeuse. Comme ses cornées améliorées, ses ongles lui ont coûté cher. La kératine a été renforcée par trois couches d'alliage de tungstène-cobalt. La même opération a été effectuée pour ses ongles de gros orteils qui, heureusement, poussent deux fois moins vite. En plus de lui permettre d'escalader n'importe quelle surface, ses ongles sont assez durs pour griffer du quartz.

– Le problème, c'est que des ongles, ça pousse. Alors, il faut que je fasse refaire l'opération aux deux ou trois mois. Et ça coûte beaucoup d'argent.

– C'est quoi l'argent ?

Cassandre lève les yeux au plafond.

– La deuxième chose plus importante dans la vie !

– C'est quoi la première ?

– La gloâââre !

Elle a répondu par dépit.

– C'est quoi, la gloire ?

– C'est quand tu es très, très bonne dans ce que tu fais, comme moi avec la danse, tu deviens très rare. Alors les gens qui aiment la danse sont prêts à donner beaucoup d'argent pour te voir en spectacle…

– Alors, l'argent est la chose la plus importante dans la vie ! conclut joyeusement Lara.

Cassandre se gratte la tête, en proie à un soudain vertige économique. Sa tâche de grande sœur s'avère plus compliquée qu'elle ne le pensait.

CHAPITRE 11

Interrogatoire musclé

— Je vous l'ai dit, répète Stephan. Je ne sais pas où elle se trouve.

Kane Sardan a paru heureux de le voir jouer avec les enfants. Toutefois, de retour au sommet du Complexe, les soucis ont repris leur emprise, refroidissant son attitude.

— Vous mentez mal, tranche Sardan, dont l'impatience devient manifeste.

— Vous n'êtes pas en reste pour les mensonges ! jette Stephan. Il y avait des livres dans la prétendue chambre. Or, Lara ne sait pas compter, ni lire ! Elle est ignorante !

— Dysfonctionnement d'apprentissage, improvise le directeur.

Stephan se croise les bras.

— Cette petite n'a jamais fréquenté votre Institut. Aucun des enfants ne la connaît.

Il a joué assez longtemps avec la petite Julie et ses amis pour le vérifier.

Kane fulmine intérieurement. Ni Aléna Cyn ni ses autres assistants n'ont songé à le mettre au courant de ce détail. Que lui cachent-ils sur cette enfant ? Le personnel de l'Institut Icare, qui lui est dévoué, a préparé la chambre en toute innocence pour une nouvelle pensionnaire.

— Lara n'a eu que peu de contacts avec d'autres enfants, invente-t-il encore.

Il change de tactique.

— Monsieur Brunswick, je sais que vous êtes porteur du rétrovirus C-38. Je peux vous faire soigner.

— J'ai déjà ce qu'il me faut contre la *bitcheuse*.

— Vos stimulants palliatifs, à moyen terme, n'empêcheront pas la dégénérescence de votre système nerveux. Vous pourriez avoir accès au nouveau traitement.

Brunswick joue avec une longue mèche échappée de son élastique.

— Vous m'offririez gratuitement un traitement aussi ruineux ? Pour retrouver Lara ?

— Si vous tenez réellement à son bien-être, je vous conseille de le prouver en me révélant où elle se cache.

Silence.

Kane Sardan voit s'effriter ses chances de régler le problème d'une façon civilisée. Il a perdu trop de temps. Il opte pour une mise en échec.

— Vous avez frappé des miliciens et mis une enfant en danger. Dois-je vous signaler à la police ? Sans oublier que vous avez un passé plutôt... chargé. Le nouveau Code criminel vous garantit un long séjour en milieu carcéral, peut-être même au Tunnel.

Brunswick déglutit. Kane l'accule au mur, sans finesse. Livide, l'ex-prisonnier se dresse à demi.

— On n'envoie pas d'hommes de plus de cinquante ans au Tunnel, proteste-t-il.

— La vie de Lara est en jeu !

— Alors laissez-moi partir ! Je vous la ram...

Il s'interrompt, trop tard.

« Échec et mat ! » songe Kane. Il pousse la carte monnaie vers son interlocuteur.

– Vous savez donc où Lara se trouve, dit-il. Vous serez indemnisé…

Il n'a pas le loisir de savourer sa victoire. Sautant par-dessus le bureau, Brunswick l'empoigne au col. La chaise bascule sous leur poids. Georgina profite de la soudaine proximité du sol pour s'enfuir à toutes pattes. Kane veut appeler à l'aide, mais les mains qui enserrent son cou l'étouffent. Le directeur se retrouve coincé sous l'employé qui s'époumone à sa place.

– Orduuure ! Econocrate ! Vous êtes tous pareils !

Stephan émerge de sa colère. Il doit partir. Il ne peut pas retourner en prison. Il n'a plus l'endurance nécessaire pour survivre aux exactions des gardiens ou aux règlements de compte entre détenus.

Une main empoigne ses cheveux attachés et le tire par derrière. Il retrouve ses réflexes de prisonnier et enfonce un coude dans l'estomac de son assaillant, qui émet un bruit de soufflet et le lâche. Il se redresse, pour se trouver en face de la brute qui l'a frappé à la Pyramide.

Sans penser, Stephan agrippe le premier objet qui lui tombe sous la main – une cage – et la jette, avec graines, crottes et copeaux, au visage de l'homme. Il court vers la sortie, attrapant un passage la petite table du jeu d'échecs. Cyn entre, suivie d'un jeune rouquin. Il frappe le roux avec la table et bouscule la femme, mais elle s'accroche à ses jambes et le fait tomber. Avant qu'il ne puisse se relever, une lourde masse le cloue comme un papillon sur la marqueterie. On lui tord le bras gauche. Quelqu'un d'autre lui immobilise les jambes. La panique le gagne : au Tunnel, un gars qui tombait à terre pendant une rixe était mort.

— Vous n'avez pas le droit de me retenir ici! hurle-t-il.

Deux mains saisissent son bras libre et remontent la manche de son uniforme. Stephan sent la pression d'un liquide à travers sa peau. Juste avant qu'il ne perde la carte, la voix de Sardan lui parvient, avec cet accent condescendant qui l'agace.

— Je suis vraiment désolé. J'ai tout fait pour ne pas en arriver là.

Amer, Kane observe les aides de Xavier Peacegiver qui s'affairent auprès de Brunswick avec leur pharmacopée. Son regard croise l'œil désapprobateur du chef de la milice du Complexe, Gordon Fisher, qui rajuste son épinglette rouge et or.

Un autre adhérent du mouvement *GodWar*, constate Kane, affligé par le recul de la pensée rationnelle. Ces illuminés ont infiltré bien des paliers de décision et disséminé leur vision d'un ordre social divin. Il porte la main à la poche de son gilet. Elle est vide. Il se met aussitôt à quatre pattes.

— Georgina? Georgina?

CHAPITRE 12

L'orignal des manifs

**Nuit du 3 au 4 avril – La Ferme Landry,
New Mexico, Québec**

Antoine a beau se tortiller entre ses couvertures, le sommeil le fuit. Il se redresse et regarde par la fenêtre de sa chambre. Un coyote rôde-t-il autour de la ferme ? Non, tout est calme, sauf pour des glapissements dans le bois. Ça doit être une des bandes de macaques japonais échappés de l'ancien zoo de Granby. Ils se sont trop bien adaptés à la forêt québécoise et au climat adouci... L'exil suscite en lui un mélange de regret et de fierté, qui s'est affadi avec les années. Il gratte la cicatrice sous ses cheveux, le souvenir de sa dernière manif.

Il marche, soutenant une extrémité de la grande banderole de Terre-Unie : NOUS SOMMES LE MARCHÉ ! Des pancartes, des banderoles, la force du nombre et du bon droit avec eux. Même le soleil est de leur bord. Le 1 % n'a qu'à bien se tenir ! Alminthe marche devant, tirant Cassandre dans son chariot. Suivent Zéphyr Boudreault de l'Amicale écologiste, Serge Ménard et son pinch, Mario Ladouceur et Maxime Landry avec le groupe Attac-Québec, et la belle Loulou Nagard en T-shirt Che Guevara... Antoine vocifère à puissance max.

— SO, SO, SO, SO-LI-DA-RI-TÉ !

Sa petite nièce de seize mois babille.

– So… so… so-solalalalah !

Alminthe se tourne vers lui, le visage radieux sous ses cheveux châtains. Elle ne boitille presque plus depuis l'accident qui a mis fin à sa carrière aux Grands Ballets, deux ans plus tôt. Le même accident lui a révélé qu'elle attendait une fille. Les poings crispés sur la hampe, Antoine maudit le « fiancé » de sa sœur, qui a rompu avec elle aussi élégamment qu'on peut le faire au nom d'une carrière politique en gestation.

Un journal vole au vent. Ménard l'attrape et en montre les titres à Antoine, qui marmonne « *c't'écœurant !* », sans préciser quelle manchette a soulevé son indignation.

Les plans de la Pyramide approuvés
par le conseil municipal.

Le Traité Amical des Investisseurs bientôt ratifié
à Montréal.

Les quatre morts de l'hôpital général de Vancouver :
l'interne reconnu coupable de négligence criminelle.

L'infestation de vermouille progresse :
le pire est à craindre pour les feuillus.

Ils tournent au coin de René-Lévesque. L'ire populaire occupe toute la largeur du boulevard. L'orignal des manifs baigne dans son élément. Tout à l'heure, « ils » vont l'entendre. Des cris éclatent sur la gauche : des membres du *Black Block* se sont infiltrés parmi eux. Mais le service d'ordre de la CSN, qui chapeaute la manif, les fait quitter les lieux. Leur marche est totalement pacifique. Ils remonteront ensuite vers le Mont-Royal.

Antoine, qui dépasse presque tout le monde, aperçoit la barrière érigée devant l'hôtel, gardée par les escouades anti-émeutes. À ce moment, des provocateurs en cagoule déferlent d'un petit café situé sur le côté. Ils s'attaquent à la barrière. L'un d'eux porte quelque chose, mais quoi ? Un coup sourd retentit, comme un pétard. Les feux de circulation s'éteignent.

— *Shit !* s'écrie Ménard. Mon vieux Blackberry vient de flancher !

Autour de lui, une dizaine de personnes s'exclament.

— Qu'est-ce qui se passe ?

— Mon cel marche pus !

La petite Loulou Nagard leur crie.

— C't'une décharge magnétique ! Un EMP !

La décharge a effacé les mémoires de tous les appareils de communication, autant chez les policiers que chez les manifestants. Les caméras digitales des journalistes sympathiques à leur cause ont elles aussi été réduites au silence... Un flap-flap d'hélicoptère les survole. Hors de portée de la décharge EMP, le nouveau consortium *Magna Media* filme la scène qui fera la une de ses soixante chaînes TV.

— *Télé-Crasse* va encore nous faire passer pour des violents, dit Ménard.

— Aaah...

Ladouceur s'affaisse en laissant tomber sa pancarte rouge et blanche. Antoine comprend. Le flash électromagnétique a affecté tous ceux qui portent des pacemakers ! D'autres manifestants s'écroulent. La panique s'empare des gens, qui croient que des tireurs embusqués les ont pris pour cibles. Des gaz lacrymogènes achèvent de faire refluer la vague humaine. Les marcheurs se mettent à courir. Le chariot s'est renversé. Alminthe a pris Cassandre dans ses bras. Antoine se libère de la hampe pour les rejoindre. La grande banderole des opposants s'abaisse, mangée par la foule. Des policiers en armure bloquent soudain les rues transversales. Agitant les bras, Antoine court vers sa sœur et son bébé, qui disparaissent derrière un écran de fumée. Puis, sa tête éclate.

*　　*　　*

Après trois semaines dans le coma, il a repris conscience et retrouvé Alminthe, qui sanglotait à son chevet. Une cannette de gaz tirée d'un canon lui avait fracassé le crâne. Refusant l'auréole de martyr que les médias voulaient enfoncer sur sa tête couturée, l'orignal des manifs a rangé ses pancartes et ses illusions.

Quand son ami Maxime a recruté des cofondateurs pour acheter et exploiter une ferme, Antoine a dit *oui*. L'ancien activiste a puisé graduellement un nouvel équilibre dans le travail de la terre et dans le lent roulement des saisons.

CHAPITRE 13

Nuit rouge

Un dôme rouge de flammes. Le noir qui la dévore…

Lara s'éveille en sursaut. Sa sensibilité à fleur de peau l'avertit d'un danger. Elle pense à cette étrange journée, vécue si loin de son cocon. Les notes de musique dansent en elle. Cassandre a fini par la coucher, très tard. Le monde extérieur lui fait encore peur.

Une vibration sourde secoue le plancher.

À côté, Cassandre se redresse. Un tremblement de terre ? Elle se précipite à la fenêtre. Le paysage de barques et de jacinthes d'eau n'a pas changé. Le gong résonne, plusieurs coups frénétiquement battus. Babel ouvre leur porte, une taie d'oreiller remplie d'objets à la main.

– Le feu est pris en bas ! Debout ! Tous au pigeonnier !

La jeune danseuse enfile ses sandales et prend son sac à dos. Elle attrape la main de Lara, qui essaie de saisir un autre objet.

– Ah non, on peut pas !

Mais la main de Lara s'accroche au cou de la guitare. Pas le temps de s'éterniser, Cassandre entraîne l'enfant dans l'escalier. Une épaisse fumée leur pique les yeux. Elle essaie de regarder en bas, mais n'entrevoit que des lueurs perdues dans une dense fumée.

– Il y a une brèche à la base du réservoir, annonce Shakti.

Les flammes viennent de trouver un combustible qui brûle à satiété. Quelqu'un bouscule Cassandre en descendant vers le brasier.

— Les livres ! Les livres vont brûler !

— Phil ! Reviens ! hurle Guy, déjà en haut.

Personne ne peut rattraper le vieil homme qui a déjà disparu dans la boucane. Babel crispe sa main sur l'épaule de Cassandre : l'asphyxie les guette. Lara suit ; la guitare tape les marches en produisant des accords saccadés. Elles atteignent l'étage supérieur, dans un concert de toussotements. Les résidents semblent préparés à une évacuation. Tous portent un petit sac de voyage, sauf Shakti qui n'a qu'un livre de prières attaché au cou. Le roucoulement affolé des colombes accompagne le crépitement des flammes. Thomas tire une ficelle pour ouvrir le panneau extérieur du pigeonnier. Les oiseaux libérés s'envolent, aussitôt engloutis par la nuit.

Thomas brise une fenêtre du côté opposé à la brèche d'où fusent des braises orange. Shakti dégage d'un tiroir, sous le pigeonnier, une échelle de corde terminée par deux grappins. Le jeune homme fixe les grappins à l'armature.

— Un à la fois, crie Thomas.

Les premiers s'engagent sur l'échelle, par ordre de proximité. Les autres attendent, en pleurant à cause de la fumée et de l'angoisse. Lara s'entête à garder la guitare.

— C'est celle de Stephan, dit-elle, les yeux brouillés de larmes.

Les lèvres pincées, Cassandre empoigne la courroie et accroche l'instrument à son dos. Elle descend l'échelle instable, gardant l'enfant en sécurité dans le cercle de ses bras. Une foule compacte s'est massée à bonne distance du réservoir. Une fois au sol, Cassandre serre la main de Lara dans la sienne. La chaleur les repousse plus loin, vers le cercle de rôdeurs aux visages peinturlurés, pour cacher les ravages des drogues ou de la maladie. Babel devine son inquiétude.

— Ils ne nous feront pas de mal. Les Arlequins nous tolèrent et les *Vampyrs* nous ignorent. Et on ne nuit pas aux trafics des *Acid Brains*...

Fascinée, Lara regarde les flammes qui sortent par la déchirure dans le réservoir. Lorsque Thomas les rejoint, Cassandre s'aperçoit que Shakti manque à l'appel. Une exclamation de Babel leur fait lever les yeux. Une forme massive négocie les premiers degrés de l'échelle, avec difficulté. Cassandre distingue la toge écarlate du jeune moine. Quand il arrive en bas, la toge calcinée par endroits, Shakti soutient un homme inconscient à la peau couverte d'ampoules. Cassandre sent l'odeur de chair brûlée. Guy tombe à genoux et donne la respiration artificielle au blessé. Thomas évalue leurs options : les services d'urgence ne se rendent pas dans le secteur.

— Et la Taupe ? demande Cassandre.

— Elle n'est pas équipée pour soigner des brûlés graves, répond-il. Il faut le transporter dans un hôpital. *Aïe* !

Thomas recule, en se prenant les doigts. Il a tourné la clef dans le vieux cadenas, mais trop proche du brasier, la porte de l'enclos est devenue brûlante au toucher. Du bout de ses ongles d'acier, Cassandre fait sauter le cadenas et repousse la cloison. Shakti couche le blessé à l'arrière de la camionnette de Thomas. Guy monte avec lui. Le véhicule s'éloigne parmi la foule. Restée derrière,

    Le projet Ithuriel

Cassandre cherche la main de Lara. L'enfant n'est plus à côté d'elle.

– Lara ? Laraaaa !

Elle scrute la jungle de vestes en fils de métal, de ceintures à pointes, de breloques fluorescentes. Entre les cris de la foule et le crépitement des flammes, une voix frêle lui parvient.

– Cassan…

La ballerine exécute un puissant saut vertical, qui la propulse un instant au-dessus de la foule. Une automobile s'est arrêtée sur la rue. Un homme en jeans et en T-shirt s'en approche, un sac de jute beige sur le dos. Le sac remue.

– Lara !

Cassandre fonce parmi les visages grotesques ou ricaneurs, se frayant un passage avec les ongles. L'incendie éclaire le véhicule : elle distingue l'ovale pâle d'un visage de femme sous un capuchon. Pendant que Cassandre louvoie entre les derniers groupes de curieux venus aux nouvelles, l'homme en jeans lance le sac gesticulant à la femme. Puis, il ferme la portière arrière et saute derrière le volant. L'auto démarre, tous feux éteints.

Cassandre se met à courir, en évitant les petits groupes de rôdeurs. Les irrégularités du terrain ralentissent les ravisseurs. La jeune acrobate presse l'allure, aspirant l'air humide à grands coups. Elle se rapproche. Elle voit les têtes des adultes, mais pas le sac. Ses ongles frôlent un instant la tôle. L'auto reprend de la vitesse. À bout de souffle, la jeune fille agrippe le pare-chocs. Mauvais plan : elle se fait traîner sur la route. La douleur lui fait lâcher prise. Elle roule sur le bitume craquelé et reste prostrée. Sa gorge est en feu, chaque respiration, un supplice. Le bruissement des pneus diminue avec la distance.

Des bottes résonnent contre l'asphalte. Une main agrippe ses cheveux courts pendant qu'un rire gras lui écorche les tympans. Elle balaie l'air de ses ongles et réussit à se dégager. Quelqu'un d'autre la ceinture ; une main gantée de cuir enserre son poignet droit, comme un étau.

– Méchantes griffes, la belle !

L'haleine rance du *Acid Brains* asphyxie à moitié Cassandre. Avant qu'elle ne puisse le frapper de sa main libre, un autre corps bardé de cuir clouté se presse contre le sien et empoigne son avant-bras, en lui tordant tous les muscles. Cassandre grimace de douleur.

– On va bien s'amuser ensemble, tigresse !

Elle veut appeler, mais un gant épais étouffe son cri. Elle réplique par de violents coups de pied. Des coups tout aussi violents la paient de retour. Un poing fait vibrer sa tête comme une corde de guitare. Alors qu'elle sombre parmi les rires, des sifflements peu familiers les dispersent. Tous ceux qui la retenaient s'évaporent. Le silence revient, ponctué de cris lointains et du grondement des flammes. Le dos pressé contre le sol, Cassandre entrouvre son œil valide (l'autre est un nœud criant de douleur). Trois Arlequins couverts de losanges la regardent, le visage peint un côté rouge, un côté blanc. L'un d'eux lui sourit, une canne souple entre les mains, les cheveux de jais éclairés par les flammes. Avant de tourner de l'œil, Cassandre a le temps de reconnaître Louis, le prince médiéval du Terrier.

CHAPITRE 14

Aube noire

Le matin révèle ce qui reste du foyer des Harmonistes : un contenant noirci, semblable aux barils à l'intérieur desquels les clochards brûlaient autrefois des journaux. Toit, verrière et pigeons ont disparu.

Des résidents errent parmi les débris éjectés par la force de l'incendie, ramassant çà et là un souvenir calciné. Shakti porte un disque noir : le gong couvert de suie. Babel a ramassé des vitraux bleus à moitié fondus. Thomas est revenu de l'hôpital avec de mauvaises nouvelles. Il était trop tard pour sauver Phil. Guy est resté sur place pour s'occuper du corps.

Perchée au sommet de l'escalier de métal qui enserre le réservoir voisin, Cassandre observe la scène de désolation. Le vent gonfle les pans de la couverture qu'elle referme sur sa chemise. Un bandage couvre son œil droit, mais le gauche lui suffit. Elle distingue au fond du réservoir éventré, un amoncellement de tôle, de bois carbonisé, de meubles brisés, de vaisselle et de vitres cassées. Des livres jonchent le sol, noyés dans des flaques d'eau boueuse, preuve de l'arrivée tardive des pompiers. Reconnaissables aux brassards dorés du réseau *Magna Media*, des journalistes tournent autour des rescapés.

Des troupeaux de nuages ont survolé sa tête depuis qu'elle s'est réfugiée là, torturée par la danse des *si*. Si elle n'avait pas laissé la main de Lara, si elle avait fait plus attention, si... Des vagues de colère montent et s'écrasent contre le roc du passé, puis font place au ressac du désespoir. Une colère profonde la submerge, crispant tous ses muscles. Ces gens-là travaillaient dur pour vivre tranquilles. Ils n'ont pas mérité ce qui leur arrive.

L'enquêteur dépêché sur les lieux s'est contenté de noter le signalement de Lara et du véhicule suspect. Cassandre ne pouvait rien faire de plus. Dès que la jeune fille s'est réveillée, étendue sur une couverture au pied du réservoir, Babel lui a mis les points sur les *i* : en révélant la vérité sur l'enfant, la jeune artiste *elle-même* serait accusée de kidnapping et de séquestration ! Cassandre a vite mesuré la pile d'ennuis qui s'abattrait sur sa vie professionnelle, déjà fort mal en point. D'un commun accord, Lara a été décrite comme une (très) jeune fugueuse recueillie par les Harmonistes, et dont ils ignoraient tout. Comme Thomas et Babel en ont hébergé par le passé, l'enquêteur a accepté cette version. Quand il est reparti, Cassandre a fondu en larmes. Shakti s'est arrêté près d'elle.

— Ce qui est fait est fait, a-t-il dit. Tu n'y es pour rien.

— Mais quel esprit retors a pu imaginer un incendie, juste pour reprendre cette enfant ? a soupiré Thomas, assis tout près.

Cassandre racle la paroi. Le grincement métallique qu'elle produit avec ses ongles lui apporte un amer défoulement. Puis, un bruissement d'ailes et des piaillements éclatent dans son dos. Des centaines de nids tapissent l'extérieur du réservoir abandonné. Sa peine a dérangé les locataires. À nouveau, elle scrute l'horizon, comme si elle pouvait apercevoir une petite silhouette trottinant entre les usines mortes.

*   *   *

Le lit de camp est inconfortable, mais il n'y a rien d'autre dans la petite pièce où il vient d'ouvrir les yeux. Une lumière tamisée vient du plafond. Son bras tordu pendant l'échauffourée élance, mais, à part cela, il n'a rien.

Son estomac plaintif lui apprend qu'il est resté longtemps inconscient. Il remarque alors deux points rouges au creux de son coude. Que lui ont fait ces limaces ? A-t-il parlé ? Dans ce cas, ils ne s'embarrasseront pas d'un invité. La porte s'ouvrira sur la police, qui n'aura même pas à vérifier ses papiers. Une prise de sang, non, ce sera sa salive qu'une trousse analysera avec célérité, pour démasquer ses chromosomes. Un test qu'il avait jusque-là réussi à éviter. Il se lève et martèle la porte de ses poings, jusqu'à ce que les tuiles froides sous ses pieds nus l'obligent à se réfugier sur le lit. Combien de temps le laissera-t-on moisir ici ? Stephan pense à Thomas et à Babel. Ont-ils été arrêtés à cause de lui ? Et la petite Lara ?

La porte s'ouvre et une clarté brutale tombe sur ses paupières, découpant une silhouette sur le seuil. Il se redresse, prêt à tout. Kane Sardan est seul, un paquet dans les bras.

– Vous commencez demain, l'informe-t-il.

Le paquet atterrit sur son lit avec un léger *pof!* Il déchire le plastique transparent et en retire un uniforme marqué du logo du Complexe, en tissu fin comme du papier de soie. Et un petit contre-maître jaune vif, monté sur un bracelet.

CHAPITRE 15

La ferme verte

New Mexico, le samedi 12 avril

Antoine pose son bol fumant sur la table. La vaste salle à manger de la ferme Boudreault-Landry peut accueillir deux cents personnes en haute saison. Il s'assoit et s'étire les jambes avec délice. Les six derniers jours l'ont vu se lancer à corps perdu dans des travaux de nettoyage printanier. Les ratons laveurs ont encore réussi à pénétrer dans leurs poubelles. Il doit réparer la clôture qui protégera le potager cet été.

Il laisse son regard errer par la fenêtre, sur la vallée où un torrent jaillit entre deux lèvres de roches plissées, puis sur le bosquet de chênes et d'érables préservés de la *vermouille* par de généreuses pelletées d'antifongique.

— Ta nièce n'est pas très sociable ces temps-ci.

Antoine n'a pas entendu Maxime s'installer en face de lui.

— Je sais, soupire-t-il. C'est l'incendie.

Le lendemain du désastre, il est allé chercher sa nièce et a pu constater par lui-même les dégâts.

— Ç'a été dur pour elle, mais tu devrais lui parler, suggère Zéphyr en se joignant à eux.

Tout naturellement, Antoine a cru que Maxime et son épouse compatiraient à ses déboires. Après tout, ses amis ont connu leur part d'ennuis avec les autorités. Pourtant, il s'est heurté à un mur de méfiance teintée de résignation. L'incendie, qui aurait dû les faire bondir, n'a suscité qu'un hochement de tête dubitatif de leur part. Zéphyr a souligné ce qu'il aurait pu faire pour éviter ce drame. Maxime, lui, n'a pas apprécié qu'il se soit donné tant de peine pour retracer un repris de justice.

— Mais, il a purgé sa peine ! a protesté Antoine.

— Les gens comme ça sont un paquet de troubles, a grogné Maxime, laissant Antoine démêler le sens du *comme ça.*

Après le dessert, Antoine sort. Il passe entre les deux grands peupliers qui montent la garde devant le bâtiment principal. Il arpente le chemin de terre qui contourne le potager et l'hôtellerie qu'il a aidé à construire. Il traverse leur verger. Les pressions de ses pairs le minent. Aucun d'eux n'a d'ailleurs manifesté plus de sympathie pour Alminthe, déportée dans une communauté du Nord. Il pense à sa petite sœur, l'éternelle révoltée... Sa marche l'a rendu trop mélancolique : il revient d'un pas martial. Les pissenlits qui habillent le gazon autour de l'hôtellerie le narguent. Antoine prend la tondeuse et se livre à une série d'exécutions.

*   *   *

Abattue et taciturne, Cassandre traverse le salon comme un fantôme. Affalé dans un fauteuil après ses travaux, Antoine lève les yeux d'un vieil Almanach du peuple.

— Ma chouette, il faut qu'on se parle, dit-il.

— Ça ne peut pas attendre ? ronchonne la jeune fille en ouvrant le petit réfrigérateur.

— Écoute-moi avant de piller mes réserves. Le directeur d'*Equinox* a appelé.

Le dos penché dans le frigo se redresse.

– Monsieur Hugo ? s'écrie Cassandre.

– La fille qui te remplaçait est enceinte. Il te veut au studio de New York dès lundi.

– Il m'offre un autre contrat ?

– Moi, j'pense qu'il veut te donner une autre chance… Tu peux vérifier toi-même sur le terminal.

Cassandre mastique longtemps son biscuit, le regard vague. Les loisirs virtuels ont repoussé les troupes de danse sur les marges, mais sa cote d'artiste est encore élevée.

– Je ne sais pas…

– Je comprends que ç'a été dur pour toi, pondère son oncle. Mais tu ne peux pas rester assise et pleurer parce que le monde n'est pas aussi beau que dans tes rêves.

Cassandre pivote vers le moralisateur.

– Lara est morte par ma faute !

– T'es comme ta mère, à voir le pire partout.

– Comment peux-tu le savoir ?

Antoine referme son almanach.

– Réfléchis. Penses-tu que ses ravisseurs auraient imaginé tout ce scénario simplement pour la supprimer après ? Non. Pourquoi serait-ce ta faute ? Je ne sais pas comment ils l'ont repérée. Peut-être que quelqu'un l'a *stoolée*…

Nanti d'un infaillible flair rétrospectif, il a révisé les événements. Par la carotte ou le bâton, *on* a probablement soutiré l'information à Stephan lui-même. Comme le temporaire a disparu dans la nature, Antoine soupçonne une carotte généreuse. (D'autant plus que d'après Ménard, qui a vérifié, son corps n'a pas été retrouvé.) Après tout, que sait-il de cet homme ? Un meurtre l'a autrefois conduit au Tunnel…

– Lara est revenue chez elle, dit-il. On n'y peut rien.

– La vie est infecte !

La porte de la chambre d'amis claque derrière Cassandre. Antoine frotte la cicatrice sous ses cheveux. Lui aussi a déjà cru qu'un peu de volonté et de solidarité suffiraient pour créer un monde meilleur... Jusqu'à ce que la trajectoire d'une canette de gaz lacrymogène rencontre son crâne. « J'ai fini de faire le cave avec une pancarte ! Ça donne quoi de gigoter sous les pieds des multinationales ? On les chatouille ! » Il espère que cette sale histoire finira par se tasser dans leur mémoire, comme une strate géologique enfouie sous des couches plus récentes.

*   *   *

Cassandre parcourt des yeux la chambre dans laquelle l'enfant qu'elle n'est plus a vécu de si bons moments. Le lit aux montants de cuivre, qu'elle vient d'inonder de larmes, le pupitre et le miroir ovale, dans lequel elle s'est tant de fois admirée... Autour d'elle, tout a pris une teinte insipide. Les paroles apaisantes de son oncle n'arrivent plus à rendre au monde sa couleur. La vieille guitare repose au pied du lit. Cassandre en gratte les cordes, produisant des accords bâtards. Elle a *laissé aller* la main de Lara.

Les yeux rouges, la jeune artiste remplit sa valise. Elle étire le tissu soyeux d'un léotard et caresse les limes spécialement conçues pour ses ongles. La tentation l'envahit de retourner à sa troupe, de reprendre sa vie comme si rien n'était arrivé, de danser et de bondir jusqu'à ce que ses tendons faiblissent ou que ses genoux claquent. Les performances acrobatiques usent rapidement les filles. Mais elle aime tant danser...

Le lendemain, Cassandre refuse que son oncle perde son après-midi pour la conduire à Montréal. Ils attendent l'autobus électrique au terminus de Sherbrooke, en bavardant de tout et de rien. Surtout de rien.

CHAPITRE 16

Routine sanglante

Le lundi 14 avril

Le nouvel employé choisit un banc à l'extérieur, pour déjeuner de sandwiches crachés par les distributrices. Il se tient à l'écart des autres aide-ménagers du Complexe Orphée, qui préfèrent leur salle de repos climatisée à la chaleur déjà accablante de cette mi-avril. Stephan dégage son col, effleurant une mince bande grise serrée autour de son cou. Les arbres épargnés par la construction du Complexe offrent une parcelle d'ombre tentante près du mur. Il se lève et s'y dirige.

Ding-ding-ding! La puce GPS insérée dans son collier l'avertit de rebrousser chemin. La même alarme se déclenche s'il s'aventure près du poste de sortie. Le responsable de la sécurité du Complexe a programmé l'appareil dès qu'il a appris le passé criminel du nouveau temporaire. Même l'accès au pavillon de l'Institut Icare, où s'ébattent les enfants en scaphandre, lui est interdit. S'il insiste, le collier le punira. Comme si le contremaître à son poignet ne suffisait pas! Il se rassoit. Appeler à l'extérieur lui est aussi défendu. Cerbère, qui filtre tous les signaux du et vers le Filet, bloquerait sa transmission.

— La confiance règne, murmure-t-il aux écureuils.

Un jardinier-tondeuse le contourne, tranchant le gazon en confettis. Au même moment, le bourdonnement du contremaître avertit le travailleur que sa pause tire à sa fin. La cigarette achève de se consumer entre ses doigts, une sale habitude attrapée au Tunnel. Endommagés par dix ans de travaux forcés sous terre, ses poumons ne risquent plus grand-chose tant le tabac a été modifié. Le goût lui aussi a changé. Il jette le mégot dans l'herbe. La machine finira bien par le ramasser.

Stephan marche vers le « Zoo ». L'édifice évoque un sous-marin qui aurait fait surface à bonne distance du Complexe, les hublots au ras de la pelouse. Au lieu de faire appel à une ribambelle de fournisseurs, le Complexe y fait élever les cobayes requis par ses activités de recherche. La porte d'entrée ayant reconnu le code de son contremaître, le temporaire pénètre dans un vestibule où il se dévêt, sauf pour le bracelet émetteur et le collier, qu'il ne peut détacher. Ces deux objets sont imperméables. Dès que Stephan pose le pied dans un compartiment à aire ouverte, son poids déclenche dix jets d'eau chaude. Il se lave en vitesse, les sens aux aguets. Le chuintement des gicleurs suffirait à couvrir l'approche furtive d'un assassin...

Une combinaison jetable l'attend de l'autre côté. Des chaussons de tissu, des gants et un masque complètent sa tenue bleu ciel. Il pénètre dans un univers de tuiles vert lime, d'aciers et de cuivres brillants, où glissent d'autres silhouettes enveloppées. Un mirador vitré permet de contrôler l'aire d'élevage. Des milliers de rats et de souris grouillent au fond d'immenses cylindres empilés les uns sur les autres. Chaque tambour contient des souris transgéniques, dont les cellules contiennent de l'ADN humain. Les tambours ont leur propre aération : l'air vicié retourne à l'extérieur sans se mêler à celui que respire le personnel.

Le nouvel employé prend ses instruments dans une niche sous le mirador du superviseur. Il nettoie les cages de lapins et les caissons de rats qui se vident régulièrement de leurs pensionnaires. Rien de forçant, sauf quand on l'envoie laver les tambours à souris. Il doit se plier pour y pénétrer sans heurter de la tête les tubes qui dispensent eau et graines aux rongeurs. Ce matin, il n'aura pas à se taper les tambours. Des milliers de nouvelles souris y frétillent, issues des salles de couvée. Il longe les caissons de chats, superposés sur trois niveaux, comme les capsules du dortoir mobile au Tunnel. Il s'arrête pour regarder par un hublot. Des chatons s'amusent, insouciants, condamnés.

— Hé, le nouveau, c'pas le temps de rêver !

Stephan sursaute. Le responsable du Zoo lui indique un des tambours.

— Ces rats du numéro 215 devaient être livrés au labo de Black hier !

— Tous ? demande Stephan, en considérant la taille du tambour.

— Oui. Tu les livres au A-688.

Après avoir transféré les rongeurs dans un caisson au moyen d'un boyau, Stephan sort du Zoo par un simple sas. Il enlève masque et capuchon avec soulagement. Poussant devant lui le coffre à roulettes, il s'engage dans un corridor étroit qui semble s'étirer à l'infini, comme un tunnel de pipeline... Les mains crispées sur les poignées, il progresse nerveusement, redoutant presque d'y croiser un gardien. Au sixième étage, un assistant l'admet dans un laboratoire grand et très frais, puis le guide à travers des piles de cages, jusqu'à un espace libre muni de prises d'eau et de courant. Il y pousse le caisson. En reculant, il heurte du coude une surface. Un coussin de poils gît derrière une vitre. C'est un chimpanzé, prostré, des électrodes sans fil fixées au crâne. Malgré son état de déshydratation extrême, le singe n'a pas touché au plat d'eau déposé devant lui. Stephan tapote la paroi. Aucune réaction.

— Inutile, commente l'assistant d'un ton détaché. Après le Module, ses réflexes de survie ont été détruits. Il va se laisser crever de faim.

— Le Module ? répète Stephan, choqué.

— Le Module teste les limites de stress qu'un individu peut supporter, explique l'assistant, friand d'une occasion de bavarder. En privant l'animal de ses réflexes…

— Vous êtes bien bavard, Billy ! dit une voix amusée.

L'homme qui vient de parler porte une cape violette jetée par-dessus un habit noir. Ses cheveux châtains encadrent un visage encore jeune où la sévérité se mêle à un certain humour, visible sur ses lèvres minces et dans ses yeux gris fer. Des sourcils striés de fils blancs laissent entrevoir son âge réel. Un point brun, comme un bouton, lui marque le front.

— Ah, bonjour, révérend Black, balbutie l'assistant. Je montrais au nouveau où sont les prises.

— Je vois, dit l'autre en fixant sur Stephan un regard enveloppant.

La rangée de médailles sur sa poitrine lui donne l'air d'un ancien combattant. Une grande croix retenue par une chaîne lui pend autour du cou. Au croisement des branches, se trouve un disque rouge traversé par une épée d'or. « Un soldat de la nouvelle Guerre Sainte », pense Stephan, en retenant une grimace. Pendant qu'il s'agenouille pour ajuster les tubes nourriciers du caisson, il sent les yeux du révérend sur sa nuque, comme une brûlure.

— Vous travaillez très dur, dit l'homme.

— Ha, vous trouvez ? fait Stephan, le bras étiré pour attraper les fils électriques qui pendent sous le caisson.

Le révérend ne relève pas le sarcasme.

— Vous avez connu l'enfer. Celui du péché et celui du Tunnel.

Stephan manque d'échapper le fil qu'il tient. « Comment diable connaît-il ce détail ? » Le révérend sourit avec bienveillance ; un voyant rouge s'éteint entre ses yeux. Lorsqu'il s'éloigne enfin, sa cape le suit comme un fantôme. Ce que Stephan a pris pour un bouton est une micro-caméra au laser. Pendant qu'il se penchait, Black a lu son code-barres à travers ses cheveux ! Ébranlé, le temporaire se relève.

— Que faites-vous avec ces rats ? demande-t-il au jeune assistant.

— Ils sont asexués. On les place dans un groupe de rats normaux pour voir s'ils se feront accepter socialement.

Il pige un des animaux. La région génitale du rongeur est lisse et l'anus à peine souligné. Stephan masque son dégoût.

– Est-ce qu’ils sont acceptés ?

– En fait, ils se font plutôt bouffer socialement.

– Le révérend… qu’est-ce qu’il fabrique ici ? Il dit la messe ?

Billy rit de bon cœur, en montrant des dents immaculées.

– Mais non ! Jéroboam Black est un type extra. Il supervise trois projets au Complexe.

– Est-ce que l’un de ces projets concerne une petite fille ?

– Non. Les enfants vivent à l’Institut, à côté.

Près de la sortie du laboratoire, un écriteau attire l’attention de Stephan : *Maternal Deprivation*. Il regarde par le hublot. Un petit singe aux yeux larmoyants s’agrippe à un cylindre tapissé de fourrure et surmonté d’une boule portant deux cercles peints en noir. À côté, un cylindre dépourvu de tout artifice laisse voir un contenant de lait, à travers un treillis dont jaillit une tétine. Le bébé marmouset lui préfère le contact de la fausse-mère en fourrure. Stephan se détourne. Ce petit être privé d’affection lui rappelle trop quelqu’un. La petite Lara…

Ce visage délicat et vulnérable a éveillé en lui un instinct qu’il ne croyait plus posséder. Où est-elle ? Malgré l’étrange élan de générosité manifesté plus tôt, le docteur Sardan s’est contenté de lui signifier que l’enfant est retournée auprès de ceux qui en avaient la charge.

Un chariot l’attend devant l’entrée du Zoo. Soulagé de ne pas subir à nouveau les douches, il s’engage avec son chargement dans le couloir qui mène à l’incinérateur. Il déverrouille la trappe de l'appareil, puis empile sur la grille des seaux de souris et de rats recouverts d'une pellicule plastique. Un contractuel se chargera de l'incinération dès que la grille sera remplie. Les seaux brûleront avec leur contenu.

La taille du four l'oblige à s'y introduire pour déposer les seaux tout au fond. Il s'exécute, tenaillé par la crainte d'y être lui-même enfermé. Deux sacs opaques se trouvent encore dans le chariot. Stephan en soulève un avec précaution, pour ne pas le déchirer. La première fois qu'il a rempli cette tâche. Le sac contenait un colley, une très belle bête, du moins son côté qui n'avait pas été rasé. Au moment où il dépose le deuxième sac, une main le pousse dans le dos. Stephan pivote en un éclair, poings levés.

— T'es bien nerveux ! Tu t'crois encore au Tunnel ?

Le grand Randall compense sa médiocrité en intimidant les autres temporaires. Il a essayé quatre fois de coincer le nouveau ou de lui arracher ses bagues. Stephan soutient son regard, décidé à lui faire payer très cher toute agression. L'arrogant finit par ricaner.

— Oh, t'as pas fini, mon vieux ! Tu dois vider ceux-là aussi.

Il montre d'autres chariots, mal couverts, avant de tourner les talons. Stephan ravale un haut-le-cœur. Des rats et des cochons d'Inde y ont été jetés pêle-mêle, tous les os brisés. Il prend une pelle, puis il l'enfonce dans les corps mous et sanglants.

Creuser, se redresser, jeter sur le treillis d'acier. Recommencer. Stephan a vidé le tiers du chariot, quand sa pelle provoque des cris perçants. Il retire de la pile un cobaye secoué de spasmes. Il dépose doucement la bête vagissante sur le sol. Puis, il lève sa pelle. L'abat de toutes ses forces.

Une longue demi-heure plus tard, il verrouille la trappe de l'incinérateur. Il a dû achever deux autres bêtes. Le silence est revenu, mais les cris résonnent encore dans sa tête.

CHAPITRE 17

Nettoyage après le sinistre

Les News
qui comptent pour vous

■ Le mardi 15 avril 2042 ■
Une publication de *Magna Media* inc.

La station Davos dans tous ses états

Célébré comme un modèle d'écologie contrôlée, l'immense habitat a été passé au peigne fin en prévision du Forum industriel. Le personnel fait l'objet de vérifications sévères. L'accès à la station sera restreint pour des raisons d'espace, mais la magie du Filet permettra de suivre certaines discussions et de publier les déclarations de principe. Le *Tactical Operation Center* a reçu carte blanche de la part des entreprises pour assurer la sécurité du transport. On se souviendra que le *TOC* avait déjoué un attentat contre l'hôtel de ville de Montréal.

Pour recevoir les huit cents participants, il a fallu libérer les chambres de plusieurs résidents et de scientifiques. On prépare un festin grandiose et un bal en apesanteur dans la salle centrale. (<u>plus d'infos ici</u>)

Incendie meurtrier :

Incendie meurtrier :
la négligence mise en cause

L'incendie d'un vieux réservoir d'huile rénové par un groupe d'artistes soulève de graves questions de sécurité. Le sinistre aurait eu pour cause une installation défectueuse des circuits électriques du logement. L'abondance de bois comme matériau a facilité le travail des flammes. Le réservoir, comme l'appellent les résidents du secteur, appartient à Thomas Ronald Boyce, ancien professeur de littérature.

Les particules Mir, science ou mirage ?

Ces particules, encore plus ténues que des quarks, confirment la théorie des univers parallèles. Le pape Jean-Paul IV a accueilli la nouvelle avec optimisme, considérant que cette découverte montre plus que jamais Dieu à l'œuvre. L'Esprit souffle où Il veut, et « il faut garder les fenêtres de l'âme ouvertes ».

Le pape Jean-Paul IV va ordonner
les huit premières femmes prêtres

Questionné sur ces ordinations attendues, le Saint-Père affirme qu'elles n'ont rien à voir avec une pénurie de candidats masculins. Toutefois, d'autres églises chrétiennes se disent outragées. Le mouvement *GodWar* attire dans ses rangs beaucoup de catholiques déçus.

d'autres églises chrétiennes se disent outragées. Le mouvement *GodWar* attire dans ses rangs beaucoup de catholiques déçus.

Un objet disgracieux sur nos murs

Les tentes escargots se multiplient sur les murs de Montréal. Pour éviter de payer un loyer bien des gens y recourent. Hélas, il arrive que des jeunes accrochent ces tentes rondes n'importe où. De plus, comme les crochets d'acier abîment les murs, elles ne sont pas tolérées dans la plupart des quartiers.

Le flamboyant Boris Poutine

Les frasques de Boris Poutine ont défrayé la chronique mondaine. Son amour immodéré des chiens l'a conduit à en adopter plus de 600, qu'il élève à sa datcha au nord de Saint-Pétersbourg. Certains mettent en doute son lien de famille avec l'ancien président Vladimir Poutine, lequel n'aurait pas eu de fils. Toutefois, l'emploi du nom aurait mis en confiance des banques européennes qui ont investi dans ses projets et contribué à grossir sa fortune.

Un monticule de débris grossit au pied du réservoir. En jeans et camisole, Cassandre y tire un squelette de sommier dégagé du réservoir. L'effort lui apporte un défoulement, après son amère déception dans l'autobus qui l'amenait à New York, deux jours plus tôt...

Pendant le trajet, la jeune acrobate s'est branchée au Filet pour lire les nouvelles, puis elle a contacté le directeur artistique d'*Equinox,* pour découvrir que son contrat de réembauche ne prévoyait que les deux-tiers de son salaire. La bourse des artistes, un site de référence qui jongle avec les performances et les ventes de billets, attribue une cote aux acteurs et aux autres ouvriers de la scène. Cassandre a toujours plafonné dans les A+. Pourtant...

— Ta cote a baissé à B+ la semaine dernière, a expliqué Hugo Santerre.

— Pas à cause de mon accident! a protesté la jeune fille.

— Non, à cause des histoires de drogue.

— Je n'y ai pas touché depuis trois ans!

— Bien sûr, mais les vieilles histoires sont ressorties. Les experts considèrent que tu es moins fiable. Je n'y peux rien.

L'acrobate a vu rouge.

— C'est vous qui avez fait courir la rumeur, pour abaisser ma cote et me reprendre à rabais! a-t-elle crié, au grand dam des autres passagers.

— Ce n'est pas nous...

Furieuse, Cassandre a rompu leur lien. Une fois au terminus de Montréal, elle s'est rendue dans le secteur des raffineries. Thomas et Babel l'ont accueillie sans réserve. Leurs compagnons étant hébergés ailleurs, les deux époux manquaient de bras pour nettoyer leur logis.

La jeune fille se glisse par la brèche que le feu a découpée dans le métal – maintenant cachée par un rideau de plastique. Shakti fixe à la paroi intérieure une échelle de grosses cordes qui remplacera l'escalier : elle permettra au couple durement éprouvé de dormir dans une des chambres épargnées par le sinistre. Cassandre, elle, couchera sous un tipi improvisé avec des toiles cirées et des draps. Un choix nettement moins confortable que son micro-condo de danseuse-vedette à New York.

La générosité tardive des pompiers a transformé le fond du réservoir en un bourbier chaque jour plus épais, dans lequel Cassandre doit patauger. Sa botte heurte un objet. La travailleuse bénévole plonge une main gantée dans la gadoue et en retire un livre : *La démocratie atrophiée*. Le titre lui rappelle les lectures prisées par son activiste de mère, des essais politiques bourrés de mots à cinq syllabes ! De retour à l'air libre, elle pose le livre ouvert sur une planche, en compagnies d'autres bouquins rescapés du désastre. L'eau n'a trouvé aucune prise sur la couverture laminée, mais les pages se sont cimentées en un pain gondolé.

Elle considère Shakti, qui vient de redescendre. L'intérieur de son être lui semble inaccessible, comme le texte englué. Après la destruction de son temple dans la foulée des émeutes religieuses, la communauté bouddhiste du jeune homme s'est dispersée. Shakti veut dire *énergie*, a expliqué Thomas, un nom que démentent ses gestes empreints de calme. Il manifeste une étonnante capacité d'écoute, au contraire d'Antoine,

　　　　　　　Le projet Ithuriel

qui trie ses répliques en fonction de ses marottes. Quand Cassandre parle, elle sent l'attention du moine concentrée dans ses yeux, sans pour autant être étouffée par sa présence.

Elle parvient à décoller des pages du livre, une à la fois. Ces gestes simples et répétitifs lui restituent une certaine paix. Son œil capte une phrase au passage.

> Les fortunés se comportent comme des cellules cancéreuses, qui consomment fluides et oxygène au détriment des cellules saines, sans redonner au corps autre chose que leurs déchets.

Cassandre pense au cancer du foie qui a emporté son grand-père. Elle tourne les pages.

> La stratégie des cellules cancéreuses échoue, car elles hâtent la mort du corps qui les nourrit…

— Qu'est-ce que tu as trouvé ? demande Babel, élégante malgré tout dans sa robe à grosses fleurs maculée de boue.

Cassandre s'aperçoit qu'elle a lu une dizaine de pages sans qu'aucun mot exagérément long ne lui ait sauté au visage. Elle lui montre le livre.

— Ah, c'est un des préférés de mon mari. Il date d'une trentaine d'années.

— L'auteur a eu du succès ?

Babel baisse les yeux.

— Il est mort l'an dernier, dans la misère. Il n'avait plus de contrat, plus d'assurance santé. Il nous a légué sa bibliothèque…

En fin d'après-midi, arrivent des Arlequins, juchés sur de vieilles bicyclettes rescapées des montagnes de ferraille. Le prince du Terrier embrasse la frêle Babel avec une dévotion filiale. Privé de cordes vocales, Louis s'exprime à l'aide de ses doigts ou de la musique ; ses mains fermées en un rudimentaire ocarina s'ajustent à ses états d'âme. Avec l'assistance de Shakti, il a peint la fresque qui ornait le réservoir. Babel a remarqué cet adolescent maigre comme un chat de ruelle qui vendait ses croquis talentueux aux passants. Ne pouvant avoir d'enfants, le couple l'a ramené dans le logis alors en rénovations. Peu à peu, Thomas et Babel ont apprivoisé ce garçon.

La proximité du beau Louis ralentit Cassandre dans sa tâche. Elle arrive à ne plus ciller lorsqu'elle pose les yeux sur la cicatrice qui lui traverse la gorge. Babel et lui revenaient au réservoir après une promenade quand des *Acid Brains* en mal de distractions les ont attaqués. Le jeune Arlequin a été blessé en défendant sa mère adoptive. Venu lire chez eux après sa journée de soins au Terrier, Stephan est accouru avec Shakti, mettant les voyous en fuite. Il a freiné l'hémorragie avec le foulard de Babel, avant d'amener le blessé à la Taupe.

Les deux femmes rangent d'autres livres, qu'elles font sécher. Babel raconte des anecdotes de la vie d'immigrants vietnamiens, alors qu'elle et ses frères travaillaient de longues heures pour assurer la survie du dépanneur paternel.

— Ç'a été un choix déchirant de quitter notre pays. Mais je suis contente que mes parents l'aient fait.

Cassandre songe au dilemme qui l'a déchirée pendant son trajet en autobus.

— J'ai fait un choix, moi aussi. Mais je ne suis pas certaine que ce soit le bon.

Babel tape un livre du doigt.

— Au moment de le faire, ton cœur le sait. Ta tête, elle, mettra des années à le comprendre !

CHAPITRE 18

Le cocon

Depuis quelques jours, Lara a retrouvé son cocon, ses jouets et son jardin. Elle se souvient être allée *au dehors*, mais les images de son retour se terrent dans l'étroite frontière entre l'imagination et le souvenir. Elle revoit surtout du bleu, une grande fontaine et une sensation de chute... le tout enrobé d'une impression de danger. Les autres lui répètent que ce n'était qu'un rêve. Cependant, personne ne peut lui expliquer les marques sur ses bras et ses mains.

Son univers a retrouvé des proportions normales. Il est rond comme son bol de gruau, mais en plus grand. Le sol est un tapis vert pâle, près d'un bassin. La voûte de la salle de jeu est d'un blanc très doux, qui change parfois de couleur. Le matin, Lara mange dans cette salle. Elle y pratique ensuite des exercices de reproduction de formes géométriques qui apparaissent sur un mur. Au milieu de sa journée, Xavier lui prend la main pour l'amener à la chambre des rêves. De ce lieu, Lara ne garde que le souvenir d'un lit, de tubes, et de la voix calme de Xavier. Après, elle a très faim et soif. Un repas copieux l'attend dans sa salle de jeu. Quand la voûte devient foncée, Lara se couche dans son cocon, une chambre tout en beiges et en bleus doux, où ses pensées se dissolvent dans un sommeil sans rêve.

En ce moment, elle court dans une sphère de plexiglas trouée de fenêtres tout autour. Dans cette capsule protectrice, elle roule partout, sans se cogner aux murs. C'est un jeu qu'elle adore, car elle dirige la boule où elle veut. Deux mains arrêtent sa bulle.

– Tu es prête pour tes exercices, Lara ? demande une voix.

Xavier se tient là, grand et mince, dans un costume blanc. Ses cheveux gris aux tempes, noirs ailleurs, tombent en vagues sur son cou. Lara s'empresse de sortir de la grande balle. Xavier, qu'elle croyait parti à jamais, est revenu. Elle se répète cette phrase, alors qu'elle s'applique sur la tablette à mémoire. Pourtant, il reste une sensation de creux dans son ventre. Comme une absence. En dessinant, l'enfant s'efforce de combler ce blanc de mémoire. Les sourcils froncés, elle se concentre sur la forme en creux dans son souvenir…

– Qu'est-ce que tu as dessiné là ? s'exclame son protecteur.

Lara ouvre les yeux sur l'assemblage de cylindres projeté au mur. Puis, sur la tablette et ce qu'elle y a tracé : un homme souriant, des plis au coin des lèvres et de ses yeux pâles. Un nom remonte en elle, mais Xavier lui enlève la tablette avant qu'elle ne puisse s'en rappeler.

CHAPITRE 19

Quêtes parallèles

Hadi n'a pu s'offrir le luxe de pleurer pendant qu'on enveloppait les corps de sa mère et de sa sœur pour les jeter dans la fosse commune.

En deux jours et trois nuits, il s'est vidé de ses larmes, impuissant, pendant que les canons pilonnaient le camp, que des barbares descendus des collines défonçaient les abris... Même le gentil père oblat y a passé, coincé dans sa belle tente blanche. Le *boss* de camp et ses hommes avaient filé la veille, sans rien dire. Hadi s'est perdu en allant glaner des rebuts et a manqué le couvre-feu. Alors, il s'est caché dans le dépotoir pour attendre le matin. L'absence des soldats l'a intrigué, mais il a fini par s'assoupir. Les premiers tirs de roquettes l'ont réveillé. Il n'a rien pu faire, rien.

Des années plus tard, il devine les complicités qui ont laissé commettre ce massacre. Que valait une poignée de réfugiés sur l'échiquier mondial ? Parqué des mois derrière des barbelés rouillés, l'orphelin a appris à lire les visages des faux-bergers qui menaient ce troupeau humain, à déchiffrer la vérité derrière tous les bientôt et les peut-être qu'on leur prodiguait. Le mot relocalisation flottait au-dessus de leurs têtes. Les visages aimés qu'Hadi appelait à son secours devenaient plus flous de jour en jour. Il ne possédait pas même une photo de sa famille.

Un couple de coopérants a remarqué ce garçon aux yeux sensibles, dont l'enseignant du camp vantait l'assiduité. Claire et Robert l'ont arraché au lent dessèchement moral qui grugeait les autres réfugiés, ceux qui n'avaient aucun espoir de partir. Ils lui ont donné une éducation, une nouvelle vie. Il leur voue une gratitude infinie, au-delà de la tombe. Il a changé d'identité depuis, mais il ne les a jamais oubliés. Les années ont fui pendant que progressait la barbarie, crevant une couche de décence après l'autre. Hadi s'est juré de rendre un jour ces horreurs impossibles.

Le mardi 15 avril – le soir

Xavier observe la série de cylindres opaques dans lesquels sont réfrigérés ses dormeurs. En ce moment, ils ne prennent pas d'espace, mais en eux reposent tous les espoirs. Il a convoqué une réunion de son équipe dès son retour de l'étranger. Les deux généticiens se sont mis à l'ouvrage et ont sélectionné les génomes les plus prometteurs parmi les œufs qu'il a recueillis. Cyn et Duquette ont ensuite conçu un protocole pour les prochaines séances, afin d'éviter une bourde comme celle de la Pyramide. Leurs analyses ont révélé qu'une trop forte dose de sérum avait été administrée à l'enfant, qui a réagi avec une force inattendue et s'est échappée.

– Lara, bientôt, tu ne seras plus seule, murmure-t-il.

Par écran interposé, il observe le cocon où dort maintenant la fillette. Il l'a hypnotisée pour qu'elle oublie son expérience du dehors. Malgré tout, son sommeil demeure agité. L'effet de cette démonstration lamentable ? Xavier a eu une discussion sérieuse avec son commanditaire du *TOC* afin que ce genre d'aberration ne se reproduise pas. Il sort du laboratoire. La porte se verrouille en silence dans son dos.

Le mercredi 16 avril – le matin

Depuis qu'il y travaille, Stephan a parcouru les six étages du Complexe, des salles de repos aux salles de conférence et aux laboratoires spécialisés : virothérapie, construction de génomes, biologie évolutive, pharmacologie... Pour l'élite scientifique qui hante ces lieux, un aide-ménager est invisible. Le soir, il écoute les conversations à la cafétéria. Il s'est même risqué à poser des questions, mais en vain. Personne n'a vu de petite fille aux cheveux noirs dans l'immeuble. Seul Jéroboam Black a paru touché par sa quête. Toutefois, Stephan se méfie de ce révérend trop soucieux de le ramener « sur le bon chemin ». Un type comme lui ne figure pas dans la vision céleste que le mouvement *God-War* souhaite implanter sur terre. Hélas, pour cette raison, il représente un beau défi de conversion...

Il est six heures du matin. Stephan remplit le réservoir de la cireuse en retenant sa respiration. Les normes d'hygiène exigent une désinfection accrue, avec un produit qui brûle littéralement les poumons. Avant d'aller nettoyer les cages du Zoo, il doit astiquer la section qui lui a été affectée. Cependant, son contremaître n'interdit pas à un employé de faire du zèle ! Subrepticement, il se risque à descendre au sous-sol et passe devant l'entrée du stationnement. À côté, il y a des entrepôts, la génératrice d'urgence, l'entrée du couloir qui mène au Zoo… tous des endroits qu'il a vus. Plus loin, une porte pare-feu attire son attention. Derrière les vitres, il devine un couloir qui suit la courbe de l'édifice. Il active la cireuse, en appuyant son dos contre les battants pour entrer dans l'autre aile…

Ding-ding-ding! Son collier l'avertit aussitôt qu'il n'a rien à cirer à cet endroit. Il avance quand même, en notant les portes marquées d'une fleur bleue. *Dzzzing!* Le contremaître à son poignet se met de la partie.

— Brunswick! Votre section désignée est au deuxième.

— Euh, ah bon, je croyais…, marmonne-t-il en direction du micro de l'appareil de surveillance.

Ainsi ramené à l'ordre, il revient sur ses pas. Les longs couloirs vides et le frottement des brosses sur le plancher lui laissent le temps de penser. Le collier lui a signalé où se trouvait peut-être l'enfant. Sauf qu'il ne voit pas comment y pénétrer.

* * *

Sitôt entré au Complexe, Sardan a été averti de l'incursion de «son» employé dans les locaux réservés au projet Ithuriel. Curieux lui aussi, il relit le dossier de soumission du projet. L'initiative vise apparemment à renforcer l'imaginaire de l'enfant malade pour l'aider à combattre les cellules cancéreuses. Son emblème est une fleur bleue à six pétales, appelée *Ithuriel*. Accaparé par ses propres recherches, Kane n'a prêté attention ni au projet, ni à celui qui, sous le pseudonyme de Xavier Peacegiver, en a pris les rênes. Le dossier stipule que cet homme a parcouru tous les points chauds du globe avec *Médecins sans frontières,* afin de traiter des cancéreux. Puis, après une éclipse de dix ans, il a débarqué au Canada et s'est installé au Complexe fraîchement achevé, avec l'appui financier du *Tactical Operation Center.* Pour un projet de médecine ?

Kane sort Georgina de sa cage et la dépose sur la table. La souris et son reflet trottinent sur la surface polie. Aucun des souriceaux n'était conscient de la loterie qui pesait sur eux, sinon tous se seraient entre-déchirés pour grimper dans sa paume, lorsqu'il a plongé sa main dans le bac grouillant. Kane a pigé un rongeur au hasard, lui a donné un nom, une vie et un statut. Il pense à Stephan Brunswick et à son intrusion dans l'aile interdite. Se doute-t-il de la vraie raison pour laquelle il travaille au Complexe ?

CHAPITRE 20

Lara au travail

Le vendredi 18 avril

Stephan frotte avec une énergie sauvage les tuiles d'un grand caisson qui a abrité des singes. Il ne décolère pas depuis qu'il a appris comment on avait repris la fillette. Lui qui croyait, naïvement, qu'une fois le renseignement extirpé de ses lèvres, les chercheurs du Complexe se seraient présentés chez Thomas. Le poète n'aurait pu leur refuser l'entrée…

La veille, il désinfectait une salle de détente dont l'écran mural était ouvert. Après s'être gargarisée du succès d'une opération du *TOC* contre une base terroriste en Afrique, où un chef de guerre a été éliminé, la 117ᵉ chaîne de *Magna Media* a mentionné sur la scène locale l'incendie d'un ancien réservoir occupé par des artistes, qui soulevait de graves questions de sécurité. Le bulletin de nouvelles lui apprenait aussi qu'un ancien bibliothécaire, Philippe Caza, y avait trouvé la mort.

Une douleur aux reins l'avertit de modérer son ardeur. Il s'assoit pour reposer son dos : ce travail le démolit à petit feu. Ravalant sa rage, il ramasse ses outils pour sortir. La porte du caisson est fermée. Verrouillée. Pourtant, il l'a laissée entrebâillée. Il cogne dessus, sans attirer l'attention des gens pressés qui passent devant le petit hublot. Le caisson est hermétique.

Les locaux attribués au projet Ithuriel tiennent dans un carré de quarante mètres sur quarante. Un couloir central divise laboratoires et salles de traitement. Le corridor se termine par un petit auditorium contenant des pupitres bardés d'écrans et deux rangées de sièges, face à une fenêtre. De l'autre côté de la vitre, l'obscurité règne. Impossible de distinguer quoi que ce soit de la salle « de visualisation », selon le dossier que Kane a mémorisé. Un portail hermétique, près de la table, y donne accès.

La veille, il a exigé des explications du professeur Peacegiver, ce qui lui a valu une invitation à la séance de ce matin. Le directeur du Complexe serre les dents. Lui, le bon, l'équitable, a accepté l'argent du diable. Il aurait dû garder un œil assidu sur les activités de ses « locataires ». Il n'a toujours pas digéré l'incendie criminel, mais on l'a placé devant le fait accompli. Dénoncer le crime reviendrait à admettre sa complicité passive dans l'affaire. Tant pis : autant tirer de cette mésalliance tous les avantages possibles. Ravalant sa bile, il se concentre sur ses prochains thérapeuvirus, qui relègueront les cancers aux oubliettes. On cite souvent ses travaux ; son nom flotterait même dans les hautes sphères du Nobel… « Trêve de rêveries », se dit-il.

Des invités s'installent près de lui. Kane reconnaît Jude Lightning, le patron du *TOC*. Assis à sa gauche, il repère le révérend Jéroboam Black, responsable de trois projets en biologie, sans doute pour démontrer que l'évolution n'existe pas. Une croix à huit branches orne son col monté. Un autre guerrier du Seigneur s'assoit lentement. Le révérend le traite avec égards : le supérieur de la filiale canadienne du mouvement *GodWar* se déplace rarement. Sa cape violette arbore l'épée flamboyante, jaune sur fond rouge. Kane se demande si le *DAG* a délégué un représentant. Les économistes qui le composent sont nettement moins amoureux des caméras que les flamboyants croisés du mouvement *GodWar...* Un quatrième invité s'installe, vers qui se tournent toutes les têtes. Kane observe les traits aristocratiques, le nez droit, les yeux d'un bleu de glace, sous des cheveux châtains à l'ondulation étudiée. Le président du conseil d'administration du Complexe, Arthur Lansdowne, est donc venu voir ce qu'on y fabrique.

Comme si l'arrivée de l'oligarque en avait donné le signal, la scène derrière la vitre s'éclaire. Un autel de pierre noire apparaît, un tombeau sur lequel gît une trop jeune Juliette. L'enfant du projet Ithuriel, vêtue d'une tunique bleu pastel ! Un tube entre par une ouverture sur sa poitrine. Ses cheveux s'étalent en un cercle autour de sa tête, les extrémités des mèches retombant autour de cette étrange table de sacrifice. Un prisme de cristal pend au-dessus de l'enfant comme une épée de Damoclès. Une lumière bleue semble en irradier. « Une touche *New Age* charmante », pense Kane. Il ne manque qu'une musique céleste pour enrober ce bonbon. Les guerriers du Seigneur semblent apprécier la mise en scène. Ils ont incliné la tête et murmurent une prière en anglais, dont le directeur attrape des bribes : *Ithuriel, virgin, truth...*

Xavier Peacegiver entre, vêtu de blanc. Ses cheveux peignés vers l'arrière mettent en relief son visage charismatique. Lui aussi évoque un mirage religieux ! Il se penche sur l'autel pour vérifier des tubes. Puis il se relève et projette sa voix dans les haut-parleurs.

— Commencez le protocole Ithuriel.

— Dosage en cours, répond un adjoint d'âge mur, un nommé Duquette.

Ensuite, rien ne se passe. Dispensé par les pompes doseuses, le sérum expérimental circule dans le sang de l'enfant. Kane consulte l'horloge : il est midi et dix. Assise derrière un pupitre, Cyn surveille un écran sur lequel s'étale un schéma des fonctions biologiques de l'enfant avec son poids, 28,3 kg. Un jeune roux, Andrew Lobor, dispose des cartes sur la table, à la vue des observateurs. Quand il a fini, le professeur prend la parole.

— Lara, appelle-t-il.

Elle ne répond pas.

— Lara. Tu peux sortir. Je suis avec toi, n'aie pas peur.

L'homme répète sa phrase comme une incantation. Brusquement, Lara sursaute.

— Oui, murmure-t-elle.

— Elle est sortie, annonce Aléna Cyn, d'une voix monocorde.

« Mais non, l'enfant gît toujours sur ce bloc ! » se dit Kane.

— Écoute-moi, Lara. Tu vas me nommer les cartes qu'Andy a posées devant lui.

Quelques secondes s'écoulent. Puis, les lèvres de l'enfant remuent.

— Un cercle rouge, un triangle jaune, un rectangle violet.

Tous peuvent voir les trois cartes retournées par le jeune homme. Les commanditaires murmurent entre eux. Le révérend Black exige de choisir lui-même les suivantes. Il les dépose sur la table. Puis, alors que le professeur repose la question à Lara, il en retire prestement une.

— Une rectangle noir, un cercle vert, dit Lara.

— Et la troisième ? demande Xavier Peacegiver, qui n'a pas pu voir le changement.

— C'était un carré rouge, mais il n'est plus là.

Le révérend fixe la carte toujours entre ses mains, hébété. Kane soupçonne une astucieuse mise en scène : on aura transmis l'information à l'enfant par un code convenu.

— Très bien, Lara, dit son maître. Maintenant, je vais te demander quelque chose de plus difficile. Orphée va te transmettre les instructions.

Xavier Peacegiver fait un geste. Kane remarque les rondelles rouges aux tempes de la fillette, des électrodes sans fil. Il comprend que le cristal au-dessus de l'enfant est une antenne qui transmet directement les informations dans sa matière grise.

Lara flotte très haut, irradiée par un soleil blanc. Elle retrouve la sensation de vol avec délice. L'édifice est devenu une cage transparente, dans laquelle se meuvent des taches de couleur. Les arbres du parc remuent sous le vent. D'innombrables filaments glissent entre les branches, les *vents* de la planète qui laissent derrière eux des impressions fuyantes. Lara ne craint pas de se perdre. Une ficelle la relie à la chambre des rêves et à Xavier, comme un cerf-volant. Elle sait où aller, forte des instructions données par Orphée. Elle sait aussi qu'elle les oubliera à son réveil, comme d'habitude… Le paysage se déploie sous elle. Des autos translucides bourdonnent sur une route dont le ruban gris en croise un autre. Toutes les routes convergent sur les gratte-ciel et la montagne surmontée d'une pyramide.

Lara peut nommer des objets. Elle sait aussi compter jusqu'à dix. Cassandre lui a appris tant de choses ! Elle se laisse dériver vers un sentier différent. Sa ficelle s'allonge, incassable, vers l'ancien parc industriel de Montréal Est. Le réservoir noirci lui rappelle le feu qui a tout dévoré. Au pied de la citerne, elle reconnaît une jeune fille blonde drapée dans un voile d'amertume strié d'éclairs de haine au goût acide. Lara la frôle : un chagrin accablant *colle* à ses doigts.

Sa ficelle se tend : Xavier la réclame. Mais celle qui verse des larmes l'attire davantage.

– Cassandre ! Je suis là ! crie-t-elle. Ne pleure pas !

Sous sa façade assurée, la nervosité habite Xavier. Lara s'est trompée de cible. Elle a mal supporté la séance de la veille. Il a mis cet échec sur le compte de l'excitation liée à sa fugue. Il espère que la routine des derniers jours a calmé l'enfant. Il touche son bras. Lara se sent brusquement aspirée. Cassandre et le réservoir disparaissent. Elle tombe dans le vide, en une chute à la fois longue et brève terminée par la vision du visage familier de son protecteur penché sur elle.

– Tu t'étais égarée, lui dit Xavier sur un ton d'affectueux reproche.

Lara ferme les yeux et repart, suivant fidèlement le chemin illuminé par Orphée. Elle franchit en un clin d'œil la distance qui la séparait d'un bureau à Washington.

« Décidément, ils sont bien naïfs de croire à ces rêves éveillés », se dit Kane. Les expressions ravies des commanditaires l'irritent. Membre de la Ligue Rationaliste, le scientifique méprise cette manifestation de pensée magique. « Dans *mon* Complexe, quel non-sens ! Il ne manque qu'une table tournante pour appeler les esprits des morts ! Si le public l'apprend… » Il se remémore les émeutes et la vague de suicides qui ont suivi la soi-disant fin du calendrier Maya. Hélas, la raison n'a pas triomphé pour autant. Les fondamentalistes chrétiens ont attisé la haine du public envers les autres religions et les sectes, sans oublier… les scientifiques. Xavier Peacegiver parle à nouveau.

— Lara, dis-moi ce que tu vois.

Elle décrit une salle aux étagères chargées de photos et de statuettes brillantes. Des rideaux d'un bleu profond comme le tapis, sont tirés devant les fenêtres. Lara décrit une croix au mur et un homme cloué dessus. Plus bas, la poitrine couverte de croix et de décorations, un homme d'âge moyen se penche sur un écran plat. La surface lumineuse montre une aiguille avec des chiffres.

— C'est très bien, Lara, approuve son mentor. Maintenant, *entre* !

Lara hésite.

— J'ai peur. Sa *bulle* ressemble à une pomme pourrie !

— Entre !

À côté de Kane, le plus vieux guerrier du Seigneur se penche, les yeux plissés.

Conformément aux instructions, Lara se fait dure et pointue pour percer la membrane, qui cède. Elle se laisse absorber. Un autre savoir s'inscrit sur les pages vides de son esprit. L'aiguille devient le prototype du missile orbital ; les chiffres se transforment en équations d'aérodynamique ; les lettres donnent la formule chimique du gaz neurotoxique que libéreront ses ogives. Lara saisit la tablette à mémoire que lui tend Xavier. La plume magnétique tremble entre ses doigts, pourtant, un dessin naît, des lignes floues s'étirent et se joignent. Puis, elle écrit les équations, qu'un écran retransmet aux observateurs. Le révérend se signe.

— C'est bien la lame d'Ithuriel, murmure Jéroboam Black, les joues baignées de larmes.

Kane songe à l'ange Ithuriel, du *Paradis perdu* de Milton. Ou parle-t-il de la fleur bleue ? Les yeux stupéfaits du scientifique voyagent de la main de l'enfant à l'écran. Le dessin a la précision d'un plan d'ingénieur. Pour un trucage, c'est réussi ! Pas étonnant que Peacegiver n'ait qu'à ouvrir la main pour récolter des fonds !

Parlant de main, celle de Lara tremble. Le tracé des lignes se fait hésitant. Puis, le crayon glisse de ses doigts. Le regard de Sardan revient sur le visage livide de l'enfant. Ses yeux se sont révulsés, dans une expression de terreur sans nom.

CHAPITRE 21

Dérapage

D'autres souvenirs se sont introduits dans la conscience de Lara, comme des passagers clandestins. L'homme de Washington ne s'est pas hissé impunément à cet échelon de pouvoir. Missions de déstabilisation politique, complots, tractations avec des industries et des groupes armés, famines planifiées, séductions rapides pleuvent sur l'enfant terrorisée, prisonnière. Le lien verse en elle non seulement la compréhension de ces gestes, mais aussi l'état d'esprit dans lequel ils ont été faits. Toutes ces atrocités étaient nécessaires. Inévitables.

– Zaviiii ! hurle-t-elle.

Par résonance, les reliques de ses visites dans la tête d'autres cibles se réveillent. Les villageois brûlés, les corps déchiquetés par l'explosion de *sa* bombe, les enfants qu'*elle* a fauchés d'une rafale, après les avoir « aimés »... Des images dont l'impact est multiplié par sa sensibilité exacerbée. Les souvenirs l'enserrent. Lara n'arrive pas à s'en dégager pour revenir dans son corps. Même la corde du cerf-volant se dissout dans une brume nauséabonde !

Nerveux, Kane Sardan vérifie le moniteur. Le poids de l'enfant a diminué. « Une autre arnaque », pense-t-il avec dépit. Elle ne peut avoir perdu autant d'humidité corporelle ! Son mouvement attire l'attention de la biopsychologue.

– Lara est descendue à vingt-six kilos, annonce Cyn. Elle dépense trop de calories !

– Arrêtez le sérum ! ordonne Xavier.

– Mais elle a eu le dosage normal, grogne Duquette, sur la défensive.

Néanmoins, il obéit.

– Elle continue de perdre du poids ! s'exclame Cyn.

Kane Sardan remue sur son siège. La petite a vraiment l'air émacié, comme si quelque chose drainait sa vitalité. Mais cet illuminé de Peacegiver devient ridicule à force de paniquer.

– Lara ! Reviens !

– Vingt-cinq virgule sept kilos, annonce Cyn, dont la voix masque à peine les craintes.

Noyée dans les replis de l'enveloppe malsaine, Lara entend à peine. Xavier ne peut voir ce qui dévore sa ficelle... Elle a de plus en plus peur, aspirée dans un trou sans fond. Lara sème sa détresse à tout vent.

Soudain, une brise chaude la caresse de partout, à la fois douce et triste. Les souvenirs se couchent comme des herbes noires fouettées par l'orage. Abandonnant sa ficelle corrompue, Lara suit l'appel qui émane du Complexe Orphée, d'où elle est partie. La brise devient une rafale impétueuse qui l'appelle. Lara tourbillonne comme une feuille vers une autre bulle, emprisonnée dans une toute petite pièce. Une colère d'un rouge éclatant en agite le centre.

– *Stephan !*

Lara plonge avec délice dans la conscience de son grand ami. Elle n'a même pas à se faire lame pour la percer : l'espace l'accueille et l'enveloppe d'une sympathie fraîche comme l'herbe tendre.

Puis, Lara en effleure le centre écarlate. La colère d'un autre explose en elle.

Le prénom a surpris tous les auditeurs, tant il a été prononcé avec bonheur. Puis, de nouvelles phrases sortent de la bouche de l'enfant, stupéfiant l'assistance.

— Vampires… salopards.

— Reviens-moi, Lara, supplie Xavier, les tempes couvertes de sueur.

— Crapules… charlatans !

— Vingt-cinq virgule deux kilos. Nous allons la perdre !

Jéroboam Black et l'autre guerrier du Seigneur murmurent une prière résignée. Lara continue à débiter des insultes à la mesure de la rage de son hôte. Une main agrippe l'épaule de Kane.

— Venez, dit Aléna. Il faut trouver ce satané *tempo* et le ramener ici !

Hors du local, Kane ouvre son agenda. Il ordonne que Brunswick se présente à l'entrée du *Zoo*. La femme et lui traversent en courant le passage souterrain qui y relie le Complexe. Fisher, le chef de la sécurité, déboule d'un escalier, essoufflé. Quand ils arrivent au *Zoo*, il n'y a personne à l'entrée.

— Mais où est-il ? s'impatiente Cyn.

Un surveillant apparaît de l'autre côté de la vitre qui sépare les gardiens des visiteurs.

— On le cherche encore. Même ses instruments ont disparu, dit-il au micro.

— Cerbère, localisation du temporaire Stephan Brunswick ! claque Fisher.

Le déclic de la serrure l'alerte. Furieux d'avoir été enfermé, Stephan se prépare à donner une leçon durable au mauvais plaisant. Il se rue en avant et renverse le technicien qui vient d'ouvrir. Aussitôt, le collier se contracte sur sa gorge. Stephan l'agrippe, mais ses doigts passés sous le métal contribuent à l'étrangler davantage. Il tombe à genoux dans un brouillard rouge...

— Assez ! tonne une voix autoritaire.

La pression sur son cou se relâche. Avant que Stephan n'ait le temps de réagir, quatre mains le relèvent. Il reconnaît Sardan, qui a dû contourner les douches de décontamination. Derrière lui, Fisher tient le contrôleur du collier. Stephan tente de se dégager. Cette fois, ce n'est pas le collier qui l'arrête, mais un seul mot, prononcé par une inconnue : Lara.

Il suit les autres dans les couloirs courbes, à travers les battants d'un portail coupe-feu, puis on l'introduit dans une salle pleine d'appareils et de gens énervés, qui gesticulent devant une fenêtre. La baie vitrée donne sur une salle spacieuse, trop grande pour ce qu'elle contient : une table noire portant un petit corps inanimé. Stephan se précipite contre la vitre, bousculant un type élégant qui lui lance un regard glacial. Le temporaire le remarque à peine, tout entier préoccupé par l'enfant qu'il retrouve dans de telles conditions. Il confronte Sardan, furieux.

— Qu'est-ce que vous lui avez fait ?

— Moi, rien, répond le directeur. Voici l'équipe responsable (il désigne les assistants qui discutent entre eux).

— Brunswick, vous devez lui parler.

La femme enfonce des doigts minces dans son bras. Elle pousse le battant d'une porte qu'il n'a pas remarquée. Ils entrent dans une pièce humide comme une serre. Un homme plus âgé, aux yeux noirs luisants d'inquiétude, est penché sur l'enfant. « Le fameux Xavier », se dit Stephan. Il se précipite auprès de Lara et saisit ses mains glacées. Il l'appelle.

— *Lara*, prononcent deux voix unies dans une même pensée.

— Dites-lui de revenir, souffle la femme à son oreille.

— Mais elle est ici ! répond Stephan, dont l'enfant répète les paroles.

— Pas vraiment. Lara ne peut retourner dans son corps. Son, euh… son âme s'est accrochée à la vôtre !

Elle parle à un athée de longue date, mais pour sauver la petite…

— Lara, rentre dans ton corps, il t'attend, improvise-t-il.

La voix de la fillette fait écho à chacune de ses paroles. Et même de ses moindres pensées.

— Continue, idiot ! soupire mollement Lara. Trouve quelque chose…

— Lara, je suis près de toi, reprend Stephan. Tu sens ma main dans la tienne ?

— Ma main dans…, répète l'enfant, dans un souffle.

— Vingt-quatre virgule cinq kilos, annonce une voix.

— Reviens. Nous allons jouer ensemble !

— Jouer ensemble…

— Et après, tu auras une montagne de crème glacée !

– Crème gla… dit-elle avec un filet de voix.

– La saveur que tu veux ! Chocolat ! Érable ! Cerises ! Pistaches !

– Taches…

– Orange ! Café ! Napolitaine ! Citron ! Amaretto ! enfile Stephan sans songer que la petite n'a pu goûter à toutes ces saveurs.

Un soubresaut anime le petit corps.

– Elle est revenue ! s'écrie l'homme en blanc.

L'enfant ouvre des yeux rougis.

– Crème glacée… c'est froid, murmure Lara.

– Avec un tas de biscuits chauds, murmure Stephan, le regard humide.

La main de Lara retombe. Mentalement épuisé, Xavier ne s'oppose pas à ce que l'employé prenne l'enfant dans ses bras.

– Eh, vous, attendez ! proteste Duquette.

Cyn passe outre.

– Suivez-moi, Brunswick, dit-elle. Il faut la nourrir.

Kane Sardan triture son agenda, bousculé dans ses idées reçues. Il a cru à une habile fraude, du moins jusqu'à ce qu'ils trouvent Brunswick enfermé contre son gré. Avant de se retirer, il sent vrillés dans son dos les regards des représentants de *GodWar*.

Arthur Lansdowne hausse les épaules. « Je perds mon temps avec cette histoire », pense le richissime financier. Il se hâte vers le gyravion qui l'attend sur le toit. Le Forum Industriel réclame toute son attention.

Chargé de son fardeau grelottant, Stephan suit la femme dans une grande salle au plafond voûté. S'arrêtant à une porte, elle passe deux fois la main devant un lecteur magnétique. Ils entrent dans une pièce aux murs pâles, sans fenêtres. Stephan étend la fillette sur un lit. Puis, il s'adosse au mur pendant que Cyn enveloppe Lara dans une couverture chauffante. Les meubles sont recouverts d'une substance caoutchouteuse, sans doute pour ne pas blesser l'enfant. Un assortiment de robes pastel pend dans une armoire. Le plancher est jonché de jouets : des cubes de plastique, une famille de ballons colorés, une tablette électronique.

Un assistant apporte des sacs de soluté qu'il suspend à un support aménagé au-dessus du lit. Entré derrière lui, Xavier le congédie d'un geste. Le professeur veut sortir une aiguille aseptisée de la boîte. Celle-ci lui tombe des doigts. Il prend une autre aiguille. Ses mains tremblent.

— Laissez-moi faire, intervient la femme. Brunswick, tenez ce tube !

Stephan obéit. La femme dégage le port d'injection de Lara. D'un mouvement poli par l'habitude, elle y insère le tube.

— Un soluté nutritif, explique-t-elle. Pour les fins de séance, il faut lui donner les deux sacs.

— Mais c'est trop ! proteste-t-il.

— Qu'est-ce que vous en savez ? demande Xavier.

Stephan ouvre la bouche, puis s'arrête. Étourdi, il s'assoit au pied du lit. Il a si faim qu'il viderait lui-même les sacs ! Les yeux sombres et les cheveux jadis noirs de Xavier laissent croire à un lien de famille. Le père de Lara ? Deux minutes passent, sous le regard décapant du professeur. Enfin, la fillette donne signe de vie.

— Te... phan, murmure-t-elle.

— Je suis là, dit-il, en lui étreignant les mains.

— Vous n'avez pas travaillé que dans un parc, dit le professeur.

Ce n'est pas une question, ni même une supposition. Le protecteur de Lara braque vers lui le contrôleur du collier. Stephan se raidit. L'engin tombe au plancher, ouvert et inoffensif. Stephan se passe une main sur la pomme d'Adam. Il veut dire ou demander quelque chose, mais l'homme a déjà quitté la pièce. Confus, il se rassoit auprès de Lara, pour démêler ses longs cheveux trempés de sueur. Il ne se retourne même pas lorsque Aléna Cyn referme la porte derrière elle.

CHAPITRE 22

L'instrument de Cassandre

Le samedi 19 avril

La camionnette roule lentement vers Cassandre comme un prédateur vers sa proie.

— Alors, ma chouette, ça va bien ta B.A. ? clame une grosse voix.

Le ton satirique d'Antoine dissimule mal sa colère. Un appel de New York l'a tiré de sa quiétude : Cassandre ne s'est toujours pas pointée aux ateliers *Equinox*. Après cinq jours ! Il a vite fait de vérifier sa présence du côté des Harmonistes. Voir sa nièce s'entêter dans cet apostolat l'agace. Il est temps qu'elle retourne à sa vie normale.

— Il faut qu'on se parle. M. Hugo te donne une dernière chance. Tu le contactes avant quatre heures ce soir. Sinon, c'est fini.

Cassandre se mord les lèvres.

— Une autre chance à rabais ?

— J'te lâcherai pas tant que tu seras pas repartie à New York.

— Je suis majeure, au cas où tu ne le saurais pas !

Antoine grimace de scepticisme. D'après lui, le calendrier mental de Cassandre est bloqué à quatorze ans.

— Tu fais comme ta mère, embrasser des causes perdues d'avance !

— Pis après ? Toi t'es un lâcheur ! crache-t-elle.

L'insulte préférée d'Alminthe le choque dans la bouche de sa fille. L'ancien orignal des manifs prend une inspiration qui fait presque disparaître sa bedaine. Le flot d'imprécations et de blasphèmes attire tous ceux qui travaillaient au nettoyage, et même quelques voisins. Sa technique gutturale a été raffinée par des années de marches, de piquetages et de *sit-in*.

Cassandre ramasse un objet maculé qui sèche sur une planche. Au moment où son oncle entonne le couplet « ta-mère-s'est-saignée-aux-quat'veines », elle lui présente la tablette. Silence instantané du vociférant. Le portrait d'un inconnu fixe Antoine. Les cheveux en retrait derrière un front haut et des sourcils épais. Les lèvres pleines sont bien soulignées, le regard pénétrant malgré l'eau qui a rendu flou le contour gauche de l'image. Cassandre tourne délicatement l'autre page. Le même homme se tient debout, une femme en pantalons assise près de lui, une tablette en main, l'expression sévère.

— Je l'ai retrouvée hier, explique Cassandre. Lara a exécuté ces dessins de mémoire, le soir de l'incendie. Ces gens doivent être ceux qui vivent avec elle. Peut-être même... son fameux Xavier.

Les portraits changent de mains. Mal à l'aise, Antoine regarde Cassandre parler avec une animation ravivée à Shakti et à Thomas, qui hochent la tête.

* * *

Le même soir

— Vous n'auriez pas dû !

La Taupe les gratifie d'un rare sourire. Antoine mâchonne deux ou trois mots dans sa barbe en déballant ses victuailles. Il est arrivé au Terrier avec quatorze sacs du MégaMart le plus proche. La Taupe apprécie cette manne qui la change des restes de restaurants (et du ragoût d'écureuil) qui constituent l'ordinaire de ses malades. Antoine a fait cet acte généreux pour Cassandre autant que pour la Taupe. Le moral de sa nièce a été sérieusement ébranlé.

Des Arlequins s'empressent de ranger les conserves et les fruits dans leur garde-manger. La fraîcheur souterraine suffira à les préserver. Les sacs se désagrègent déjà, puisque leur toile biodégradable ne dure que le temps de revenir de l'épicerie.

— Vous n'avez jamais eu de descente de police ? demande Antoine. Après tout, vous soignez des criminels !

— Le crime fait vivre toute une grappe de professionnels : des policiers, des gardiens, des juges, des propriétaires de prison… On le tolère tant qu'il ne frappe que la lie du peuple. Alors, on tolère mon Terrier.

Antoine jette un coup d'œil aux grabataires.

— Vous ne les sauverez pas tous.

— Évidemment ! Je n'aide qu'une poignée de tous ceux qui tombent entre les mailles du filet.

— Elles sont mal tricotées, tes mailles !

La Taupe fait un signe amical à la dame entre deux âges qui vient de parler.

— Heh, Marguerite ! *Kouman ou yé* ?

Assise sur un coussin au sol, elle crochète des filaments de plastique pour en faire une couverture brillante. Cassandre reconnaît celle qui préparait les écureuils rôtis...

— *Mwen byen*, Ange-Éli! répond-elle.

Antoine écoute les deux femmes échanger dans leur langue de soleil, comme si elles étaient au bord de la mer et non dans un sous-sol insalubre. Puis, il s'aperçoit que la dénommée Marguerite est aveugle.

— Rétinite pigmentaire, explique la Taupe, peu après. On aurait pu la soigner, mais...

Elle hausse les épaules.

Shakti et Louis sont retournés à leurs tâches. Inspirée par leur exemple, Cassandre aide à laver un malade. C'est une manœuvre délicate car, malgré leurs faibles moyens, la Taupe exige une hygiène stricte. Les déchets organiques sur le matelas de plastique donnent un haut-le-cœur à la jeune fille. Après avoir vomi une bile amère, elle jette les gants, au sens propre et au sens figuré. Elle se retire derrière des boîtes de couches, les jambes repliées sous le menton.

L'ancienne danseuse regarde à nouveau l'écran ovale de son agenda. Le message n'a pas changé. À la suite de son refus des conditions d'embauche, sa cote d'artiste a baissé à B-. Depuis cinq ans, la troupe *Equinox* était sa maison. Les spectacles faisaient sa fierté, malgré le danger. Sa mère aurait préféré qu'elle étudie autre chose, mais les frais élevés ont rayé l'université de ses projets. Souple et vigoureuse, l'adolescente s'est inscrite au Collège d'arts de la scène du Cirque du Soleil. Un recruteur de la troupe *Equinox* l'a remarquée...

– Maudit Santerre ! crache-t-elle. Il me jette parce que je n'accours pas dès qu'il me siffle.

– La vie est une vallée de larmes, mais si je peux en sécher quelques-unes...

Cassandre s'essuie les yeux. Shakti se tient devant elle.

– Chuis bonne à rien... marmonne-t-elle.

– On ne peut pas obliger un musicien à exceller sur un instrument dont il ne joue pas, répond Shakti.

Antoine intervient, un paquet de serviettes dans les bras.

– Il a raison, ma chouette. C'pas un travail dans tes cordes, c'est tout. Un jour, tu trouveras ton instrument.

« Ridicule ! De quel instrument pourrais-je jouer ? » s'interroge Cassandre.

CHAPITRE 23

Crème glacée et jalousie

Le mardi 22 avril

Lara est restée alitée, dans un sommeil agité de cauchemars. Après deux jours, elle a repris assez de forces pour réclamer son nouvel ami… et de la crème glacée. Des discussions entre Sardan et Cyn permettent à l'aide-ménager de visiter l'enfant en fin de journée. Stephan n'a pas la moindre idée de ce qu'on lui impose le reste du temps. Il ne rencontre Lara que dans cette pièce où les plantes et le faux gazon créent une illusion de jardin. Aléna Cyn en personne l'admet dans la section du projet Ithuriel avec un sauf-conduit distinct des laissez-passer de sécurité donnés au personnel du Complexe. (Sa carte de temporaire n'ouvre que sa chambre et une armoire d'instruments de nettoyage.)

Une balançoire trône depuis peu dans la salle de jeu. Comme les autres soirs, Lara se balance au rythme des élans vigoureux de son grand ami.

— Hiii ! Pas si fort, Stephan !

— Donne-moi ton cornet, sotte ! Tu ne peux pas te tenir et te goinfrer de crème glacée aux pistaches !

Obéissante, Lara lâche une corde et tend l'objet demandé. Ce faisant, elle perd l'équilibre. La boule de crème glacée atterrit sur la poitrine de son compagnon, éclaboussant le costume blanc et vert.

— Regarde ce que tu as fait à mon *bel* uniforme ! grogne-t-il.

Si la réprimande avait pour but de remplir la fautive de remords, c'est raté. Lara éclate d'un rire perlé qui communique à son compagnon une joie diffuse. Il en oublie tout, le dur travail, le Tunnel, la maladie… Stephan se dirige vers le bassin qui égaie la salle close. Il frotte son uniforme. La tache de crème glacée s'étend, ce qui fait encore plus s'esclaffer Lara. Pour se venger, il la saisit aux aisselles et lui fait faire un vol circulaire, accompagné d'un « vrrroum ! » convaincant.

Deux paires d'yeux surveillent l'avion et sa passagère, derrière des vitres teintées. Cyn prend des notes en hochant la tête, tandis que Xavier les épie en se frottant le menton. Les commanditaires du projet ont accepté que l'enfant reçoive ces visites en échange des résultats futurs. Pour eux, Lara se réduit à un instrument d'espionnage. Pour Lansdowne et ses semblables, elle équivaut à une poule aux œufs d'or.

Pour Xavier, elle représente l'espoir d'une génération future, incarnée par des enfants capables de percevoir la vérité derrière les apparences. Des enfants auxquels on ne pourra plus mentir. Les larmes viennent aux yeux du chercheur. Il repense au *boss* de camp qui distribuait des bonbons aux petits, alors même qu'il se préparait à les abandonner…

La fillette lui paraît fragile pour ces jeux vigoureux, mais il devine que l'employé lui est dévoué. La réciproque se vérifie aisément. Dès qu'il a entendu sa protégée soupirer « Stephan » lors de la séance, Xavier a éprouvé une subtile morsure au cœur.

Lara s'est davantage attachée à un homme qu'elle n'a vu que quelques minutes, alors que le savant lui a consacré des années de son existence. Lara personnifie la lame qu'il affûte pour une noble cause. Il a été son père, son ami, son protecteur. Il éprouve des remords lorsqu'il mesure l'étendue des privations auxquelles elle est soumise. L'épais cocon qu'il a tissé autour de l'enfant l'empêchait de s'en apercevoir, jusqu'à présent. En voyant Lara presque à l'agonie, Xavier a réalisé qu'il s'y était attaché. Il souffre amèrement de passer au second rang dans son affection. Lara demeure amicale envers lui, mais tous ces nouveaux plis que le fou rire dessine sur son visage sont signés Stephan.

Tant pis. Il s'adaptera aux circonstances. Il travaille depuis un an à convaincre le fonds *Preachers* de lui offrir un lieu plus propice à ses travaux. Si la prochaine démonstration réussit, il déménagera le projet Ithuriel dans son propre centre. Ses chances sont bonnes : tirée des œufs qu'il a récoltés de par le monde, la seconde génération de cobayes sera bientôt prête.

Il regarde la salle de jeu une dernière fois avant de retourner à son laboratoire. L'avion est devenu un fougueux étalon. Xavier note les boîtes de crème glacée vides empilées près de la porte. Ce Brunswick est homme de parole… « Et un goinfre », se dit-il en recomptant les boîtes.

CHAPITRE 24

La lame d'Ithuriel

Le mercredi 23 avril

On apporte le souper de Lara, encore cette gelée sans saveur. Stephan y ajoute une généreuse cuillerée de glace à la vanille, gâterie que, bon prince, Xavier Peacegiver leur a accordée. Le chercheur souhaite sans doute reprendre les curieuses séances dès que possible. Stephan a tenté d'en savoir plus sur ce « traitement innovateur », mais il s'est heurté au silence des assistants.

Stephan ignore si Xavier Peacegiver est un pseudonyme, mais il a vite identifié les personnes qui gravitent autour de Lara. Andy « Handyman » Lobor, un rouquin aux qualifications inconnues, affiche une arrogance hautaine, sans doute pour compenser sa stature d'adolescent. Reginald « Duke » Duquette supervise les traitements et la diète de Lara. Aléna Cyn, bio-psychologue, cumule le plus grand nombre d'années au sein de l'équipe, après Xavier. Elle seule adresse la parole au temporaire. Simple mathématique, puisque c'est elle qui passe le plus de temps avec l'enfant, dictant ses notes à son agenda. Quand il lui a demandé pourquoi Lara n'apprenait pas à lire, Cyn s'est abritée derrière le paravent du « blocage cognitif ». Réponse aussi évasive que celles de Duke sur ses traitements. Les discrètes interrogations de Stephan n'ont d'ailleurs tiré de la fillette elle-même que des récits incohérents.

Aléna Cyn observe le duo, par l'entremise de son écran de bureau. Lara est une plante délicate. A-t-elle besoin de deux tuteurs, Xavier et maintenant ce chevalier servant? Elle se lève et se rend à la salle de jeu. Quand l'enfant a englouti son repas, Cyn l'emmène dans sa chambre pour la laver et la coucher.

Resté seul, Stephan déguste un cornet en faisant le tour de la salle ronde. Outre la chambre que Lara appelle son « cocon », il a repéré un local utilisé par les assistants, marqué d'une fleur bleue à six pétales. Il compte quatre autres portes. Sa carte de temporaire ne les ouvre pas. Il essaie la dernière, plus étroite que les autres. Surpris, il découvre une pièce de rangement, où s'entassent un amoncellement hétéroclite de blocs, d'oiseaux en verre taillé, de cordes à sauter, un tricycle, des ballons couverts de motifs. Il n'y a pas de livres ni de jeux éducatifs ou de console électronique. Pas d'animaux en peluche non plus. Il manque de piler sur une tablette à mémoire. Il visionne des esquisses dont l'exécution trahit une main sûre : des portraits de Xavier Peacegiver, d'Aléna Cyn et d'autres gens. Vraiment, un de ceux-là a une sale tête. Puis, il reconnaît son propre visage. Qui l'a dessiné à son insu?

— Qu'est-ce que tu fais-là, Cendrillon?

Le rouquin arrogant se tient sur le seuil.

— Qui a fait ces dessins?

Andy lui enlève la tablette des mains et la jette dans la pièce.

— T'es trop curieux, toi. Bon, le patron veut t'parler.

Un garçon de cuisine a déposé un plateau couvert sur la table pliante. On a songé à son estomac. Stephan soulève la cloche : des spaghettis, servis dans une assiette à la mesure de son appétit. En humant l'arôme du basilic, il pique une fourchette impatiente dans les pâtes.

— Monsieur Brunswick...

Stephan sursaute. Il n'a pas entendu Xavier Peacegiver entrer, à cause du faux gazon et des serrures silencieuses. Le chercheur prend place devant lui, une orange en main.

— Votre présence s'est avérée bénéfique pour Lara. Elle ne s'est jamais remise si rapidement d'un traitement.

Il lorgne le contremaître.

— Que diriez-vous d'un véritable emploi ? Je vous engagerais dans mon équipe. Je n'exigerais que votre discrétion en échange.

Stephan repousse la proposition en même temps que l'assiette vide.

— Vous me demandez d'oublier comment vous l'avez reprise ? Phil était un type extra, un amoureux des livres !

— Une erreur tragique, marmonne l'autre. J'étais à l'étranger.

Xavier est ennuyé. Selon leur commanditaire, personne n'allait se préoccuper d'un incendie de plus chez ces marginaux. Les agents du *TOC* ont provoqué un début d'incendie pour chasser les occupants dehors, dans une confusion totale. Hélas, la présence de milliers de livres en papier a accéléré le brasier, coinçant un résident dans un piège mortel.

— Vous croyez que c'est avec vos regrets qu'ils vont rebâtir leur demeure ?

– Non, bien sûr. Mais il y aurait moyen de les dédommager.

– S'ils acceptent votre sale argent !

Xavier sent fondre la résistance de Brunswick, malgré ses répliques sèches. Le temporaire s'inquiète pour ces excentriques.

– Mes commanditaires vont faire parvenir une lettre de change au compte de vos amis.

Son interlocuteur le fixe. Un filet d'espoir se glisse dans son mur de méfiance.

– Et vous allez continuer ces, ces... séances ? demande-t-il.

– Des expériences de visualisation. Lorsqu'elle est dans cet état, le subconscient de Lara se libère de ses inhibitions et elle peut...

– Cessez de jouer la comédie ! Lara est en parfaite santé. Enfin, autant qu'on puisse l'être avec vos séances, vos drogues et votre bouffe à vomir !

– Voyons, tempère Xavier, nous voulons tous la guérir.

– Pas plus elle que les autres, rétorque l'employé, penché par-dessus la table.

Xavier est pris de court. Le souffle lui manque.

– Quels autres ? finit-il par dire.

Brunswick affiche un rictus amer. Il montre du bras les contours de trois portes semblables à celle de la chambre de Lara.

– Il y en a eu d'autres, avant Lara, n'est-ce pas ? Qui ont disparu !

Ce type l'intrigue. Xavier respire profondément pour se placer en état de réceptivité maximale. Sa sensibilité à fleur de peau l'a souvent bien servi. En cet instant d'ouverture, un éclair traverse son esprit éveillé : colère, oppression, impuissance, le tout enrobé d'un zeste de claustrophobie. Ses verres de contact bioniques captent le moindre mouvement oculaire de l'homme en face de lui.

— Monsieur Brunswick, vous avez connu la guerre civile ?

Son interlocuteur le fixe, surpris par cette volte-face.

— Quel est le rapport avec Lara ?

— Je suis né dans un pays qui servait de terrain de jeu aux grandes puissances. Un pays qui n'existe plus.

— Lequel ?

— L'ancien Liban, aujourd'hui une province de la Grande Syrie. Une guerre civile a éclaté en 1975. J'ai grandi dans une terreur qui vous enveloppe comme un manteau, où les nuits n'en finissent plus et où l'angoisse de ne pas savoir si vous serez en vie le lendemain vous étouffe. Mon père a péri dans un attentat.

— Vous allez me faire pleurer, dit l'homme, cyniquement.

Xavier pèle le fruit en parlant.

— J'ai erré d'un camp de réfugiés à l'autre avec ma mère et ma sœur, poursuit Xavier. Partout, c'étaient le rationnement, les contrôles, les uniformes. Une simple orange, comme celle-ci, était un luxe. Une nuit, les soldats qui devaient nous protéger se sont retirés. Une faction rivale en a profité et massacré tous les civils qu'elle a pu débusquer. J'étais sorti, ce qui m'a sauvé.

Il retrace son parcours : son adoption par des coopérants, ses études et son engagement dans Médecins du Monde. Il avait le feu sacré.

— Mais je me suis rendu compte que je ne faisais que recoller des pots cassés. Enfin, abrégeons.

Vous n'êtes pas médecin, vous ne pouvez pas savoir.

— Savoir quoi ? maugrée le temporaire.

Xavier a perçu l'irritation de son vis-à-vis.

— Vous arrivez en hélicoptère dans un village dévasté par une arme chimique. Les brûlés se traînent vers vous. Vous ne pouvez rien faire d'autre que les regarder mourir, parce que le gaz dissout déjà leurs poumons…

Stephan sent son repas qui veut remonter. À l'évocation de ce souvenir pénible, il reconnaît la salissure qui reste en travers de la gorge. Xavier ne lui ment pas.

— Et Lara dans tout ça ?

— Lara est la lance d'Ithuriel.

— Que voulez-vous dire ?

— Vous n'avez jamais lu le *Paradis perdu*, de Milton ?

— Il n'y avait pas de bibliothèque au Tunnel, dit Stephan d'un ton acide. Et votre charmant commanditaire vient de brûler celle à laquelle j'avais accès.

— Ithuriel est l'ange porteur d'une lance qui révèle la véritable nature de tout ce qu'elle touche, parce que trempée dans les Cieux. La lame d'Ithuriel ne supporte pas la fausseté. Aucune magie, aucun déguisement ne lui résiste.

Stephan se demande ce que cette lance révélerait de Xavier.

— Et vous ? demande ce dernier. Si Ithuriel vous effleure, que verra-t-on ?

Cette question inattendue cloue le contractuel sur son siège. Le professeur a un rire de gamin.

– Oh, je ne suis pas doué, dit-il. Vous n'avez rien à craindre pour vos petits secrets. Mais il m'arrive, disons… de saisir des idées au vol.

– Vous voulez dire que Lara lit dans les pensées ? Vous et votre pseudonyme sortez d'une mauvaise bédé ! s'exclame Stephan. *Xavier Peacegiver* ? Vous voyez grand !

Un doute l'assaille : et si Lara lisait dans ses pensées à lui ? Les horreurs du Tunnel reviennent souvent le hanter. Les sévices des gardiens, les règlements de comptes des Loups… Serait-il secrètement responsable de ses cauchemars ?

Le professeur regarde son orange pelée.

– Le père catholique qui enseignait à mon camp de réfugiés s'appelait Xavier, murmure-t-il. Un homme de paix, qui se dévouait pour les sans-logis brisés par la guerre… Il a payé cet engagement de sa vie.

Il secoue la tête.

– Ce serait, en effet, merveilleux de lire les pensées comme un poste de radio qui syntonise les ondes. Mais non, ce n'est pas aussi simple. J'ai délaissé les organisations humanitaires. Par la suite, j'ai travaillé pour une unité anti-terroriste britannique.

– Ces gens s'intéressent aux télépathes ?

– Imaginez, Monsieur Brunswick, qu'on puisse extraire d'un terroriste des renseignements sensibles sans le torturer ! Nous pourrions relâcher les contrôles de sécurité outranciers qui empoisonnent tant de vies.

– Je vois. Et vous n'avez trouvé rien de mieux que de prendre comme cobaye une enfant sans défense !

— J'ai d'abord essayé de recruter des talents. Peine perdue : les résultats des tests variaient selon la journée et l'humeur du sujet. Quand des petits malins ne s'amusaient pas à fausser les résultats ! Après de nombreux échecs, j'ai proposé une autre approche : au lieu de chercher des talents, on n'avait qu'à en créer ! Avec d'autres spécialistes du cerveau, j'ai établi une « liste d'épicerie » des caractéristiques souhaitables pour ce projet.

— Comme ?

— Lara est une autiste nantie d'une prodigieuse mémoire photographique. Elle est née avec une aberration, une énorme glande « God ».

— Euh ? Vous parlez de la...

Xavier attrape la balle au bond.

— ... glande hypophyse, située au centre du cerveau. Chez Lara, elle brouille la limite entre le « moi » et le monde extérieur. Nous avons mis au point un dérivé du LSD qui stimule cet organe.

— C'est ca que vous donnez à la petite ?

— Le Leuka-8 exacerbe sa réceptivité. Elle peut visiter d'autres cerveaux.

Brunswick se croise les bras, buté.

— C'est impossible. *What goes in the brain, stays in the brain!*

Xavier mastique son quartier d'orange. La citation provient d'une autorité du domaine neurologique.

— Inexact. Une théorie veut que les vides incommensurables dans et entre les atomes soient occupés par autre chose. Vous avez entendu parler des *mirions* ? Les petites cousines des neutrinos ?

— Je ne suis pas physicien.

— Non, en effet.

Xavier détecte un spasme des pupilles. Peur ?

— Dans le monde des atomes, poursuit-il, il existe des particules élémentaires qui peuvent transporter une partie de la conscience, comme une chaloupe vous fait traverser un lac. La glande hypophyse de Lara, convenablement stimulée, permet cet exploit.

— Vos séances ! Mais pourquoi Lara n'en conserve-t-elle aucun souvenir ? Pourquoi la gardez-vous ignorante, illettrée ?

Xavier attend qu'un autre temporaire ramasse le plat et les pelures d'oranges, avant de répondre.

— Premièrement, la personnalité d'un individu fait des vagues, brouillant le miroir. Par exemple… votre expérience du Tunnel colore vos réactions, comme la saleté obscurcit une vitre claire.

Stephan se renfrogne. Son dossier civique s'est donc promené partout !

— Je ne comprends pas.

— Imaginez un lac placide qui reflète le paysage. Rien ne doit le troubler, sinon le tableau disparaît. Ainsi, Lara ne doit pas avoir d'ego qui influencerait sa vision du monde. Son esprit n'a jamais été occupé que par des tâches simples. Tout ce qui pouvait développer son intellect a été banni de sa formation. Sa nourriture même a été banalisée pour ne pas encourager de gourmandise. Du moins, avant votre arrivée.

— Et la deuxième raison ?

— Votre conscience peut se comparer au président d'une compagnie dont relèvent de nombreux employés obéissants. Mais quand ils terminent leur journée de travail (quand vous dormez), ces employés font la fête.

— Les rêves.

Le professeur hoche la tête.

— Exact. Normalement, ces fêtes ne traversent pas la frontière du cerveau et s'effacent au réveil. Dans le cas de Lara, les employés sortent et se mêlent à ceux d'autres compagnies. Ils échangent des potins, des histoires, sans que leurs patrons respectifs ne s'en aperçoivent.

Stephan absorbe la parabole.

— Alors, Lara n'est pas consciente de ses excursions.

— Exact. En plus, elle a fait preuve d'une empathie inversée.

— Euh ? Elle sent les émotions des autres ?

— Dans l'autre sens : elle peut transmettre ses émotions aux autres. Elle émet des phérormones uniques qui agissent à faible distance.

Stephan se souvient de l'étrange vertige qu'il a ressenti au premier contact avec l'enfant.

— Ce qui peut être utile pour influencer des décideurs ! D'où vient Lara ?

— D'une fécondation in vitro, avec un ovule et de la semence triée sur le volet, poursuit Xavier.

— Et les autres ?

— J'ai conservé une centaine d'œufs parmi les plus prometteurs. Douze ont passé le stade de fœtus viable en couveuse. Seule Lara possédait cette hypertrophie de la glande.

— Quel âge a-t-elle ? demande Stephan.

— Elle provient de la première sélection. Elle a douze ans.

— Douze ans ? Mais c'est impos...

— Le sérum ralentit la croissance. Elle a eu ses premières règles, il n'y a pas longtemps.

« Et elle vivra une quinzaine d'années avant que le Leuka-8 ne détruise son système nerveux », complète Xavier pour lui-même. À ce moment, la seconde sélection sera parvenue à maturité et il aura formé sa relève.

— Les autres enfants, vous les avez tués ?

— Nous avons trouvé le dosage optimal du sérum par essais successifs, mais personne n'a souffert, s'impatiente Xavier. Quelques survivants moins doués ont été adoptés à l'étranger ; deux autres terminent leur vie paisiblement, à l'Institut.

Stephan pense à la petite Julie et aux autres enfants qui l'ont chevauché. Lesquels traînent en eux des résidus du sérum ?

— Si votre théorie fonctionne, Lara peut s'introduire dans la tête de terroristes… ou de politiciens corrompus !

— Lara y travaille déjà, à son insu. Comment croyez-vous que nos services spéciaux aient pu cerner cette base terroriste en Afrique ? Lara a pénétré dans l'esprit d'un des chefs de guerre, tout simplement ! Et cette série de succès diplomatiques en Europe de l'Est ? Et le démantèlement de trois réseaux de trafiquants de drogue au Mexique ?

Stephan se dresse, livide. Imposer à une enfant cette intimité obscène avec des terroristes dangereux ou des politiciens sans scrupules ! Lara peut bien faire tant de cauchemars… Il fait un pas vers ce monstre en qui l'enfant a confiance.

Une porte s'ouvre. Quelqu'un empoigne Stephan avec une force inattendue. Il se débat, mais tous les trucs d'auto-défense appris au Tunnel s'avèrent inutiles.

— Du calme, Cendrillon !

En dépit de sa frêle stature, Handyman lui tord un bras avec une facilité déconcertante, en refermant l'autre main sur sa gorge.

— Tu sais que t'as l'âge idéal pour un infarctus ?

– Ça suffit ! intervient le professeur. Laissez-le.

L'assistant relâche sa victime d'une bourrade qui l'envoie au sol. Son masque de naïveté juvénile est tombé.

– Je désire vous garder auprès de Lara, dit Xavier. Mais rappelez-vous que le corps humain est une machine fragile. Très fragile.

CHAPITRE 25

Entrée par effraction

Le jeudi 24 avril – le soir

Une pénurie de logements accable les contractuels qui forment le gros de la population. Deux miliciens de l'agence *Gardiens Illimités* décollent, avec une longue perche, une tente arrondie accrochée sur le mur d'un des édifices maintenant inaccessibles aux gens ordinaires. *L'escargot* chute de plusieurs mètres. Un cri de douleur s'en échappe. Insensibles aux plaintes de l'occupant, les agents déclenchent leur *verbomoteur*.

– Conformément au règlement 16-342 alinéa B sur la propriété privée, récite une voix impersonnelle, vous êtes en délit d'intrusion…

L'arrondissement où Cassandre a grandi devient méconnaissable. Elle accélère le pas. « Ils ne se donnent même plus la peine de faire le procès-verbal eux-mêmes ! » Des bulldozers ratissent l'ancienne parcelle du Jardin Botanique où une affiche animée annonce de superbes condos. Elle croise un Asiatique, concepteur de robots, sans doute, les yeux invisibles derrière ses lunettes d'infos. Les *Yacht People* qui occupent les emplois d'élite vont se ruer sur ces beaux immeubles. Les tentes-escargots ne sont pas tolérées dans les beaux quartiers.

Elle monte l'escalier d'un bloc appartement vétuste. La jeune fille introduit sa clef dans la serrure et tourne, en vain. On a changé les verrous depuis la visite des policiers. Pourtant, elle ne veut pas avoir fait ce chemin pour rien. Elle sait que les balcons et les rampes sont truffés d'alarmes de contact. Cassandre redescend et marche dans la ruelle. Elle repère un mur aveugle colonisé par trois tentes-escargots que les agents n'ont pas encore repérées. Elle se frotte les mains, en évaluant les cavités entre les briques. Elle escalade le mur entre les escargots. Parvenue au toit, elle se dirige à quatre pattes vers un puits de lumière. Avec le bout d'un ongle dur, elle trace un ovale sur la vitre. Passe et repasse, jusqu'à ce qu'un morceau se détache. Par chance, sa mère absente ne paie plus d'abonnement aux services d'alarme. L'acrobate s'introduit dans la cuisine, à peine plus grande qu'une armoire.

Cassandre parcourt des yeux l'appartement qui sent le renfermé. L'intérieur est un champ de bataille ; le futon éventré répand une mousse neigeuse autour des assiettes cassées. Elle ramasse une plaque de lecture fissurée. Après l'arrestation de sa mère, les autorités ont emporté ses ordinateurs et ses agendas. La peine d'Alminthe aurait dû se terminer voilà un mois, mais elle a reçu une prolongation de sentence pour « désobéissance ».

Les cactus alignés au bord de la fenêtre dépérissent. La jeune fille les arrose avec un fond de bouteille d'eau, car les services ont été coupés. Toutefois, elle n'est pas venue pour prendre soin des plantes. Elle fouille les chambres et les armoires, jusqu'à ce qu'elle trouve les costumes et les accessoires dont elle a besoin.

CHAPITRE 26

Vol d'identité

Le vendredi 25 avril

Cyn a installé devant Lara un montage de cubes, de tétraèdres et de sphères formant de gigantesques molécules. Lorsque la dessinatrice reproduit le modèle demandé sur sa tablette, elle reçoit un bonbon. « Un dressage par rétroaction positive », pense Stephan, qui les observe. Des doigts d'acier lui broient l'épaule.

— Hé, Cendrillon, le directeur veut te voir en privé !

Depuis sa démonstration de force, Handyman multiplie les allusions vicieuses et les feintes destinées à lui mettre les nerfs en boule. Ce vaurien ne cherche qu'un prétexte pour lui infliger une autre leçon, mais Stephan ne lui donnera pas satisfaction. Il le suit docilement.

Le directeur se lève en voyant arriver son employé.

— J'aimerais faire quelque chose pour vous, dit-il.

Stephan s'assoit, agacé par cette affabilité obséquieuse.

— C'est pour Lara que vous devriez faire quelque chose, dit-il. Vous connaissez ce projet. C'est de la démence !

Sardan pianote sur un clavier.

– Lorsque je vous ai rencontré ici, explique-t-il, j'ai eu une impression de déjà-vu. J'ai consulté votre dossier.

Stephan se croise les bras.

– Ce devait être passionnant !

Le directeur fait une pause pour donner un grain à sa souris. Puis, il dresse un écran translucide entre lui et son interlocuteur.

– La photo qui accompagne votre dossier date un peu, poursuit-il. J'ai procédé à un test, dont voici le résultat.

Sur la moitié gauche de l'écran surgit un visage rude, l'ébauche d'un sourire moqueur et un regard de loup sous des cheveux blonds cendrés. Stephan tressaille comme si un poignard le transperçait. Une barre graduée apparaît au bas de la photo. Le directeur tape trois paramètres. Le visage frémit tandis qu'un trait rouge s'étend sur l'échelle d'âge, graduée de 20 à 80. Les traits s'incrustent plus profondément, les plis descendent et se dédoublent, les pommettes saillent, les yeux bleus si expressifs se couvrent de replis. L'image se fige à 56 ans.

– Et voici une image récente de vous, Monsieur Brunswick.

À droite de l'écran, apparaît un visage de face, sans doute pris par une caméra du Complexe. Les doigts de Sardan planent sur la surface du bureau. À l'écran, des courbes bleues sillonnent les visages comme des cartes géographiques. Les lettres *Inconclusive* s'écrivent en rouge.

– Vos traits ne correspondent pas à la simulation. J'ai alors fouillé les archives judiciaires.

La figure d'un autre homme jeune s'affiche à gauche. Un sourire blasé, les cheveux châtains, des yeux bleu clair.

– Mort dans le Tunnel lors d'une explosion, lit le directeur.

Il reprend l'exercice de vieillissement. Le visage régulier se transforme. Les joues se creusent, des cernes descendent sous les yeux. Puis, l'écran se fige, à 51 ans. La mention *Conclusive* clignote en vert. Deux jumeaux fixent Stephan. Ou presque. Le visage de gauche n'a pas récolté de cicatrice sur la tempe. Le nez de l'homme simulé est resté droit et distingué, alors que le sien a été abîmé dans le Tunnel. Pour le reste, ils sont identiques : les mêmes cernes, les traits marqués, les yeux devenus gris comme l'eau du fleuve… Il s'ébroue.

– Ce tour de passe-passe ne signifie rien !

– Le logiciel est employé par la police.

Stephan est piégé. Le directeur n'a qu'un mot à dire pour le renvoyer en prison et l'éloigner à tout jamais de Lara.

– Je vous ai observé. Plusieurs petites choses vous ont trahi. Votre malaise à l'Institut, votre haine envers *l'establishment*, votre culture scientifique étonnante pour un ancien guitariste rock…

Le directeur fait un geste. Les visages se dissolvent, remplacés par un sablier sur fond d'étoiles.

– Ces données n'étaient pas sauvegardées. Il ne reste rien en mémoire.

Stephan soupire malgré lui, incrédule. Que lui veut donc cet homme ?

– Vous n'allez pas… commence-t-il, fixant l'écran au sablier.

– Vous dénoncer ? Non.

Le chercheur sort sur la terrasse attenante à son bureau. Stephan le suit d'un pas mécanique.

– Je n'aime pas le gaspillage de cerveaux. Vous avez amplement prouvé vos capacités en vous évadant du Tunnel. Vous travaillerez dans mes équipes, sous votre nom d'emprunt bien sûr. Ce sera plus stimulant que de jouer les nounous !

Stephan laisse errer son regard sur les sentiers bordés de lilas. Sardan lui offre une autre vie sur un plateau d'argent. Un travail utile.

— Ce n'est pas une erreur de jeunesse qui vous empêchera de…

— C'était un accident, siffle Stephan entre ses dents. Un accident !

Ses doigts étreignent le parapet, y laissant des auréoles de sueur.

Il est debout devant une porte tapissée de dessins d'enfants. Les arbres en quatre coups de pinceau, un soleil rouge, des petits personnages en équilibre précaire sur un fil. Il ne veut pas ouvrir, ne veut pas savoir la cause du silence qui règne derrière la porte. Trop tard, sa main tourne la poignée…

— Mais je vous crois ! dit Sardan. Oubliez ça.

— Oublier ? hache-t-il. Les médecins du Tunnel m'ont stérilisé !

— Je ne peux pas changer le passé, tempère le directeur derrière lui. Mais vous avez un avenir ici.

— Un avenir ? Avec la *bitcheuse* ?

— Je vous l'ai déjà dit : vous profiterez du meilleur traitement offert.

En parlant, le directeur pose les mains sur ses épaules. Stephan s'en dégage comme si on l'avait brûlé.

— Et vous n'aurez plus à jouer cette pitoyable comédie, dit Sardan.

— Quelle comédie ?

— Vous étiez un coureur de jupons à Vancouver. Depuis combien d'années feignez-vous votre orientation sexuelle ?

Stephan lui lance un regard sombre. Vrai, il a longtemps essayé de se conformer aux règles sociales pour retrouver l'estime de son père, un traditionaliste rigoureux.

– Ce n'est pas une *switch* qu'on tourne à *ON* ou *OFF*!

Il préfère changer de sujet.

– Qu'arrivera-t-il à Lara?

Kane Sardan le regarde avec calme.

– J'ai tiré la chose au clair avec le professeur Peacegiver. Lara ne court aucun danger. Pas plus que vous.

Stephan entend le reste du contrat aussi clairement que si l'autre l'avait prononcé à voix haute : *restez discret et vous ne retournerez pas au Tunnel.*

* * *

L'heure du coucher approche ; comme tous les enfants, Lara n'attend pas ce moment avec enthousiasme. Stephan s'est assis pour se reposer de leur course folle (en fait, *sa* course folle avec elle agrippée à son dos) autour du bassin. Privée d'instruction, la fillette a appris à lire sur les visages des adultes. Quand Stephan incline la tête vers le sol, avec ces nœuds aux coins de la bouche, quelque chose le préoccupe. Mais quoi ? Elle tire doucement sa couette.

– Stephan ? Chante-moi une berceuse. Comme j'en ai entendu chez Thomas et Babel.

Il repasse mentalement son répertoire. Il ne connaît pas de berceuse mais, après tout, *Let It Be* fera l'affaire. Sans sa guitare, il torture ses cordes vocales pour produire les notes dont il se souvient à peine. Cyn s'éloigne, le nez plissé. Lara l'écoute massacrer le second couplet.

— Ce... ce n'était pas comme ça ! dit-elle.

— Tu n'apprécies pas ma voix de velours ? demande-t-il, moqueur. Alors, chante-la toi-même, petit oiseau.

Lara ferme les yeux. Sa mémoire retrace sans peine les sons qui dansaient avec les cordes. Le nectar doux-amer de la mélodie de Babel coule en elle, lui montre le chemin à suivre... Un chant fragile, cristallin, s'élève entre les murs aveugles.

La voix haut perchée transmet une telle charge émotive que la mélancolie envahit Stephan. Les larmes lui montent aux yeux. Il gagerait que l'enfant n'a jamais chanté auparavant.

Cyn intervient, sans doute surprise par ce récital impromptu.

— C'est très joli, Lara, mais il ne faut pas te fatiguer, déclare-t-elle.

— Je ne suis pas fatiguée ! proteste l'enfant.

— Il faut dormir si tu veux guérir. Dis bonne nuit à ton ami.

— *Bonne-nuit-Ste-phan !*

Ces quatre syllabes le hantent alors qu'il regagne sa cellule.

CHAPITRE 27

Meute souterraine

Le lundi 28 avril – 1 h 30

Le béton durcit autour de ses membres impuissants. Seule sa tête émerge de cette soupe solide, une dalle de fondation du Tunnel, fraîchement coulée. Il peut à peine sentir son corps. Il s'est défendu avec une énergie désespérée lorsque cerné par les Loups. On l'a écrasé, face contre sol. Une lame artisanale a tranché ses vêtements. Le reste, il ne veut plus s'en souvenir.

Un bloc se balance lentement au-dessus de sa tête, au gré des courants d'air entre les puits de ventilation et les sorties d'urgence. Le béton précontraint semble se rapprocher. Est-ce son imagination ? Non, ses assaillants ont desserré les câbles de la grue pour que la pièce descende lentement, jusqu'à se déposer sur la dalle. Les ouvriers salariés s'apercevront trop tard du sabotage.

Toute la nuit, il s'arrache les cordes vocales, appelant des secours qui se trouvent à des kilomètres de distance. Si seulement il pouvait se tuer au lieu d'attendre l'écrasement ! Quand l'impitoyable plafond s'abaisse à quelques centimètres au-dessus de sa tête, il se tord en vain le cou, pour libérer son corps prisonnier…

Stephan roule au sol, entortillé dans ses draps. Ce cauchemar récurrent le replonge dans une impuissance totale. Il complète lui-même la partie manquante.

Un autre prisonnier l'a découvert. L'homme connaissait bien les Loups, cette meute de prisonniers qui imposaient leur loi. Il a averti les gardiens de l'imminence du règlement de comptes, mais ceux-là n'ont pas voulu se déranger. Alors, il a prévenu les salariés qui travaillaient beaucoup plus loin dans le Tunnel. Stephan revoit ces yeux d'un bleu incroyable, dans un visage creusé de misère et blêmi par l'absence de soleil. L'homme a rampé sous la pièce pour lui tenir compagnie.

– Tiens bon, petit. Les secours arrivent. Je vais rester près de toi.

Stephan se souvient du bruit des pioches, de mains approchant un gobelet de ses lèvres. Puis, une fatigue nerveuse l'a enveloppé dans l'oubli. Il s'est réveillé à l'infirmerie, veillé par son sauveur. Le blessé a lu de la pitié dans les yeux clairs comme un ciel d'été. Incrédule devant son propre reflet sur le métal de l'armoire près du lit, il a passé une main dans ses cheveux devenus gris. Bon sang, il n'avait que trente-six ans !

Stephan allume la lumière. Il songe à l'enfant, secouée par d'autres cauchemars. Elle s'est éveillée en pleurs à maintes reprises, alors qu'il la veillait dans sa chambre minuscule. En une séance, Lara emmagasine une quantité incroyable de renseignements. Hélas, à l'instar des sédiments qui se mêlent à l'onde agitée, des images qui ne lui appartiennent pas brouillent ses souvenirs. Stephan ne comprend pas la théorie derrière ses voyages extracorporels, mais il est certain d'une chose : les gens que Lara visite portent en eux des tempêtes.

Entre autres joyeuses escapades, Lara s'est introduite à quatre reprises dans le cerveau d'un chef de guerre corrompu, lequel s'offrait des rapports intimes avec les enfants-soldats, inondant ses petites victimes de « je t'aime »... De telles réminiscences expliquent la répugnance de l'enfant pour les mots d'amour. (Depuis, le chef de guerre a trouvé la mort dans un attentat déjoué par le *TOC*, grâce aux informations de Lara.) Pendant leurs jeux ensemble, l'enfant a raconté à Stephan d'autres rêves tout aussi pénibles.

Les séances détruisent l'enfant à petit feu. Et Sardan, ce bienfaiteur de l'humanité, qui refuse de lever le petit doigt! Stephan se sent comme un pion dans une partie d'échecs entre le directeur et Xavier. Ou entre Sardan et ses dettes? Il devine aisément de quelle façon le chef du Complexe entend se servir de lui... C'est pourquoi Stephan veut trouver un moyen de s'évader avant que Xavier Peacegiver n'organise une nouvelle démonstration.

Il doit attendre l'occasion idéale, mais il est patient. On ne survit pas à dix ans de camps de travail et à des kilomètres de Tunnel sans le devenir. Stephan s'étend sur son lit étroit. Le témoin jaune de l'interphone et le point rouge du détecteur de fumée sont les seules étoiles de son ciel.

CHAPITRE 28

Ouverture du Forum industriel

Le jeudi 1ᵉʳ mai

À 360 kilomètres d'altitude, Arthur Lansdowne observe les turbulences au-dessus de l'Afrique. Les sables soulevés par le vent forment une poussière fauve, soufflée vers l'Atlantique. Il est seul dans la salle, un privilège pour un associé de la station orbitale. Une partie de sa fortune a été investie dans la construction de Davos, où s'arriment aujourd'hui les navettes des participants au Forum.

De l'extérieur, la station Davos a l'air d'une cannette de boisson gazeuse, mais de 600 mètres de diamètre sur deux kilomètres de longueur. La station fait un tour complet sur elle-même en 40 secondes, pour offrir à ses occupants une pesanteur acceptable. Arthur flotte sur l'axe, tout près de la grande coupole de vitre blindée. Des rails et un escalier relient ce lieu en apesanteur au « plancher », où se dérouleront les fêtes et les séances de travail.

Les belles taches blanches des glaciers continentaux ont rétréci. Le Groenland lui semble bizarre tout en brun, avec un reste de glacier au centre. Les Rocheuses n'ont plus de neige, sauf au plus fort de l'hiver. Il soupire. Son frère et lui y ont tant skié ! On a ouvert de belles pentes dans l'Himalaya, mais l'altitude oblige à porter des masques pour en jouir. Il repère le lac Simcoe, où se trouve leur manoir familial. Julius Lansdowne s'y est retiré avec un groupe de médecins. Le vieux lion s'agrippe encore à la vie et aux 5,2 trillions de dollars d'actifs, dont *Lansdowne Future* ne représente qu'une parcelle...

L'attention d'Arthur revient au Québec et sa ribambelle de lacs. Cachés parmi ces nappes d'eau, les longs tracés invisibles des pipelines de gaz, de pétrole, d'eau, de métal... Le super pipeline, le fameux Tunnel, est presque achevé. Arthur ne peut voir l'endroit de l'explosion survenue tant d'années plus tôt. La déflagration a fait de lui le futur maître de l'Empire, lui barbouillant le cœur d'émotions contradictoires.

Un frais minois d'hôtesse virtuelle apparaît en surimpression sur sa cornée.

– Monsieur ? Ils vous attendent pour l'ouverture.

L'hôte abandonne à regret cette vision sereine, puis redescend vers la gravité et la politicaillerie.

* * *

Libres d'aller et venir sur l'entière circonférence de la salle, les invités au cocktail n'ont qu'à tourner la tête pour admirer par la coupole l'aspect nuageux de la Terre.

Une reproduction de la planète trône sur la table, soufflée dans du verre bleu. L'œuvre a été offerte par le *DAG*, avec les excuses d'Oscar Saint-Onge, qui ne peut se permettre de voyager. Le menu reflète la diversité culturelle des participants, incluant des espèces éteintes auxquelles le clonage a donné une seconde vie. Arthur fait l'éloge d'une tourtière authentique au premier ministre canadien, quand une commotion annonce l'arrivée de Boris Poutine, en retard. Retenant par le collier un dalmatien nerveux, l'héritier russe a tout d'une vedette capricieuse.

— Boris, je n'espérais plus vous voir, dit Arthur avec une légèreté feinte.

— Mon cher Lansdowne, vous vous êtes surpassé en décoration autant qu'en mesures de sécurité !

Il montre les bouquets d'orchidées qui gravitent autour de l'axe de la station.

— Je ne m'occupe guère de décoration, mais nous ne lésinons pas sur la sécurité. Quatre satellites de défense protègent Davos, dit Arthur, tout en évitant les coups de langue du chien trop enthousiaste.

— Tranquille, Raspoutine ! dit le Russe.

Boris Poutine tient de son présumé grand-père Vladimir ses yeux clairs et une rancune tenace. La session qui commence demain sera animée par les différends au sujet de la dette.

— Vous cherchez à devenir le maître de l'Europe, lui reproche Boris d'un ton doucereux.

— Les Européens n'ont rien à perdre, dit Arthur. Après tout, leur niveau de dette ne provient-il pas des manœuvres frauduleuses qui ont enrichi nos pères respectifs ? La réduire ou l'éliminer me semblerait une juste compensation.

Le Russe éclate d'un rire guttural.

— Juste ? Parlez pour vous, mon cher Lansdowne ! Grâce à vos intérêts dans les ressources naturelles, les pipelines du nord vous ont rapporté gros. Vous pouvez vous permettre de jouer au grand seigneur !

– Je suis certain que nous pourrions trouver un terrain d'entente, si vous voyez ce que je veux dire. Puisque les ressources naturelles vous intéressent…

Il n'en dit pas plus, car des délégués de banques européennes viennent dans leur direction. Les quelques têtes de gouvernement présentes se font discrètes, le produit national brut n'ayant plus de signification en ce haut lieu.

* * *

Cette nuit-là, personne ne dort vraiment au Forum industriel. Dans un salon, Boris Poutine songe à la proposition de Lansdowne tout en laissant Raspoutine lécher le glaçon au fond de son verre. D'autres ententes se négocient entre petits groupes. Elles seront présentées à l'assemblée comme des décisions longuement mûries. Vont-ils ou non élargir la vente d'eau potable aux émirats ruinés ? Faut-il reformer l'ONU, malgré le nombre grandissant d'économies en faillite et le flux de réfugiés des pays émergents inondés ?

Les équipes de sécurité sont sur le qui-vive, mais Boris ne s'inquiète pas des menaces proférées par les groupes opposés à leur vision de la croissance. Les satellites protecteurs sont testés quatre fois par jour. Les lasers peuvent identifier des milliers de composés toxiques à l'état de traces. Toutefois, une protéine est-elle une substance toxique ? Le rendement des réacteurs qui assurent à l'habitat mouvement et chaleur est étroitement surveillé. Une baisse de performance entraînerait une routine d'inspection, sauf si la variation est jugée trop négligeable.

CHAPITRE 29

La chorégraphie des adieux

Le jeudi 1ᵉʳ mai

Cassandre teste les courroies récupérées à l'appartement de sa mère. Ses paumes sont moites : ce sera son premier spectacle *solo*, et sans doute son dernier. Gratuit en plus. De quoi faire baisser sa cote à D !

Antoine s'est montré réticent au projet, mais il a fini par s'y rallier. Après tout, il a lui-même suggéré à sa nièce de découvrir l'instrument qui était le sien. Cassandre a trouvé la réponse : son corps. L'idée a stimulé en elle une audace nouvelle, différente de la bravade dont elle a souvent fait preuve. Et puis, elle a tout son temps, désormais... Après la gifle du directeur d'*Equinox*, le spectacle consacrera ses adieux à la quête de performance débridée.

L'acoustique sera déplorable, mais le réservoir voisin de celui de Thomas constitue le seul endroit convenable à proximité du Terrier. Il fait assez beau pour danser dehors. Les Arlequins se pressent ensemble, hommes et femmes à peine distincts dans leurs couleurs criardes. La plupart des distractions urbaines leur sont inaccessibles, étant donné leur statut de hors-la-loi.

Au-dessus des têtes flottent des bulles allongées, retenues par des cordes. Le réseau Téléquité a déployé ses caméras pour ne rien manquer du spectacle en soutien aux Harmonistes. Des techniciens – tous bénévoles – les manipulent à distance. Thomas a envoyé ses pigeons rescapés aux amis dispersés dans la région, qui ont alerté le réseau. Babel a composé l'invitation à l'événement, en appuyant sur le symbolisme du 1er mai, fête des travailleurs... et première journée du Forum industriel qui s'ouvre loin au-dessus de leurs têtes.

L'insaisissable Loulou Nagard, de Téléquité, se promène dans la cohue, une console-studio à la ceinture. Cassandre lui a parlé un peu avant le spectacle. De son perchoir, elle peut voir des policiers anti-émeutes converger vers une femme en blouse rouge vif qui brandit un gros micro devant un Arlequin. Dès que les agents se rapprochent, elle lance micro et console à une autre femme, qui se fond prestement dans le décor.

– La p'tite Loulou ne se fait jamais attraper, lui a expliqué Babel. Dans des manifestations de foule, elle a trois ou quatre complices qui attirent les regards.

* * *

La pièce *Colibri* met en scène une gazelle, une fée tournoyante, ou une amoureuse désespérée qui se roule au sol et bondit, toutes griffes dehors. Les sauts et les pirouettes de Cassandre défient l'arythmie du numéro d'ouverture, sur des notes de chaos qui plaisent au public.

« Public armé jusqu'aux dents », constate Antoine. Tout ce qui s'appelle arme blanche circule parmi les spectateurs. Il ronge son frein, les sens aux aguets : la crainte d'une émeute le talonne comme une mouche à chevreuil. La présence de Thomas et de Babel ne suffit pas à le rassurer.

Plus sereine sur un siège pliant, la Taupe jouit du respect général. Installés sur des civières de fortune, une vingtaine de ses malades et leurs amis assistent au spectacle. Un *Acid Brains* exprime à grands cris l'idée que la danseuse est trop habillée. Un geste de la Taupe le fait taire. Seule sa présence en surface et son regard imperturbable derrière ses loupes à double foyer, les protègent d'un déchaînement.

Un mégot incandescent atterrit sur la barbe d'Antoine qui s'ébroue. Il l'écrase sous sa botte, mais une peur nouvelle vient de s'allumer en lui. Ils ont beau être à l'extérieur, si le feu se propageait dans cette foule serrée…

Un accord de harpe dégouline sur l'assistance. Antoine reconnaît le *pas de deux* du Lac des Cygnes, auquel Louis prend part. Sans être danseur, le garçon muet possède un sens inné du théâtre. Il marche noblement en offrant son bras à Cassandre ; son expression traduit sa ferveur et sa nervosité. Antoine doit reconnaître qu'il est plutôt beau gosse, avec ses longs cheveux noirs qui lui donnent un air princier. Le jeune Arlequin lui servant d'appui, la danseuse acrobate s'offre même certaines des pirouettes normalement dévolues au partenaire masculin. Cassandre se dépense à fond pour la finale, exprimant à la fois la tristesse de la mort et la joie qui l'unit à son compagnon. Cris et tintements de clochettes explosent de partout. « On apprécie, malgré la distance culturelle », songe Antoine. C'est peut-être lui, l'inculte.

Cassandre prend la parole pour annoncer la pièce suivante.

— Nuage d'Ambre.

Antoine frissonne : c'est la pièce qu'elle exécutait sur le gratte-ciel d'où elle a failli tomber !

– Je la danse pour Lara... et pour tous ceux qui cherchent un petit coin de ciel bleu entre les nuages.

Des accords cristallins tombent comme une neige cotonneuse sur les spectateurs. Caressé par les arpèges, le corps sinueux de Cassandre s'élève. Surprise inattendue, les filins qui la remontent sont invisibles, les projecteurs découpent son ombre sur le mur. Deux silhouettes actionnent un treuil manuel. Antoine remarque un filet de cordes tendues sur la surface du réservoir. Cassandre s'y déplace, ses doigts et ses orteils trouvant les prises, magnétisant des centaines d'yeux. Son bustier de plumes blanches avec tutu a été trouvé dans les boîtes de sa mère.

Jamais Cassandre n'a dansé si longtemps sans pause. Elle halète malgré les cuillerées de vaseline qui ont étendu dans sa gorge un film protecteur. Toutefois, la philosophie *The Show Must Go On* étant bien enracinée en elle, le public ne voit qu'un cygne défier la gravité. Les vibrations d'ondes Martenot planent sur l'assistance.

La dernière pièce se poursuit au-dessus d'une pile de gravats contre le mur. Des poteaux ont été dressés ici et là. Leur inégalité ajoute au danger. Cassandre vole de l'un à l'autre, ayant appris par cœur tous les pas. L'attention des bien-portants et des malades demeure rivée sur les colonnes. Tous retiennent leur souffle. L'audace des cabrioles augmente, donnant l'impression que la danseuse est soulevée par les notes endiablées. Est-ce la fatigue ? Le pied de Cassandre rate d'un cheveu le bord d'un poteau. De la foule monte le cri malsain d'une attente comblée. Cassandre dégringole et roule parmi les gravats. Antoine veut se précipiter. Il est devancé par Louis. Avant qu'ils ne puissent l'atteindre, Cassandre s'est redressée, une coupure au front. Elle les arrête d'un signe de la main. Les cris s'éteignent dans un silence incertain.

Cassandre s'arrache deux respirations pénibles, qui lui râpent la gorge, puis attend une mesure. Elle reprend ses sauts, ignorant les marteaux qui cognent dans son crâne. La chorégraphie se termine en une apothéose de hurlements. Cassandre s'accroche à sa position finale dans un nuage de douleur, le sang de la plaie couvrant son visage comme un masque. Les *Vampyrs*, les *Acid Brains* et les Arlequins scandent des slogans. Elle contemple tous ceux à qui elle essaie de donner, ces êtres menacés par une disparition aussi injuste que prématurée.

Jamais Antoine ne lui a vu un regard si farouche, comme si les pages de son calendrier mental s'arrachaient les unes après les autres. Il découvre que celle qui se tient debout, devant une foule hétéroclite formée de trois clans rivaux, mortifiée par son corps endolori, ancrée dans sa volonté de continuer jusqu'au bout en un don de soi unique est... une femme. Une âme forte et passionnée, dont Antoine n'a pas su voir l'appel silencieux sous les coquetteries. Cassandre a mué sous ses yeux. Il donnerait tout pour que sa sœur, internée dans un camp au nord du 55ᵉ parallèle, voie sa fille métamorphosée en ce moment.

Le lendemain, 2 mai

Cassandre entre au MégaMart et tape des mains. Un chariot vide roule vers elle. D'allée en allée, elle le remplit d'aliments importés. La chaîne d'épicerie qui a émergé des combats de domination n'emploie plus de caissiers, tout au plus des surveillants. Le chariot scanne et additionne lui-même les achats, quitte à effectuer une soustraction si la cliente change d'idée. Antoine portera les achats à l'hôpital clandestin. Il a pris goût à cette simple action humanitaire.

Alors qu'elle prend à deux mains une pomme génétiquement modifiée assez grosse pour cuisiner deux tartes, elle voit, parmi les autres journaux de quartier en papier-patate, un dépliant aux couleurs criardes : *La nouvelle humanité*. Le fini glacé témoigne des moyens financiers du mouvement *GodWar*. Cassandre laisse tomber la pomme dans le panier.

— Reviens nous voir, Cassandre, lui souhaite la porte de sortie lorsqu'elle a payé ses achats.

Alors qu'elle attend Antoine, deux individus l'abordent, bardés de petites médailles qui tintent à chacun de leurs mouvements. Leurs visages enduits de crème accentuent leur aspect cadavérique. Des *Vampyrs*, en plein jour ?

— On a aimé ton show, amorce le plus petit des deux.

« Des admirateurs ! » pense-t-elle. « C'est bien le moment... » Le *Vampyr* désigne son compagnon, un grand maigre qui cultive une barbe en pointe. Il produit une des feuilles de plastique distribuées lors du spectacle. Cassandre reconnaît le portrait de l'assistante de Xavier.

CHAPITRE 30

Sauter sur l'occasion

Le vendredi 2 mai – Complexe Orphée

Lara achève la construction d'une structure de baguettes mauves et rouges qui lui arrive à la taille. Elle chantonne en écho à des bribes de musique entendues quelque part. Soudain, elle lève la tête de son ouvrage.

— Bonjour Stephan ! Tu as vu ma maison ?

Il se penche en ménageant son dos. L'assemblage de tiges ne suit aucun schéma précis, mais si Lara appelle son œuvre une maison, alors d'accord ! Il a nettoyé et désinfecté des cages et des caissons à n'en plus finir...

— Tu as travaillé fort ?

Il s'efforce de sourire malgré la douleur. Lara est très perspicace.

— Pas plus que d'habitude, dit-il, en redressant les épaules.

— Moi aussi j'ai bien travaillé ! Et j'ai déjà mangé aussi, dit-elle, la main sur son ventre. Et toi ?

— Si, si, j'irai tout à l'heure, la rassure-t-il.

— Tu reviendras après ?

Stephan consulte le cadran de son contremaître et acquiesce. Il a le temps de souper et de revenir avant l'heure du coucher.

À la cantine, il paie son repas d'un geste, en passant son contremaître devant la caisse. Il y a du saumon Sockeye ce soir, nappé d'une sauce que son estomac fête déjà. Il savourera chaque bouchée, mais tiendra en respect son appétit aiguisé par de longues années de nourriture carcérale. En dégustant son plat à une table en retrait, il observe les étudiants et les chercheurs. Il aurait envie de se mêler à ces jeunes gens... mais aucun d'eux n'a de raison d'adresser la parole à un *tempo*.

Un blond portant l'insigne des équipes de virothérapie se lève. Il s'enferme dans la cabine derrière sa place et branche son agenda à une prise contrôlée par le système. Stephan se lève. Il aimerait bien prendre des nouvelles de ses amis, et contourner la vigilance de Cerbère. Il aborde poliment le jeune homme lorsqu'il le voit sortir de la cabine.

— Pourrais-je emprunter votre agenda ?

L'étudiant le scrute, déconcerté.

— Vous n'en avez pas ? Il y a un terminal que vous pouvez utiliser...

— Le mien est brisé, ment Stephan. Je dois appeler tout de suite.

Le jeune le dévisage. Il change d'air quand le contremaître jaune le renseigne. Il n'a pas affaire à un chercheur senior aux cheveux en bataille, mais à un banal aide-ménager. À une table voisine, Randall ne peut résister à l'envie de narguer l'apprenti chercheur.

— Fais gaffe, Brunswick porte la *bitcheuse* !

L'expression du jeune s'altère.

— Utilisez le terminal, répond-il, hautain.

Stephan a connu mépris et ignorance à son ancien travail. Retrouver les mêmes réactions dans ce milieu scientifique le dégoûte. Malgré sa raison qui lui crie de laisser tomber, il avance vers l'étudiant, qui recule dans la cabine.

– La *bitcheuse* ne s'attrape pas comme un rhume, dit-il, avec un sourire équivoque.

Il entre à son tour dans l'espace réduit. Dos au mur, l'autre télégraphie sa peur. Seule la crainte d'être ridiculisé par ses pairs le retient de crier.

– Il n'y a rien à craindre, insiste Stephan.

Il enlace le jeune homme et presse ses lèvres contre les siennes. Lorsqu'il sent la peur se muer en colère, il ouvre les bras. L'étudiant s'enfuit en direction des toilettes, comme s'il avait une armée de virus à ses trousses.

Stephan branche le fil de l'agenda subtilisé pendant sa fougueuse étreinte. Il compose le numéro d'accès du Cybercafé clandestin tenu par le frère de Babel. L'écran de l'appareil affiche un *Thumb print*? narquois. Misère! Il a oublié les bio-signatures, dont l'usage s'est répandu bien avant sa libération. Le temporaire quitte la cantine avec son plateau, sourd aux murmures qui s'élèvent des convives.

* * *

Stephan réussit à se débarrasser du sac et à se relever. Il sort de la pièce de rangement. Une main sur ses côtes, il tâte le mur en direction de sa cellule, du moins il l'espère. Une voix tranche l'air derrière lui.

– Brunswick! Où étiez-vous passé?

Cyn lui saisit le bras avec colère.

– Qu'est-ce qui vous est arrivé? s'écrie-t-elle, consternée.

Il n'a pas eu le temps de voir grand-chose. Il revenait de la cafétéria quand un sac d'ordures en polyéthylène a été jeté sur sa tête. Les coups ont commencé à pleuvoir, loin des yeux de Cerbère. Dans l'échauffourée, Handyman ou Randall a tranché la couette. Plus rien ne cache le maudit code sur sa nuque. On l'a aussi délesté de ses bagues. Les bijoux camouflaient la cicatrice récoltée dans les douches du Tunnel, quand il avait glissé à temps ses doigts entre sa gorge et une lame de rasoir. Au prix d'une estafilade, il avait repoussé son attaquant, mais n'était plus jamais retourné se laver seul.

— Lara ne peut pas vous voir comme ça !

Elle l'entraîne. Il perd deux fois l'équilibre et s'appuie sur la femme, qui le mène dans une pièce pleine d'instruments médicaux. Les appareils valsent de plus en plus vite devant ses yeux. Puis, il y a un lit sous lui. Des mains gantées palpent ses côtes, dévoilant la tête de loup hurlant tatouée sur sa poitrine.

— Rien de cassé, grogne la voix de Duquette. Il peut retourner à la pouponnière.

— Pas avant un brin de toilette, exige Cyn.

Avec des tampons désinfectants et par des gestes brefs, elle entreprend de le rendre présentable. Duke lui tend un nouvel uniforme de papier.

Stephan demeure muet pendant qu'on le reconduit à la salle de jeu. Handyman les accueille, un air innocent plaqué sur son visage. Lara ne lit pas l'heure, mais elle a conscience d'un retard anormal.

— Où étais-tu ? gronde-t-elle, les poings sur ses hanches maigres. Pourquoi as-tu coupé ta queue de cheval ?

Il choisit parmi sa collection un sourire enjôleur apte à balayer toute inquiétude chez l'enfant, sans étirer les lèvres. Il mène Lara à sa balançoire, en mesurant ses pas. Les brutes ont concentré leurs coups sous la ceinture, bien qu'un poing se soit égaré parfois plus haut. Son œil gauche prend de belles couleurs, mais la petite est trop absorbée par son jeu pour le remarquer.

Tout rentre dans l'ordre. Cyn couche la fillette, avant de s'envoler pour la fin de semaine. Sagement revenu dans sa cellule de temporaire, Stephan porte la main à sa bouche. Il en retire lentement une carte bleue.

CHAPITRE 31

L'évasion

Un cercle de flammes jaunes se referme sur Lara, carbonisant ses longs cheveux. Une douleur aiguë la tenaille, un déchirement, comme si sa tête éclatait. La douleur enfle, oblitérant toute autre sensation.

– Lara? entend-elle, à travers son cauchemar.

Soudain il n'y a plus de feu.

– Stephan? Que fais-tu ici? Xavier va te gronder!

– Personne ne va nous gronder. Habille-toi.

Lara s'exécute à la hâte.

– Quelqu'un vient! souffle-t-elle.

En effet, il entend des pas. Un surveillant a dû se demander ce qu'un temporaire fabriquait dans la section réservée, à cette heure tardive.

– Recouche-toi et fais semblant de dormir, ordonne-t-il.

Lara obéit.

Quand on passe onze ans sous terre en compagnie de criminels d'habitude, on apprend des trucs. Stephan se glisse sous le lit juste comme la lumière s'allume. Une paire de souliers souples passe le seuil. Ce n'est pas un milicien en bottes renforcées. Ce misérable Handyman, alors? Stephan attend que l'intrus soit assez près du lit. Son pied fauche les chevilles de l'homme qui tombe comme une quille. Avant qu'il ne touche le sol, Stephan a roulé hors de sa cachette. Il bondit sur le surveillant et noue un bras autour de son cou. Bio-augmentée ou pas, sa victime n'a pas le temps d'esquisser le moindre geste avant de perdre connaissance. Stephan se relève. Il a lui-même subi ce genre d'étranglement en prison. Seule l'intervention d'un gardien plus futé que les autres – ou moins corrompu – lui a sauvé la vie.

– Stephan ! Tu as tué Duke ?

Il regarde à ses pieds. Le type qui l'a soigné plus tôt est bien mal récompensé !

– Hmm, non, fait-il. Je n'aime pas tuer.

Un Loup du Tunnel n'aurait pas reculé devant un meurtre. Stephan fouille Duke et le déleste de ses cartes et de sa veste. Stephan attache les chevilles et les poignets de l'assistant inconscient avec des chaussettes pigées dans les tiroirs de Lara.

– Viens, Lara. On sort.

– On va *dehors* ? demande Lara, les yeux brillants.

Il lui tend la main.

Stephan connaît par cœur le plan du site. D'un pas naturel, il entraîne l'enfant hors de la section consacrée au projet Ithuriel. Dans les couloirs du Complexe, son statut d'employé dûment approuvé par Cerbère ne déclenche aucune sirène. Les cartes volées lui permettent de pénétrer dans les garages souterrains sans problème. Grâce au numéro de plaque figurant sur le permis de conduire, il repère un cabriolet hybride. Un blouson de cuir traîne sur le siège du passager. Après avoir utilisé sa clé, Stephan dissimule Lara dans l'espace restreint laissé derrière les sièges, jetant sur elle le blouson. Étudier le véhicule lui demande une bonne minute. Il n'a pas conduit depuis sa sortie de prison. Le démarrage s'effectue avec tant de fluidité, que Stephan n'en prend conscience qu'en voyant le mur en face se rapprocher. Il applique le frein, trop efficace : le cabriolet se rebiffe, secouant ses passagers. Lara gémit.

– Tiens bon, petite.

Les pièces d'identité subtilisées à Duquette lui ouvrent la porte extérieure du garage. Stephan roule prudemment jusqu'au poste de sécurité. Il glisse la carte bleue et or dans le lecteur de la barrière. Le cabriolet s'engage sous l'arche. Le gardien lui jette un regard indifférent. Il doit prendre le conducteur pour un zélé qui finit tard.

Stephan tourne vers l'ouest pour sortir au plus vite de Montréal. En traversant le pont vers l'île Perrot, il arrache le contremaître de son poignet et le jette dans le fleuve. Il roule à l'avenant, l'œil sur le rétroviseur. Personne ne les suit.

* * *

Le moteur a crachoté ses derniers litres d'éthanol sur une petite route, peu après Sherbrooke. Stephan lui a envoyé une bordée d'injures sans le convaincre de repartir. Les fugitifs devront marcher. L'atlas routier intégré au tableau de bord lui apprend qu'ils se trouvent près du Mont-Mégantic.

La main de l'enfant dans la sienne, il suit la route qui longe des champs en friche, semés de jeunes saules et de bouleaux. La concurrence féroce des méga-fermes américaines a poussé les agriculteurs des environs au chômage. Les arbustes forment un taillis assez haut pour cacher les marcheurs. Innocent en apparence, le ciel est infesté de satellites espions.

Lara grelotte, même après qu'il l'eut couverte du blouson. Lui-même frissonne, en cette nuit fraîche du début de mai. Il faut trouver un abri et de la nourriture. Lara le suit vaillamment, mais chaque pas de Stephan lui en coûte deux. À bout de forces, elle trébuche et tombe.

Stephan la fait asseoir. Les pieds de Lara sont enflés dans ses sandales mouillées de rosée. Il jette les chaussures tortionnaires dans le taillis. Des jappements aigus éclatent. Des macaques s'agitent, sans doute guettés par des coyotes.

– Stephan ? murmure Lara.

– Ça va, ce sont des singes.

Il prend l'enfant contre lui et continue. Il longe des formes tordues de pommiers, dans un verger maintenant envahi par les ronces. Stephan cligne des yeux. Il distingue une maison, nichée en retrait du terrain. Pas de voisins, à part la montagne. Pas de voiture stationnée dans l'entrée de gravier. Il s'approche. Pas de lumière aux fenêtres. Posant Lara sur la galerie, il frappe. Pas de réponse.

– Lara, dit-il, ragaillardi, reste-là, ne bouge pas.

CHAPITRE 32

Poursuite hi-tech

Dans la nuit du 2 au 3 mai

Deux fourgonnettes banalisées se sont rangées près du cabriolet abandonné.

— À sec, dit un des miliciens.

— Ils ne peuvent pas être allés très loin, alors, dit Sardan.

Il aspire une gorgée de café dans sa tasse fermée. Sitôt prévenu de l'incident, il s'est greffé aux recherches, y sacrifiant sa fin de semaine. Ils ont perdu deux heures précieuses à fouiller la berge du fleuve, avant de repêcher le contremaître qui émettait toujours. Enfin, un satellite du *TOC* a repéré le cabriolet abandonné.

— Mais si Brunswick prévient la police ? s'inquiète Xavier, assis à l'arrière.

Pratique, Aléna Cyn montre un texte sur son agenda.

— Nous avons une version de communiqué déjà prête. Un temporaire frustré a enlevé une enfant de l'Institut Icare… Ce sera sa parole contre la nôtre.

— Il n'en fera rien, dit Sardan.

— Pourquoi pas ? argumente Cyn.

— Parce qu'il a peur de retourner au Tunnel.

— On s'en doute. Je me demande d'ailleurs pourquoi le distingué directeur du Complexe Orphée s'intéresse de si près à un banal porteur du C-38.

– Disons que je veux m'assurer que votre opération de récupération se déroule bien, *cette fois-ci*, réplique-t-il avec une pointe d'arrogance.

Derrière eux, un technicien spécialisé du *TOC* ouvre un grand panier, où ronronnent vingt-deux grosses libellules, des drones volants aux ailes diaphanes. Il vient d'y programmer le signalement de Stephan Brunswick. Retenu sur Davos, le général Lightning leur a délégué sa meilleure équipe.

– Elles ont de l'autonomie ? demande Xavier.

Prévenu à son appartement de la fuite de Lara, il en veut à Sardan et à son grand cœur. S'il n'avait pas gardé Brunswick au Complexe, on n'en serait pas là.

– Leur charge tiendra sur onze kilomètres. Les battements d'ailes consomment beaucoup d'énergie.

Le technicien saisit un drone dans ses gants, l'observant comme une œuvre d'art. Puis, il le relâche, en un geste empreint de poésie. La fausse libellule s'éloigne en zigzaguant. Il recommence avec les autres.

CHAPITRE 33

Le chalet hanté

Les propriétaires méfiants ont grillagé les fenêtres du sous-sol et du rez-de-chaussée, mais pas celles de l'étage. Stephan monte sur le garde-fou. Au prix d'une acrobatie pénible, il se hisse sur le toit de la galerie. La moustiquaire s'avère facile à trancher avec une lame. Il l'arrache avec enthousiasme, puis ouvre la fenêtre à guillotine, qui n'est pas verrouillée. Accueilli par une forte odeur de renfermé, Stephan traverse une chambre vide et descend un escalier, à tâtons. En ouvrant la porte d'entrée, il s'incline avec une déférence comique.

– Entrez, mademoiselle !

Lara ne se fait pas prier.

– Stephan ? dit-elle soudain. Tu t'es coupé ?

Sa main saigne. Il a dû se couper en entrant par la fenêtre. Lara approche les doigts de la blessure. Il retire brusquement sa main.

– Non ! aboie-t-il. Il ne faut pas toucher, Lara.

– Pourquoi ?

Comment lui expliquer la maladie qui achèvera ce que le Tunnel a commencé, quand le virus sorti de sa dormance attaquera son cerveau ? Il aura d'abord des pertes de mémoire, des étourdissements, puis des troubles d'orientation, symptômes qui s'aggraveront jusqu'à ce que des microbes opportunistes l'achèvent. Il tâte les tubes de stimulants dans sa poche. La Taupe a pu soigner les premières atteintes de la tuberculose, à sa sortie du Tunnel. Combien de temps a-t-il devant lui ?

– J'ai… une maladie, dit Stephan, tout bas. C'est contagieux.

Heureusement, Lara a déjà changé d'idée. Elle s'assoit sur le divan ; l'humidité captée par le tissu la repousse aussitôt.

– Ça sent drôle ! renifle-t-elle.

– La maison est restée fermée longtemps, dit-il. Ne bouge pas.

Il joue avec l'interrupteur, sans succès. Il explore ensuite la cuisine, non sans faire connaissance avec les angles du comptoir. Il ouvre un réfrigérateur silencieux. Une odeur rance l'informe que tout ce qui s'appelle produit laitier est gâté. Ils pourront se rabattre sur les conserves. En fouillant, il trouve une lampe de poche qui fonctionne. Il descend à la cave pour rétablir le courant, mais le panneau électrique ne répond plus. Les occupants du chalet ont dû négliger leurs factures d'électricité. Le terminal sur le mur du salon est lui aussi débranché du Filet.

Toutefois, il y a des bûches empilées près du foyer, ainsi que du bois sec. Ayant trouvé des allumettes, Stephan entasse des brindilles. Il réussit à les faire s'embraser. Lara observe avec crainte ces flammes apprivoisées. Plus tard, il sert à la fillette une soupe réchauffée sur le feu, avec des biscuits défraîchis. Lara engloutit le repas improvisé, trop affamée pour écouter sa peur d'être malade. L'odeur de bois brûlé chasse peu à peu celle du moisi. Stephan tire le divan pour rapprocher Lara de la source de chaleur. Dehors, les voix stridentes des grenouilles célèbrent la nuit.

Pour la première fois depuis leur fuite, Stephan réfléchit à la situation. Xavier, le rescapé de la guerre, lui a paru sincère dans son désir de paix, mais sa peur et la haine profondément enfouies en lui transformeront tôt ou tard sa mission de paix en acte de vengeance. La petite lame d'Ithuriel deviendra un instrument de mort. Ne l'est-elle pas déjà ? Il songe aux nouvelles du Filet, à cette base terroriste neutralisée en un seul raid... Double langage : on pourrait aussi bien avoir rayé de la carte un village opposé au régime. Il regarde cette enfant endormie, dont on veut faire une arme à deux tranchants.

Il a eu du temps pour méditer sur ces choses au Tunnel, en subissant l'oppression des Loups et la complicité, ou l'impuissance, des gardiens. Ceux qui gagnaient une place au sein de la Meute perdaient vite toute trace d'humanité. Au sommet, le chef avait ses entrées partout, ses lieutenants rivalisaient de sadisme, ses Loups cognaient sec. Tout en bas, les vers de terre ne devaient pas oublier leur place ! On l'avait corrigé deux fois à ce sujet. Sans la prévoyance de son ami, il serait mort.

Stephan pourrait dénoncer le projet et appuyer ses dires par les capacités étonnantes de Lara en dessin. Il s'assombrit. Non, il ouvrirait la porte à d'autres ambitions, peu importe leur drapeau. Toutes les puissances rêvent de tenir une lance d'Ithuriel !

— Stephan ?

Lara lève vers lui son visage fin, si vulnérable. Ses yeux noirs reflètent les flammes, avec quelque chose en plus qu'il ne peut discerner. Elle se blottit contre lui, la tête appuyée sur sa joue piquante de barbe.

– Je suis bien avec toi !

– Moi aussi, Lara, je t'ai..., je suis bien avec toi, se reprend-il.

Stephan ne bouge plus, comme s'il craignait de renverser cette douceur qui s'infuse en lui. Il ne sera jamais père, mais il se voit bien élever la fillette, lui apprendre à lire, à écrire, à compter...

Il a dû s'assoupir. Précédé par le jet de la lampe de poche, il monte chercher des couvertures. Il en a vu dans la chambre par laquelle il s'est introduit. Il les roule sous son bras, puis il revient sur ses pas, chassé par une odeur de pourriture. Après avoir bien enveloppé la petite sur le divan, il décide d'explorer la maison à fond. L'odeur de moisi persiste. Il avance à pas de loup dans le couloir. Il entend des grattements dans la chambre voisine. Des souris : rien de plus normal dans une maison abandonnée. On aura oublié un reste de nourriture. Stephan tourne une poignée. En prenant une bonne inspiration, car l'odeur nauséabonde se fait plus insistante, il pousse la porte et braque le jet sur le plancher. Dérangés dans leur repas, les rats bruns s'éclipsent rapidement hors du cercle de lumière.

Lara se réveille. Quelque chose de lourd vient de tomber, là-haut.

–Stephan ? appelle-t-elle, angoissée.

Pas de réponse. Émaillé de chants de grenouilles, le silence se fait plus opprimant.

Stephan plisse les yeux, aveuglé par le jet de la lampe tombée près de lui. La puanteur qui se décharge à pleine porte achève de le ranimer. Il se relève à la hâte.

– Stephaaan ? appelle Lara. Qu'est-ce que tu as vu ?

– Ça va… reste en bas ! Va te recoucher !

Elle obéit sans discuter, comme on l'a dressée. Stephan attend une ou deux minutes, le temps que s'apaise le roulement de percussions dans sa poitrine. Dans la salle de bain, il trouve une serviette pour se protéger de l'odeur. Il entre de nouveau dans la chambre. Le corps achève de se décomposer, la tête éclatée par une décharge du fusil que les bras ont lâché. Les rats ont bien nettoyé l'intérieur du crâne. Du sang coagulé trace une sombre auréole sur le plancher jonché de bouteilles et de canettes de bière vides. Des photographies encadrées témoignent qu'une famille occupait ces lieux.

Dominant sa répugnance, il s'approche du suicidé. Les factures éparpillées témoignent du calvaire d'un dénommé Simon Monette, propriétaire d'un verger. Il n'a pu résister à la concurrence des pommes génétiquement modifiées et dans ces conditions, la famille n'a pas tenu. L'arme s'est verrouillée après l'unique coup de feu. L'écran tactile indique quinze cartouches.

Après avoir recouvert le corps, Stephan redescend, la lampe dans une main et le fusil dans l'autre. Il pose l'arme au sommet d'une étagère, hors de portée de l'enfant. Il pige dans la bibliothèque parmi les vieux *National Geographic*, pressé de se rincer l'œil devant les paysages. Il ne tarde pas à se rendormir, accablé par la tension nerveuse.

*　*　*

À cause de son horloge biologique encore calquée sur son horaire de travail, Stephan se réveille à l'aube. Tant mieux : il a une tâche pénible à accomplir, avant que la petite ne se lève. Il sort. Avec une bêche trouvée dans la remise, il creuse dans l'herbe folle. Il a terminé en une demi-heure : le sol compact l'empêche de faire un trou profond. Suant et soufflant, il y traîne le cadavre ficelé dans une couverture.

Le nez collé sur la vitre de la cuisine, Lara observe son travail de remplissage. La porte arrière a claqué très fort lorsque son ami y a passé ce gros sac malodorant. Stephan tapote le sol avec le dos de la pelle, puis il replante les touffes d'herbe par-dessus. Après cet étrange exercice, il rentre et s'écrase dans un fauteuil. Lara n'arrive pas à se rendormir. Des sifflements mélodieux, accompagnent la clarté montante. L'enfant avance jusqu'à la porte, marquant une pause près du fauteuil. Son ami dort toujours ; elle n'ose le réveiller.

Lara tourne doucement la poignée pour entrer dans le matin. Une bouffée d'air frais soulève ses cheveux. Elle s'avance dans une symphonie de chants d'oiseaux, d'appels d'écureuils et de crissements d'insectes. Le vent chuchote elle ne sait quoi aux feuilles des arbres. Un papillon aux ailes flamboyantes voltige un moment autour d'elle, puis s'éloigne. Lara, fascinée, lui court après.

Un courant d'air éveille Stephan. Il enregistre le divan vide, la porte ouverte. En trois bonds, il est sur la galerie. Il scrute le chemin, la cour, vides d'enfant. Il court vers la remise, sans cesser d'appeler à pleins poumons. Pas de Lara. La brise lui apporte un chant qui n'est pas celui d'un oiseau. La petite innocente joue au milieu du verger, bien en vue de la route.

Lara siffle pour imiter les chants qu'elle entend. Une main de fer s'abat sur son épaule. Elle ne reconnaît plus son grand ami, sa respiration saccadée, son air furieux.

— Tu ne dois pas sortir sans ma per-mission! scande-t-il, ponctuant chaque syllabe d'une secousse.

Elle ne trouve pas la réponse qui ramènerait le Stephan qu'elle connaît. Il l'entraîne à la maison, puis à l'étage sans cesser de l'enguirlander.

— Je me donne du mal pour te protéger et, aussitôt que j'ai le dos tourné, tu nous mets en danger! Les satellites espions, ça ne te dit rien?

Il la pousse dans la salle de bain. Elle l'entend caler un objet lourd contre la porte. L'enfant se recroqueville sur les tuiles, une boule de douleur.

Stephan descend d'un pas saccadé au salon. Il s'allonge sur le divan. Se relève aussitôt, bourré d'adrénaline. Sort en claquant la porte, faisant vibrer les carreaux. Il doit se défouler sur quelque chose. Il entre dans la remise, en sort avec une hache et se dirige vers la corde de bois.

Il cogne de toutes ses forces sur les médecins du Tunnel, sur les gardiens et sur les Loups qui lui ont volé sa santé. Il place une autre bûche. Il fend en deux Sardan, puis Xavier, Cyn, Handyman, tous des complices qui exploitent l'enfant. Après avoir débité une quinzaine de rondins, sa colère s'essouffle. Stephan est en nage; son cœur bat à tout rompre. D'une fenêtre à l'étage, des sanglots lui parviennent, chacun ouvrant une entaille dans son armure. La hache lui tombe des mains, soudain trop lourde. Il se précipite dans la remise.

Seul, épuisé, il s'abandonne à l'angoisse qui le guettait, tapie derrière toutes ces nuits blanches.

Les gens du Complexe à leurs trousses et, dans son sang, l'ennemi implacable, le virus qui le tuera dès qu'il en donnera l'obscur signal. Il songe à sa guitare perdue, le seul souvenir qui lui restait de son ami du Tunnel. Il s'affaisse lentement, le dos contre la porte, un filet d'eau coulant sur ses joues.

— Tu me manques encore, mon vieux, murmure-t-il.

Des rayons passent entre les planches mal alignées, zébrant le sol de terre battue. Stephan soulève des paupières gonflées. Il se relève, curieusement apaisé. Il doit redevenir l'homme solide sur lequel Lara peut compter.

Un cliquetis d'ustensiles et de chaudrons tire Lara de sa prostration. Plus rien n'obstrue la porte de la salle de bain. Elle descend vers les arômes. Sur le seuil, elle s'arrête, soulagée. Tout est rentré dans l'ordre. Son grand ami chantonne un air léger comme les minces rondelles qu'il retourne.

— Va t'asseoir. Les crêpes sont prêtes.

Il verse un sirop épais sur la moins abîmée des trois crêpes qu'il a fait cuire sur le poêle à bois. Dans les armoires de la cuisine, il a trouvé une préparation dont la recette s'élève à la hauteur de ses talents culinaires : *Ajouter de l'eau et mélanger.*

Lara déguste la rondelle sucrée, mais c'est le sourire de Stephan qui la comble.

*   *   *

Stephan a enfilé des jeans et une chemise tirés des affaires du suicidé. Lara n'est pas en reste : en faisant le ménage des chambres, il a déniché un gilet rétréci et des bottes de caoutchouc à sa pointure.

Il a coupé les jambes d'une autre paire de jeans pour lui fabriquer un ample pantalon, serré à la taille par une corde. Il joue avec l'enfant, pour faire oublier son moment de faiblesse.

Il aurait voulu que son ami puisse contempler cette vallée baignée de soleil. « Son » Loup, dont les os éclatés gisent enfouis sous des tonnes de roc…

Lara ne tarit pas de questions. Stephan fouille dans ses lointaines notions de botanique pour nommer les arbres et les fleurs qui les entourent. Il songe qu'il n'aura jamais assez de temps pour tout lui apprendre… Le rire aigu de Lara chasse ces nuages. Une résolution farouche s'ancre en lui. Tant qu'il lui restera des forces, il la protégera.

CHAPITRE 34

Dilemme à la Jean Valjean

— Attrape ! Hop !

Stephan lui lance le ballon rouge et blanc trouvé dans la remise. Ils jouent derrière la maison, hors de vue de passants éventuels. Lara adore lancer le jouet, mais pour l'attraper, c'est une autre histoire. Le ballon bondit de ses mains et roule dans l'herbe. Elle court, puis s'arrête soudain, les yeux au sol.

— Stephan, regarde ces petites bêtes noires, toutes pareilles !

— Ce sont des fourmis. Elles vivent en groupe.

Lara se met à plat ventre pour les regarder.

— Comment elles font pour se reconnaître entre elles ?

— Eh bien, euh... elles se reconnaissent à l'odorat.

— Et elles ne se disputent jamais ?

Il lui explique le peu qu'il sait des insectes sociaux. Lara suit des yeux une colonne de fourmis. L'une d'elles explore la surface du ballon, gros comme une petite planète.

— Vois-tu, continue Stephan, il y a une reine qui commande, et des milliers d'ouvrières qui obéissent... Eh !

Les yeux de Lara s'écarquillent d'horreur.

— Tu sais, un ballon, ça ne mord pas !

— Stephan, souffle-t-elle. Je me souviens de mon cauchemar, je m'en souviens !

Elle soulève le ballon entre ses deux mains, avec les fourmis qui trottinent dessus.

— Le monsieur de la pyramide, s'écrie-t-elle. Il va mourir !

— Arthur Lansdowne ?

— Il va être découpé en petits morceaux.

Stephan, sceptique, ricane.

— Bah ! Ce sale profiteur le mérite bien !

Lara insiste. Ses prunelles sombres brillent de larmes. Stephan a subitement la chair de poule, en proie à une angoisse irrépressible. L'enfant lui a transmis sa peur, par phérormones !

— Les petites fourmis vont dévorer sa grande maison ronde !

— Je ne comprends pas. Quelles fourmis ? Quelle maison ?

La fillette pointe un doigt tremblant sur les insectes.

— Ce sont... des *choses* comme les fourmis, mais si petites que les gens de la maison ronde ne les verront pas. Elles obéissent aux ordres d'une reine. Non, à leur... *(elle plisse les yeux et serre les lèvres)* pro-gram-ma-ti-on !

Lara a détaché les syllabes. Stephan comprend qu'elle a pigé ce mot dans les cerveaux où on l'a propulsée. Sans doute l'effet des résidus du Leuka-8 accumulés en elle...

— Attends !

Il se précipite dans le chalet et revient avec un des *National Geographic* aperçus dans la bibliothèque. Le numéro, déjà ancien, montre en couverture un dessin d'artiste du futur Hôtel Davos. Vu de face, le cylindre forme un cercle.

— Une maison comme celle-ci ? dit-il. Qui donc va y apporter ces fourmis ?

Lara puise dans son maigre vocabulaire pour décrire des souvenirs qui ne lui appartiennent pas. Stephan a trouvé du papier et un crayon de plomb. Accoudée sur les planches du perron, Lara dessine les minirobots.

Le jour de la démonstration du projet à la Pyramide, une personne présente dans l'édifice a comploté en vue d'assassiner les participants au Forum. Débusquées et décuplées par l'imagination de l'enfant, ses pensées ont produit un cauchemar intolérable. Lara a oublié le nom du conjuré, toutefois elle a retenu que des « fourmis » seront dissimulées dans un objet anodin qui franchira les contrôles de sécurité. L'objet va se désagréger, relâchant des minirobots qui vont migrer vers les sources d'énergie et se reproduire comme des cellules cancéreuses, affaiblissant la coque de polymères… jusqu'à produire une décompression brutale de Davos, 72 heures plus tard.

La petite lame d'Ithuriel continue de noircir des feuilles. Stephan marche de long en large dans le salon, en proie à un dilemme. Il n'éprouve que répugnance envers l'oligarque de cette orgueilleuse Pyramide. Il se fout du Forum industriel. Pourtant…

S'il choisit de ne rien faire, l'attentat causera des centaines de victimes, pas toutes innocentes, certes, mais des victimes. Il réfléchit plus à fond aux conséquences de son inaction. Qu'arrivera-t-il, une fois Lansdowne et les autres têtes d'affiche liquidés ? Le capitalisme a horreur du vide : à long terme, d'autres vautours remplaceront les pdg disparus. Entre-temps, une tempête politique d'une ampleur inégalée s'abattra sur le monde. Les pays s'accuseront mutuellement, des guerres éclateront, empirant la crise économique. Les victimes se multiplieront... Et qui servira de bouc émissaire à cette catastrophe ? Les adversaires traditionnels des riches : les groupes sociaux, les héritiers de *Porto Allegre* et des indignés de *Wall Street*, le réseau Téléquité. La répression frappera encore plus fort. Les camps de travail vont se remplir...

D'un autre côté, si Stephan tente de prévenir cet attentat, il risque sa propre sécurité et celle de Lara. Sans doute pour rien : la parole d'un ex-bagnard n'aura aucun poids devant la police. Et si un type aussi malin que Sardan s'avise de fouiller son passé de trop près, il risque gros.

Une autre réalisation lui glace le sang. Si Stephan sauve le Forum grâce à l'information glanée par le cerveau de la fillette lors de cette séance à la Pyramide... il validera le projet monstrueux qui a détruit l'enfance de Lara.

* * *

La route est libre. Stephan contemple un moment la maison entre les arbres. Il a averti Lara de rester à l'intérieur jusqu'à son retour, et de ne surtout pas se montrer aux fenêtres. Il a endossé un ample blouson de la garde-robe du suicidé, le malheureux Simon Monette. Une casquette de chasseur dissimule ses cheveux. Il a pris le temps de se raser de près. Sa décision, il l'espère, ménagera la chèvre et le chou. Il va prévenir le Forum de l'attaque, sans compromettre la sécurité de Lara.

Après une demi-heure de marche, il arrive à une intersection où se dresse un dépanneur-station-service muni d'une cabine télécom. Stephan consulte le catalogue électronique, guidé par les faibles indices glanés au cours d'une conversation qui a eu lieu, lui semble-t-il, des années plus tôt. Enfin, il tape le numéro d'accès d'une ferme communautaire sur le chemin New Mexico. Lara pourra y vivre et, tant qu'il en sera capable, Stephan travaillera ailleurs pour subvenir aux besoins de l'enfant. Quand, fatalement, la maladie l'emportera, Lara ne sera pas seule.

— Ferme Boudreault-Landry, répond un homme.

L'écran de la cabine télécom n'affiche rien. Ou bien ces gens ont de vieux téléphones, ou bien ils n'aiment pas montrer leur binette au premier venu.

— J'aimerais parler à Antoine Comtois, demande Stephan, en scrutant les alentours.

— Il est absent pour la semaine. Voulez-vous lui laisser un message ?

Enfer ! Il n'a pas prévu cette possibilité.

— Dites-lui, s'il vous plaît, que c'est de la part de Stephan Brunswick.

Sous le coup de la surprise, Maxime Landry échappe presque le combiné du téléphone mural. Quand Antoine lui a raconté sa mésaventure, il a surtout retenu le casier judiciaire de Brunswick. Un fauteur de trouble, un « trou noir » toujours à court d'argent qui siphonne tout autour de lui. Maxime connaît bien cette engeance.

— Lara est avec moi, continue l'étranger à l'accent anglophone. Nous nous sommes évadés du Complexe Orphée. Mais il y a plus grave, il faut appeler *Lansdowne Future* pour avertir d'un attentat imminent contre la station Davos...

« Complètement délirant en plus ! Pauvre Antoine, déjà drainé par les caprices de sa sœur ! » Quoi qu'ait fait son bouillant ami, Maxime doit le protéger. Et protéger leur ferme, par la même occasion.

— Eh bien, retournez-y donc à vot' Complexe! Antoine a déjà assez d'ennuis sans se mettre un parasite sur le dos, rétorque-t-il avant de raccrocher.

— C'était qui, Max?

Zéphyr se tient à la porte.

— Rien, Zéph. C'était personne.

Stephan a le souffle coupé. Survie oblige, il se croyait un bon juge des caractères. Antoine partage-t-il cette mauvaise opinion de lui? Quelle sorte d'ennuis a-t-il? Tant pis.

Résolu à prévenir l'oligarque à tout prix, Brunswick se branche au Filet avec la carte de crédit du malheureux Simon Monette. Il contacte d'abord le bureau virtuel de *Lansdowne Future*. Sa demande rebondit sur un mur de protection hermétique. Il ferme les yeux et murmure.

— Requête d'accès prioritaire au réseau privé de *Lansdowne Future*. Code d'autorisation Jamie9998-1735B.

Stephan n'a jamais osé employer ce code après sa sortie de prison. Il attend. Enfin, un homme âgé répond, en mode vocal.

— Bureau chef de *Lansdowne Future*?

— Je dois parler à Arthur Lansdowne.

— Il... il est au Forum, en orbite. Qui, qui êtes-vous?

— Un ami de la famille, dit Stephan. Écoutez, vous devez avertir Lansdowne qu'il doit évacuer Davos.

— L'hôtel Davos est sous très haute sécurité, Monsieur.

– Les terroristes ont exploité une brèche dans le dispositif.

– Vos spéculations ne m'intéressent pas ! Je ne sais pas qui vous êtes, ni comment vous avez piraté ce code d'accès, mais…

– Stephan Raphaël Brunswick.

L'interlocuteur manque de s'étrangler.

– Bruns… ? Alors, vous étiez son ami…

– Oui ! Mais je préfère rester anonyme.

– Il… il m'a parlé de vous, vous savez…

Stephan a honte d'interrompre ce vieil homme au bord des larmes.

– Le temps presse, Jamie ! Si vous voulez sauver la vie de votre spéculateur favori, voici ce qu'il doit savoir…

Stephan livre les renseignements sur la nature de l'attaque. Puis, il plaque les dessins réalisés par Lara contre l'écran du scanner. Une fois que Jamie a confirmé la réception des documents, Stephan coupe la communication. La carte de crédit du mort l'a rendu brillant comme un phare dans le cyber-océan. Il ne doit plus traîner. Surveillant les alentours, il dicte un bref message dans la boîte aux lettres virtuelle de la ferme, à l'intention d'Antoine Comtois. Fourbu, il quitte la cabine. Il a fait ce qu'il a pu.

Il ne remarque pas la libellule qui vole en cercles au-dessus de sa tête.

CHAPITRE 35

Lara face à son maître

Dans la nuit du 2 au 3 mai

Lara se retourne sur le divan couvert des revues qu'elle a feuilletées. Le feu est éteint, mais des braises clignent encore de leurs yeux rouges. Elle a froid malgré son gilet et ses chaussettes. Son estomac crie famine. Elle enjambe Stephan, recroquevillé sur le tapis devant le foyer. Le sommeil a adouci ses traits, effaçant les plis amers sauf un nœud au front.

Traînant la couverture comme une cape, elle se dirige vers la cuisine. Elle grimpe sur le comptoir pour atteindre les biscuits. Par la fenêtre, elle voit des étoiles scintiller dans le noir. Elle cherche des yeux la grande maison habitée, très haut, là où il n'a plus d'air. Quelque chose attire son attention, plus bas. Abandonnant son perchoir, elle court au salon.

— Stephan ? clame Lara en le secouant par son chandail. Il y a des lumières qui bougent, dehors.

Subitement alerte, Stephan se précipite à la fenêtre. Les phares de deux véhicules éclairent les troncs tordus des pommiers. Des lampes s'agitent sur le chemin.

— Mets tes bottes, vite !

Il donne l'exemple, puis saisit l'arme du suicidé et coince la lampe de poche dans sa ceinture. Il entraîne Lara toujours drapée dans sa couverture, par la porte arrière. Le froid et l'humidité les enveloppent. Ils quittent le verger et s'enfoncent dans un champ en friche, dont les tiges jaunies se dressent au-dessus de leurs têtes. Des feuilles aux pointes acérées fouettent les fugitifs, mais Stephan n'ose allumer. Lara le suit, protégée par sa petite taille et sa couverture.

Ils progressent au clair de lune, malgré les ronces qui les retiennent comme des mains avides. Stephan enjambe un tronc pourri, aidant Lara à gravir la pente d'une colline boisée. Essoufflé, il observe le déploiement de la meute. Il compte cinq faisceaux lumineux.

— Recule, je vais faire un gros bruit.

Stephan épaule le fusil et vise les faisceaux, que l'humidité rend très visibles. Il presse la gâchette. Rien. L'écran du viseur clignote : il a oublié de déverrouiller. Levant le canon, il joue à l'aveuglette avec la manette du chargeur. Il entend un déclic puis... *Brrrang!* Seul le ciel a été blessé, mais il vient de leur acheter un peu de temps en intimidant les poursuivants. Des macaques s'égosillent, dérangés dans leur sommeil. Tant mieux! Leurs cris couvrent les bruits de pas. Il entrevoit le ruban d'une route sur sa droite. Deux jets de lampes balaient l'air sur le chemin qu'il espérait prendre. Derrière, des voix furieuses indiquent que les poursuivants font à leur tour connaissance avec les broussailles.

Stephan s'accroupit dans les fourrés, imité par Lara. Ils ont une chance de se faufiler à la faveur de l'obscurité. Sinon, l'enfant sera à nouveau réduite en esclavage... jusqu'à ce que les drogues l'achèvent. Les lumières ont disparu de la route. Il se remet en marche avec la petite, tâtant son chemin.

En contournant un rocher, il sent un mouvement derrière lui.

— Attention ! hurle Lara.

Deux bras le ceinturent avant qu'il ne puisse viser. Le coup part, alertant ceux qui se débattent dans les épines. Stephan appuie les pieds contre le roc et se détend comme un ressort. Il tombe sur son assaillant et en renverse un autre qui le suivait. Celui qui l'a saisi n'a pas lâché prise.

— Je m'ennuyais de toi, Cendrillon.

— Cours, Lara ! a-t-il le temps de crier.

La fillette demeure un moment immobile devant la mêlée. Puis, elle s'enfuit, l'autre poursuivant à ses trousses.

* * *

Un des drones a signalé le fugitif près d'une station service. Le minirobot l'a suivi… mais, au bout de son autonomie, il s'est désactivé. On a relâché d'autres libellules, mais Brunswick n'est pas revenu sur les lieux. Par recoupements, l'équipe du projet a réduit le périmètre des recherches jusqu'à cette habitation isolée au milieu d'un verger… Les deux véhicules ont pris un chemin différent.

Accroupi devant le foyer, Sardan remue les braises mourantes. Cyn descend l'escalier avec un agent.

— Personne en haut.

Pour votre cueillette-surprise, c'est raté ! lance Xavier, assis sur le divan.

— Cessez de vous inquiéter, le rassure Fisher. Mes hommes quadrillent le terrain. Il n'a pas eu le temps d'aller bien loin.

Au bruit de la détonation, Xavier sursaute et fonce au-dehors, Fisher sur les talons. Sardan se raidit : le coup de feu a dispersé les nuages qui lui obscurcissaient les idées. Il revoit l'expression rusée de Xavier, ses conciliabules avec les hommes avant qu'ils ne prennent le chalet d'assaut... Il quitte la maison au pas de course, en balayant le noir de sa lampe.

Aléna Cyn rejoint le technicien près des camionnettes. Elle écoute les cris qui se réverbèrent, très loin. Elle sait fort bien ce qui a été convenu : arracher le deuxième tuteur.

*   *   *

Handyman raffermit son étreinte. Il est beaucoup plus fort que sa taille ne le laisse croire, fruit d'un entraînement rigoureux assaisonné d'additifs hormonaux. Sa jeunesse apparente facilite ses missions pour le *TOC*. Personne ne se méfie de lui... jusqu'à ce qu'il soit trop tard. Il prend au sérieux son mandat de protéger le projet Ithuriel.

Sa proie l'a agrippé avec une fureur animale, mais un souffle râpeux montre que la course l'a épuisée. Dès que Cendrillon se fatiguera, Handyman fera sauter sa dernière vertèbre cervicale comme un bouchon de liège. Pas de sang, pas de marques de coup. Le vieux Xavier expliquera à la petite braillarde que son copain a fait une mauvaise chute.

Les mains crispées sur ses poignets tremblent. Handyman prend son temps, savourant la panique qui monte dans les yeux du porteur. Il lui fait une faveur de le tuer avant que la *bitcheuse* ne s'en charge.

Les poursuivants tissent une toile invisible autour de Lara. Elle a beau changer de direction, les ombres la talonnent, comme dans ses cauchemars. Une main empoigne sa couverture. Elle s'en libère et court. Le froid s'infiltre entre les mailles de son chandail. Des faisceaux de lumière se croisent au-dessus de sa tête. Quelqu'un trébuche en jurant. L'enfant se faufile au hasard entre les lumières et les voix, tous les sens aux aguets. Son pied bute contre un objet lourd : le bâton bruyant que tenait Stephan. On bouge devant ! Ses yeux aiguisés par la peur distinguent une silhouette, à cheval sur Stephan. Des doigts gantés serrent le cou de son ami.

Le hurlement de Lara fouette Xavier. Son groupe s'élance à travers les ronces. Un autre coup de feu tonne, provenant de la même direction. Xavier blêmit : Lara, blessée, tuée ! Leur petit groupe se fraie un chemin vers les lieux du drame, un roc plissé qui s'élève des ronces. Au sol, un homme recroquevillé gémit à coup de blasphèmes. Une tache rouge sombre s'agrandit sur sa poitrine. À côté, le fugitif gît sur le dos, inanimé. Debout entre les deux, Lara serre le lourd fusil, un doigt encore glissé dans la gâchette.

– Lara ! s'écrie Xavier, soulagé. Tu n'as rien…

Délaissant l'arme, l'enfant se précipite vers Brunswick. Elle le secoue, sans obtenir de réaction. Elle jette un regard désespéré sur celui qui l'a élevée.

– Stephan ne va pas bien ! Fais quelque chose, il va mourir !

La bonne nouvelle sort Xavier de son immobilité. Il fait un pas, en tendant les bras, tel un père soulagé de retrouver son enfant.

– Viens avec moi. On rentre au cocon.

Lara se blottit farouchement contre son grand ami.

– Je ne veux pas ! Les autres vont lui faire mal !

– Mais non, personne ne lui fera de mal, proteste Xavier, sûr de lui.

Lara redresse la tête, en proie à une violente émotion. Un ressort longtemps comprimé en elle se détend. Un nœud de colère grandit en elle. Lentement, car elle retient ces éclairs cramoisis qui s'entrechoquent dans sa tête et menacent de s'échapper, Lara répond à son maître.

– Tu *mens* !

Xavier étouffe un juron. Jamais il n'a vu Lara en furie. S'il ordonne d'achever son ami, il perdra à tout jamais ce qui lui reste d'ascendant sur elle. Idem s'il éloigne Lara pendant que les agents du *TOC* se chargent de la sale besogne.

Le directeur du Complexe, lui, savoure l'ironie de la situation. Seuls deux bras frêles noués autour de son cou protègent Brunswick de la mort prescrite par les hommes présents...

Les yeux de Lara sont rivés sur son bienfaiteur. Xavier s'agenouille auprès de son rival. Surmontant sa répugnance, il lui soulève la tête. Ses doigts exercés trouvent l'artère carotide qui s'obstine à battre. Il pourrait la faire taire... mais il sent peser sur ses mains le regard de l'enfant.

– Il est très malade, Lara, dit-il, en affectant une mine préoccupée.

Il caresse les cheveux souillés de terre du porteur. Le geste déguisé trompe l'enfant inquiète. La main de Lara se pose sur la sienne.

– Zavi, tu vas l'amener au cocon ? Tu vas le guérir ?

Lara n'utilise plus souvent ce diminutif affectueux. Xavier doit exploiter son retour en grâce. Il passe ses bras sous les jambes et les épaules flasques de son ennemi. Son dos proteste lorsqu'il essaie de le soulever. Réprimant une moquerie, Sardan se penche et prend sa moitié de Brunswick. Le groupe retrace péniblement son chemin, Lara accrochée à la main de Stephan. Deux agents les suivent, portant Handyman qui a cessé de gémir.

Aléna Cyn les attend près des fourgonnettes. Elle voit les bras de Lara couverts d'égratignures. Pendant que Sardan aide à charger le fugitif dans le premier véhicule, elle prend la main de la fillette pour l'entraîner vers l'autre. Lara lui résiste.

— Je veux rester près de Stephan ! Ils vont…

— Ils ne vont rien du tout, Lara. Le docteur Sardan y veillera, n'est-ce pas ?

Elle décoche un regard malicieux au directeur, qui s'éponge le front après son effort.

CHAPITRE 36

Évacuation en trombe

Dans la nuit du 2 au 3 mai

La piscine de Davos suit la courbure de la station. Arthur y termine sa trentième longueur, loin devant Boris et les banquiers chinois qui ont pris part à cette gageure. La tournure des négociations sur la dette de l'Europe le soulage, malgré les concessions qu'il a accordées aux banquiers. Il regarde Boris éclabousser les autres nageurs, quand sa vision se teinte de rouge. Son implant l'avertit d'un appel prioritaire transmis par le Filet privé de *Lansdowne Future*. L'oligarque se propulse hors de l'eau, dont les gouttes retombent au ralenti.

— Eh, quelle mouche vous a piqué ? s'écrie Boris.

Arthur ne répond pas, horrifié par les informations qui défilent devant ses cornées.

*   *   *

Une cellule de crise s'est réunie dans une salle de conférence jouxtant la piscine. Le général Lighning a posé les poings sur la table.

— Et les satellites de défense ?

— Ils ne peuvent rien faire, répond le capitaine. Tout Davos est infesté.

Arthur Lansdowne essuie la sueur de son front. La ventilation a été arrêtée par précaution. Le capitaine de la station a ordonné un diagnostic de tous les systèmes dès qu'il a été prévenu de la menace. Une projection apparaît au-dessus de la table : une araignée mécanique munie de mandibules. L'insecte ne mesure que 800 nanomètres de longueur, mais des trillions de ses semblables l'accompagnent !

— Quand on a calibré les détecteurs en fonction de ces nanorobots, on en a trouvé partout ! dit le capitaine. Je ne sais pas comment vous avez pu anticiper cette attaque.

Arthur montre une feuille fraîchement imprimée. Le dessin au crayon représente une araignée au corps trapu. Une ingénieure se penche, des lunettes d'info sévères sur le nez.

— Ces nanorobots ont une mince carapace de protéine, avec des instructions codées, dit-elle. Elles sont aussi indétectables que de la farine !

— Et que disent ces instructions ? demande Boris.

Le Russe s'est invité à leur conseil, au grand déplaisir de son rival.

— Croître et se multiplier, répond la femme.

— On ne peut plus biblique, commente Boris.

— En d'autres mots : dévorer tous les joints étanches de la coque. Je soupçonne qu'ils absorbent l'intense chaleur produite par le réacteur.

— Fermons le réacteur, alors !

— Trop tard. Les nanorobots introduits dans Davos ont eu deux jours pour migrer à proximité du réacteur. On vient tout juste de les détecter.

Arthur dénoue sa cravate, comme s'il craignait d'y trouver d'invisibles ennemies.

— Peut-on effacer leur programme avec une décharge électromagnétique, madame Staub ? demande le capitaine.

— Une impulsion EM assez forte pour les neutraliser à l'échelle de la station grillerait tous nos systèmes. Et nous tuerait du même coup.

Arthur regarde sa cravate avec méfiance.

— Et les nanotrucs qui sont déjà sur nous ?

— Ils ne vous mangeront pas ! À petite échelle, un simple balayage de la main suffira.

— Nous pouvons utiliser les capsules d'évacuation, fait Boris.

L'ingénieure montre un plan en 3D de Davos où un code de couleur indique la sévérité de l'infestation. La section des capsules est en rouge sombre.

— Elles sont déjà compromises, rongées par ces sales bêtes !

— Combien de temps nous reste-t-il ? demande Arthur.

— Environ quinze heures avant que la coque ne se désagrège. Il faudra quatre navettes Constellation pour évacuer Davos. Or, nous n'en avons que deux.

— Bah, nous avons amplement le temps d'entériner notre accord au sujet de la dette de l'Europe ! dit Boris.

Sa tentative d'humour tombe à plat. L'ingénieure nettoie ses lunettes, masquant mal son propre désarroi.

— En réalité, vous avez moins de sept heures, dit-elle.

– Pourquoi ?

– Le processus est exponentiel. Pour le moment, les nanorobots ne sont pas assez abondants, mais ils se multiplient vite, au moyen de la matière qu'ils absorbent.

– J'ai fait envoyer un signal de détresse, dit le capitaine.

L'évacuation devait se faire dans le calme. Hélas, la rumeur du sabotage s'est répandue comme une traînée de poudre. Le 3e Forum industriel se termine par une débandade vers les sas de sortie. Les gardes du corps des politiciens distribuent généreusement les coups de matraque pour leur frayer un chemin vers les deux navettes Constellation déjà arrimées. Un autre délai s'impose, pour soumettre les évacués à un filtre magnétique, juste assez fort pour désactiver les nanorobots. Des cloisons étanches ont isolé les sections voisines du réacteur, mais leurs joints sont aussi attaqués.

À titre d'hôte officiel, Arthur ne peut jouer des coudes pour se sauver. Il reste dans la salle de bal avec le capitaine, pour diriger les délégués et les appeler au calme. Il répond aux questions des reporters. Le personnel et la sécurité ont revêtu des scaphandres, mais comme il n'y en a pas assez pour tous les participants au Forum, il garde son costume de ville. Ne voulant pas mal paraître, Boris est resté lui aussi ; il joue à la balle avec son chien.

– D'autres navettes sont en route, dit le capitaine. Un site de lancement privé nous envoie un avion orbital.

– Comment ces nanorobots sont-ils entrés ici ? demande Arthur.

– N'importe qui a pu les apporter en petite quantité, dit Lightning.

– Nous avons retracé l'origine de l'infestation, annonce Staub : c'est cette salle.

Arthur scrute les tables désertées. La belle sculpture en verre gît au sol, brisée par un fuyard. L'ombre de Saint-Onge plane un instant sur la scène.

– Une navette russe est en route.

Boris a joué de son influence. Ils ont deux heures d'angoisse devant eux.

À une heure de l'échéance, l'avion orbital vient de repartir avec les derniers chefs d'État. Devenus friables, les joints de la coque laissent échapper l'air. Une brise souffle sur le groupe réuni dans l'aire de réception. Arthur sent la pression contre ses tympans. Il avale.

– La navette *Pouchkine* est en approche, annonce le capitaine.

Sur l'écran des radars, la navette russe, massive, évoque une baleine. De longues minutes s'écoulent pendant qu'on déploie un couloir de transfert entre la station et le vaisseau. La dépressurisation de l'habitat s'accélère, malgré les cloisons étanches. Une nouvelle ruée s'amorce en direction du sas d'accès. En apesanteur, Boris et Arthur galopent comme des gazelles dans le long tube, Raspoutine sur leurs talons.

– Vous avez une vie vraiment intéressante, mon ami !

– Si vous y êtes pour quelque chose, gronde Arthur, je jure de vous le faire payer au centuple ! Vous et votre sale bête !

Boris a un rictus cynique.

– Vous n'en avez pas les moyens !

Puis, ils entrent dans le ventre de la baleine. Le couloir potentiellement contaminé est sacrifié. Chefs d'entreprise et petit personnel sont tassés comme du krill. Pressé à l'arrière du poste de pilotage, le dalmatien contre lui, Arthur songe à ses arrière-grands-parents qui ont fui l'Europe en guerre, entassés dans la cale d'un paquebot, ballottés par les vagues…

– *Boje moï !* s'écrie Boris, coincé entre lui et la stoïque madame Staub.

Arthur regarde la station Davos. Une spirale de débris et de gaz s'en dégage. Il l'a échappé belle ! Il doit une fière chandelle à l'inconnu qui a donné l'alerte, alors que les services de renseignement et de contre-espionnage n'ont rien vu venir. Un ami de la famille ? Son fidèle Jamie ne s'est pas montré très loquace. Qui donc pouvait connaître le code de filet privé ? Et qui se trouve réellement derrière cet attentat ?

L'oligarque se promet de faire enquête. Il a tout juste le temps de soutirer les dernières actualités des satellites du Filet avant que la chaleur de la rentrée en atmosphère n'impose un silence radio.

Les News
qui comptent pour vous

■ Le 3 mai 2042 ■

Une publication de *Magna Media* inc.

Débandade à Davos!

Des sources fiables confirment une agitation sur le satellite artificiel où se tient le Forum industriel. Des navettes ont été détournées de leurs itinéraires pour s'arrimer à Davos. Une évacuation serait en cours. Rejoint par le Filet, l'hôte de cette année, Arthur Lansdowne, a évoqué un simple exercice, mais on soupçonne une menace terroriste.

Le professeur Kane Sardan pressenti pour le prix Nobel de médecine

Les rumeurs circulent depuis que le professeur a présenté douze nouveaux virus synthétisés par son équipe. La capacité de travail de Sardan n'a d'égale que ses qualités de gestionnaire, car le Complexe Orphée inc. a enregistré des profits records l'an dernier.

Une cité dans la cité

Emerald City, l'ancien *Summit Circle*, attire les hauts salariés et les arrivants pleins de potentiel. Les noms de Kane Sardan et de l'ar-

Sardan n'a d'égale que ses qualités de gestionnaire, car le Complexe Orphée inc. a enregistré
des profits records l'an dernier.

Une cité dans la cité

Emerald City, l'ancien *Summit Circle*, attire
les hauts salariés et les arrivants pleins de
potentiel. Les noms de Kane Sardan et de l'artiste Jean-Claude Brecht figurent notamment
parmi les habitants de ce quartier protégé. Le
taux de criminalité y serait proche de zéro, ce
qui fait dire au maire Viger qu'il encouragerait
la construction de nouveaux quartiers privés.

No Questions Asked (NQA)

La milice la plus populaire au Canada, celle
qui garde le prestigieux complexe Orphée, la
Pyramide et la Cité d'Émeraude, tire son origine d'un drame survenu à Toronto en 2004. Une
fusillade entre gangs de rue a fait une victime
innocente. Le frère de la jeune fille tuée s'est
engagé dans l'armée, où il a atteint le rang de
colonel. Par la suite, il a fondé sa propre agence
privée. *NQA* est reconnue pour son efficacité et
surtout sa discrétion.

Télé-Crasse

Des nouvelles croustillantes qui brassent le peuple !

Une liaison dangereuse ?

Le populaire professeur Sardan aurait été aperçu en la charmante compagnie d'Aléna Cyn, une chercheure travaillant au Complexe. Tous deux cherchent une cure pour le cancer par des moyens différents, qui se croisent parfois...

Une thérapie mal dirigée

Le spectacle impromptu de la danseuse acrobate Cassandre Comtois, en faveur des intellos du réservoir incendié, se veut une thérapie pour faire oublier ses abus de drogue en vue d'augmenter ses performances... Elle s'est d'ailleurs blessée vers la fin, ce qui justifie la baisse subséquente de sa cote à C+.

Le jeudi 8 mai

Arthur tourne comme un lion en cage. L'enquête sur la destruction de Davos piétine, malgré les spécimens de nanorobots conservés. Non seulement ce sabotage lui aura coûté cher, mais voilà qu'un nouveau danger le menace, venant d'une direction imprévue. Une enveloppe de plastique est posée sur la table à café. Elle contient une photo imprimée, tirée des archives de *Magna Media*, lors du procès hypermédiatisé qui a entaché le nom des Lansdowne. Au dos de la photo, sont gravés un point d'interrogation et un numéro d'accès bancaire, un compte « nuageux » confidentiel en Alberta. Comme d'habitude, Arthur manque de temps pour peser ses options. Il jette un regard sur la photo, prise au lac Simcoe. Il doit suivre son instinct et se méfier de la curiosité qui le démange.

CHAPITRE 37

Brainstorming au Complexe

Le vendredi 9 mai

Lara compte ses pas autour du lit. On a soigné ses coupures, mais l'inquiétude ne se cicatrise pas aussi aisément.

— Est-ce que Stephan est encore malade ?

— Oui, Lara, répond Xavier en la bordant.

Il vérifie les appareils qui enregistrent les battements de cœur de l'enfant et ses niveaux de glucose. Le port d'injection contient une puce qui transmet ces informations.

— Tu l'as vu ? demande-t-elle.

— Oui. Dans sept jours, tu pourras le voir…

« Et dans sept jours, beaucoup de choses auront changé », se dit-il.

*　*　*

La douleur dans ses genoux le réveille. Il écarquille les yeux sans rien voir. Des bandes souples emprisonnent ses chevilles et sa taille. Ses mains sont immobilisées contre sa poitrine, dans un tissu spongieux. On a collé quelque chose sur ses tempes. Stephan ne sait pas combien de temps s'écoule dans le noir, avec l'écho de sa respiration pour seule compagnie.

Le silence explose dans un déluge de sons stridents et d'éclairs aveuglants. Ses paupières baissées ne forment qu'une protection dérisoire contre cette invasion. Les vibrations se répercutent dans ses dents serrées, dans sa poitrine et dans ses genoux collés au plateau. On va le rendre sourd ! Même le crissement des perceuses au Tunnel ne se comparait pas à cette cacophonie.

Des flashes impriment sur ses rétines la forme de sa prison, un dôme équipé de milliers de petits haut-parleurs. Où est-il ? Dans un dôme équipé de milliers de petits haut-parleurs qui crachent leurs décibels. Des mots tirés de sa propre bouche lui percent les tympans, mêlés à des accords faussés de *Rebels without a Mind*, dont on a trahi chaque mélodie : « profiteurs », « sanocrates », « exploiteurs » !

Il réfléchit, un exercice pénible. Il y a ce type à qui il livrait tous les rats, le révérend Black. Sur quoi travaillait-il, celui-là ? Le module de stress. On veut mettre son intellect en cage. Ou le rendre fou. Quelqu'un doit l'observer en ce moment et noter ses réactions.

Il se mord les lèvres pour ne pas supplier qu'on arrête. Il n'espère aucune aide. Il a prié et prié au Tunnel, en vain. Dans sa jeunesse, il a été croyant, mais quelle entité toute-puissante aurait toléré un système qui broyait les gens ? Seul un homme dépouillé de tout l'a sauvé.

Et Lara ? Elle doit souffrir dans son coin, inconsciente de ce qu'on lui inflige. Stephan se démène contre les liens, peine perdue. Depuis quand baigne-t-il dans cette débauche senso-rielle ? Il ne doit pas perdre la notion du temps, la seule réalité à laquelle il peut encore s'accrocher. Il compte les secondes dans sa tête. « Une, deux, trois... 2234, 2235, 2236... une heure...

Stephan s'aperçoit du silence lorsqu'il entend à nouveau sa respiration. Ses tympans vibrent comme un accord d'orchestre. Une pénombre apaisante a chassé les éclairs. À peine une heure et quart de ce traitement, et il est déjà crevé. Il veut se coucher. Les attaches le condamnent à une position à genoux. Alors qu'il se sent glisser dans le sommeil, l'orage le secoue à nouveau.

Le manège recommence. Baisse du volume, silence complet. Malgré lui, son cerveau anticipe le prochain épisode. L'attente devient un supplice. Cette fois, il lui semble que la pause s'allonge. À travers les forme imprimées sur ses rétines, une ligne blanche apparaît, devient un rectangle. Va-t-on le sortir de là ?

Une silhouette s'engage vers lui sur une passerelle amovible. Stephan prend conscience du creux dans son estomac. Il rassemble ses forces : la grève de la faim est son seul recours. Il résiste malgré les attaches. L'homme lui pince le nez jusqu'à ce qu'il aspire une goulée d'air… et un tube souple. Suit une sensation étrange, révoltante. Son estomac envoie à son cerveau des messages de satiété, sans enregistrer le moindre goût de nourriture sur sa langue. On doit le gaver de ce liquide laiteux et visqueux servi à Lara.

*　*　*

Rapport du 10 mai, deuxième jour, notes de Morin.
– Le sujet a dépassé le seuil des 24 heures d'exposition au stress amplifié. Il compte encore les secondes dans sa tête. Cette stratégie de défense a été constatée lorsque le sujet a compté à voix haute.

Jéroboam Black referme son carnet électronique. Il remercie le Créateur qu'un tel cobaye lui soit tombé du ciel. Le sujet, un ancien guitariste de groupe rock devenu trafiquant, puis ouvrier temporaire, est plus âgé qu'il ne l'aurait voulu. Le test n'en sera que plus probant. Les armées du Seigneur auront besoin de convertir des esprits récalcitrants et l'exemple de ce *gay* marquera les esprits. Le cobaye n'a pas remué depuis des heures. Compte-t-il encore les secondes dans sa tête ? Le chercheur consulte sa montre : la réunion va commencer.

Il n'y a pas beaucoup de place dans la petite salle de conférence. Xavier est venu par curiosité, puisqu'il a fourni le cobaye. Le général Lightning et le sous-ministre de la Croissance assistent au meeting en personne. Oscar Saint-Onge écoute à distance. Outre le révérend Black, deux représentants de *GodWar* venus des USA y prennent part.

— Le sujet convient parfaitement à l'expérience, dit le révérend. Ancien prisonnier, homosexuel... Il suffit de réorienter son *animus*, sa volonté, dans la bonne voie.

— Vous aurez fort à faire, estime Lightning.

Xavier observe le général, qui lui rappelle physiquement le *boss* du camp de son enfance détruite. Vraiment, il lui tarde de quitter le Complexe. Depuis l'évasion de Lara avec ce damné Brunswick, il a décidé de déménager.

— L'érosion des facultés s'effectuera graduellement, explique le révérend. Le sujet ne s'apercevra pas du changement en cours dans son cerveau. Même ses souvenirs passeront au tamis de vos exigences.

Au centre de la table, une projection sur écran miniature montre le sujet, qui se tord dans ses liens.

— Ça n'a pas l'air très agréable, remarque Cyn.

— Avant de le conditionner, il faut affaiblir son endurance physique et sa résistance psychologique. Nous le privons de sommeil.

— Ça peut prendre des semaines, ajoute le général. Des prisonniers résistent des mois à ce spectacle « sons et lumières » !

Le révérend sourit.

— Nous estimons qu'après sept jours, nous aurons converti le sujet.

— Sept jours, comme pour la Création, commente un des Américains.

Lightning intervient, sans doute agacé par les références théologiques.

— Liquéfier la personnalité me semble un bon début, mais qu'avez-vous choisi comme modèle d'arrivée ? demande-t-il. Ça prend un tuteur pour guider la croissance d'une plante !

Black montre un diagramme en couleurs.

— Pour bâtir notre modèle, nous avons compilé des scannographies du cerveau de huit mille personnes qui ont démontré, dans leur vie, la plus haute fidélité à notre idéal.

— Et quelle substance lui injectez-vous ? demande Cyn.

— La dopamine pour stimuler le plaisir, la sérotonine pour enrayer la déprime aux moments-clés du conditionnement. Il en viendra à bénir sa prison ! L'ingrédient principal de la recette est un balayage magnétique qui cible des zones actives du cerveau.

— Le *DAG* serait fort intéressé à acquérir un prototype, dit Saint-Onge.

— Je vous vois mal filtrer tout le pays dans cette passoire ! s'esclaffe Lightning.

— Mon général, moins de 2 % de la population fait preuve d'un esprit indépendant. Des artistes narcissiques, des leaders sociaux anxieux de ressusciter les syndicats, des professeurs critiquant la croissance économique, des journalistes en croisade... Éteignez ces lumières, et le reste du troupeau ne saura plus vers qui se tourner.

— Ces lumières auront une relève.

— Avec de bons tuteurs, comme vous le disiez, mon général, on désherbera à mesure.

— Vous pourriez bricoler dans son cerveau ! dit Lightning.

— Non, précise le révérend. La conversion ne doit laisser aucune marque de trépanation. Les liens eux-mêmes sont conçus pour ne pas causer de rougeurs. Quand le Module en aura fini avec le sujet, vous aurez un citoyen docile, un serviteur d'une fidélité exemplaire...

Lightning se penche sur l'image du cobaye qui tressaute.

— Et si vous ne réussissez pas ?

Black laisse retomber les bras contre son costume.

— S'il ne peut vous servir, je vous garantis qu'il ne pourra servir personne d'autre.

* * *

Rapport du troisième jour, le 11 mai – *Le sujet se répète des slogans publicitaires en les modifiant. Pour prolonger les périodes de repas où*

« *Télé-Crasse, les niouzes* qui vous donnent du pain et des jeux. Les *niouzes* qui vous donnent de la peine pour vos yeux... Pourquoi penser quand on peut rêver ? Passez des vacances dans votre tête ! » Stephan récite son répertoire de slogans et teste ses liens, qui se sont un peu relâchés. Il arrive à se pencher plus loin...

Black suit la courbe qui s'approche du seuil précalculé. Chaque point y résume une matrice de facteurs lus par les instruments. Une seule chose l'inquiète : pourquoi le poids du cobaye diminue-t-il ? Le stress provoque une dépense d'énergie, mais il a dosé l'alimentation en conséquence. Les prélèvements de sang par l'intraveineuse à la cheville gauche n'indiquent rien d'anormal. Posant ses deux mains à plat sur l'écran, il laisse Orphée lire ses empreintes. Il augmente l'apport nutritif du cobaye, par l'autre cheville. Le gavage n'a pour but que de vérifier son degré d'agressivité.

Kane Sardan entre dans le laboratoire, sa souris sur l'épaule. Debout près de l'hologramme du cobaye, il affiche l'expression indéfinissable d'un homme assis entre deux chaises. L'idée d'utiliser Brunswick pour tester le Module de stress est venue de Xavier. Sardan s'y est opposé, mais un généreux versement du fonds *Preachers* a tempéré sa colère. Il a cependant exigé de garder le converti auprès de lui. Avec ou sans sa personnalité caustique, Brunswick lui sera utile pour faire chanter

Arthur Lansdowne et rogner sur sa fortune...
Kane pense à ses recherches, à sa prochaine génération de thérapeuvirus. Son équipe a pris une bonne longueur d'avance : il tient à garder la tête.

Une voix rauque interrompt sa réflexion.

– Ordures... jamais...

Agrippant ses derniers lambeaux de volonté, le cobaye se redresse malgré ses attaches. Puis, il cogne sa tête de toutes ses forces contre le bord du plateau.

Dans la salle de jeu, Lara récite l'ordre de couleurs d'une série de cartes cachées par Xavier, sous la surveillance attentive d'Aléna Cyn. L'enfant sursaute comme si on l'avait fouettée. Elle porte les mains à son front et pousse un hurlement, avant de s'écrouler. Xavier accourt une carte à la main.

– Pourquoi a-t-elle hurlé ? demande-t-il à Cyn.

– Vous n'avez pas une petite idée ? raille-t-elle, en soulevant l'enfant pour la porter dans son lit.

De longues minutes plus tard, Lara ouvre des yeux où perce ce qui est enfermé dans la cage de son subconscient.

– Stephan... est tombé dans un... trou noir, noir, murmure-t-elle.

Elle se rendort, l'inquiétude collée au visage.

Des nœuds de veines bleues accentuent la fragilité de cette petite plante, dont on détache présentement un tuteur indésirable. Aléna ne sait pas si la tige va se redresser sans lui. Elle se voit faisant pousser des enfants hypersensibles, des filles conditionnées sans une once d'affection. Si les « lames d'Ithuriel » sont un jour produites en série, seul Xavier ou leur acheteur éventuel leur en dispensera. L'attachement à un seul tuteur constitue leur moteur. Aléna Cyn souhaite servir de tutrice à la prochaine génération d'Ithuriels. Or, depuis la mise au point du sérum, elle sent que son utilité dans le projet a diminué. Elle a été si longtemps la gentille assistante de Xavier dont elle a, un temps, admiré l'idéalisme... Sa vie dans les *favelas* lui a insufflé un esprit pragmatique, tandis que Xavier est demeuré trop rêveur.

Rapport du troisième jour, Annexe – *Le sujet a tenté de se mutiler. Un rapide examen révèle une légère commotion et une électrode décollée. C'est un signe que son ego tente de résister au processus.*

— Vous ne deviez pas le laisser aller jusque-là !
Le révérend caresse du bout des doigts les arêtes de son crucifix, geste qui agace Kane.
— Même s'il avait eu toute sa force, explique Bill Morin, l'assistant de Black, le matériau sur lequel il s'acharnait aurait empêché qu'il se fasse vraiment mal. Nous avons ajusté les liens. C'est l'exposition au magnétisme qui fait le travail de sape dans ses neurones.

*   *   *

Rapport du quatrième jour, le 12 mai – *Le sujet paraît plus calme. D'après les scans cérébraux, il se réfugie dans ses souvenirs. Le Module évalue les sites actifs du cerveau et les stimule. Toutefois, le sujet fournit le spectacle. Les zones de son cerveau sont activées une à la fois, en un feu d'artifice de neurones surchargés.*

Un pincement au hasard parmi ses neurones stimule un souvenir. Il est à nouveau devant la porte. Il regarde les dessins d'une volée d'oiseaux, retenus par des papiers collants. Des arbres évoqués en quatre coups de pinceau, un soleil rouge, des petits personnages en équilibre sur un fil. Il ne veut pas ouvrir, ne veut pas savoir la cause du silence qui règne derrière. Trop tard, sa main est sur la poignée, il ne peut pas reculer… Le déclic de la serrure se répercute dans le couloir. Il pousse le battant, espérant entendre des voix enfantines lui demander pourquoi il les réveille en pleine nuit… Son cerveau élimine ce qu'il voit, l'efface. Il hurle à pleine gorge, arrache frénétiquement les fils des appareils en panne, tombe à genoux…

Une autre image s'impose, heureuse. Les traits de son ami, « son » Loup, dont le regard bleu lui perce l'âme. La patience d'un ange tombé en enfer. Les mains guident ses doigts sur les cordes de la guitare, alors qu'il joue ses premières mélodies maladroites.

* * *

Rapport du cinquième jour, le 13 mai – *Le sujet continue à se réfugier dans ses souvenirs, mais son activité cérébrale devient instable. Il devrait bientôt entrer en phase régressive.*

Des éclats de voix. Lui, l'adolescent sportif jusque là sans histoire, honteux, replié sur son lit. Son père agite comme un drapeau une revue pleine de corps masculins. « Tu n'es pas mon fils ! ». Ses tentatives de se réformer. Ses échecs. Ses nages furieuses dans le lac. Les querelles gagnant en amplitude. Jamie qui le conduit à l'aéroport, les larmes aux yeux. Le chauffeur de sa mère lui manquerait. Il trouvait toujours du temps pour l'écouter.

Xavier regarde dormir Lara. La caméra infrarouge révèle une forme alitée, enroulée sur elle-même. Depuis son retour forcé, tous les tests se sont soldés par des échecs. Lara a perdu du poids, ce qui inquiète l'équipe de recherche. L'enfant a plus d'une fois éclaté en sanglots et réclamé son ami.

Dans trois petits jours, oui, Lara pourra voir son Stephan... devenu une coquille vide aux yeux éteints dont elle se lassera vite. Envolés, son esprit de répartie et son sourire enjôleur. Après le Module, Brunswick sera tout juste bon à servir du thé et des gâteaux à Sardan.

* * *

Rapport du sixième jour, le 14 mai – *L'activité cérébrale diminue. La phase régressive s'amorce, mais le sujet résiste encore. Il s'accroche à ses souvenirs comme un noyé à une épave.*

Let It Be, Let It Be, Let It Be, Let It Beeee... Le visage de son compagnon au Tunnel devient plus difficile à retenir. Stephan sanglote. « Je Vous en prie, laissez-moi son souvenir... » Un sursaut de conscience. Il a *prié* ! Lui ? Le Module le gruge par en-dedans. Chaque souvenir dans lequel il se réfugie est attaqué. Non pas dissout, plutôt changé, en une déformation des sentiments. De la honte et du chagrin se mêlent à l'amour envers « son » Loup.

Néanmoins, Stephan conserve un espoir ténu de s'en sortir. Il a des ressources que le révérend ignore.

Lara pleure en silence sous ses draps aseptisés. Stephan lui manque tant! Elle n'a pas revu son grand ami depuis neuf jours, elle les a comptés. Les journées d'exercices se déroulent dans un brouillard des sens. L'enfant attend le sommeil qui emportera sa tristesse.

Alors qu'elle croit s'endormir, elle éprouve une brusque sensation de chute, comme si elle était éjectée d'une balançoire en plein vol. Au lieu de retomber au sol, elle flotte. Elle passe sans difficulté à travers les murs de sa cellule, devenus transparents. Elle dérive dans des pièces pleines d'équipements, de bêtes et de silhouettes humaines. Par un effort de volonté, elle s'élève pour voir tout l'immeuble. Concentrée sur son ami, elle aperçoit enfin un grand œuf sombre, hérissé d'antennes griffues qui s'agitent. Elle s'y enfonce. Des vibrations assourdissantes la secouent comme un fétu de paille. Des lueurs crues éparpillent son être, mais Lara se reforme aussitôt.

Au centre de cette bulle ovale, des milliers d'yeux rouges lancent des éclairs vers une cage ronde, comme un nœud de lianes entrelacées. Une faible lumière émane entre les barreaux mouvants. Malgré sa peur, Lara flotte vers la prison. Au moment où elle veut regarder à l'intérieur, les lianes se resserrent. Elle essaie de l'autre côté, sans succès. Elle tourne comme un poisson autour du palais de son aquarium, de plus en plus vite. Elle perçoit enfin la cage de tous les angles à la fois.

Impossible à voir avec des yeux humains, l'image se condense en un entonnoir par lequel elle regarde.

Son ami est là, prostré, les mains attachées. Soulagée, Lara veut l'enlacer, mais il n'a pas senti sa présence. Elle crie son nom qui forme un rayon bleu clair et rebondit sur une des lianes. Lara s'efforce de se faire dure et flamboyante pour percer cette croûte. Elle doit *toucher* Stephan. Au milieu des éclairs, elle repère une infime crevasse. Sa propre lumière corail s'intensifie comme elle plonge...

... dans une caverne gigantesque, sombre, oppressante.

Ses mains calleuses manient une pioche, semblable à celles des centaines d'hommes sales entassés dans la tranchée. Plus loin, la pointe de la foreuse s'enfonce dans le roc en un sifflement qui perce les tympans. Une poussière brune se dépose sur les prisonniers et les gardiens. Il sait pourquoi il est là, à concasser, à pelleter, à déblayer.

Il avait rompu tous les liens avec sa famille ; à Vancouver, il vivait incognito. Habile de ses mains, il espérait se spécialiser en chirurgie. Dans sa mémoire, surgit un visage souriant, celui de la jeune interne employée au même hôpital. Ses paroles coulaient agréablement sur lui. Dans ses bras, il arrivait presque à faire taire les doutes qui le tenaillaient sur sa sexualité, et à oublier le mépris dont son père l'accablait. Il dévorait l'affection comme un chien affamé. Puis... elle l'avait quitté, comme les autres !

Attirées par sa prestance ou son air mélancolique, les candidates s'approchaient du gouffre qu'il tentait de leur faire combler, puis elles filaient très vite. Seul avec sa peine, il avait vidé une bouteille, puis deux... Quand la panne était survenue, les signaux d'alarme des appareils de soutien n'avaient pu le réveiller. Il s'était précipité vers la porte aux dessins, mais trop tard, beaucoup trop tard.

Quatre décès. L'enquête. L'attente. Le procès. Son père et son frère, absents. Les journalistes, trop présents. Les regards des parents affligés. La tristesse de sa mère. Le duel d'avocats. Le sien n'était pas très convaincant. Sa cravate l'étouffait. *Coupable de négligence criminelle entraînant la mort*. Le ministre de la Justice venait de durcir les peines au criminel. L'opinion publique avait réclamé une sentence exemplaire. Vingt ans de prison. Le pénitencier privé a loué ses services au super pipeline, en d'autres mots, le Tunnel.

Personne ne survit à vingt ans de Tunnel, à ses médecins, à ses gardiens, à ses brutes. Les médecins l'ont stérilisé dès son arrivée. Les gardiens ont imprimé le code-barres sur sa nuque. Les brutes l'ont molesté et infecté avec la *bitcheuse*.

Le Tunnel et... son ami, une flamme d'humanité vacillante. La voix grave qui chante *Let It Be*. Le rire enjoué qui lui fait oublier qu'il se trouve à cinquante mètres sous la surface. Celui qui l'a protégé et réconforté, sans rien demander en retour. Qui lui a fait découvrir une tendresse insoupçonnée...

Puis... Un long grondement d'agonie se répercute dans la mine. Le sol du passage souterrain danse sous ses pieds. La première charge a sauté trop vite! Course, respiration haletante. Le faisceau incertain de sa lampe balaie la poussière soulevée par l'explosion. Au bout d'une galerie, il découvre un corps à moitié enseveli. L'homme a la poitrine pleine de sang et la peau blafarde. Des hémorragies internes se cachent sous les côtes brisées. Le blessé ouvre des yeux bleus au milieu d'un visage couvert de terre et de sueur.

— Décampe ! La seconde charge... va sauter dans six minutes.

— Pas sans toi, je vais te sortir de là !

Il s'active à le dégager des éboulis, puis se fige, glacé d'horreur. Un bloc a broyé les jambes de son Loup. Impossible de le soulever !

— Il faut arrêter le dynamitage !

— 'tomatique... Pas le temps... Dix minutes pour atteindre le contrôle !

Une main agrippe son bras. Son compagnon parle en un débit haché par la souffrance.

— Écoute, petit, le moment est venu plus vite qu'on croyait... Ma plaque.

— Non...

— Prends-la ! aboie le blessé, avant d'être secoué par une quinte de toux.

Cette toux vient de la tuberculose que son Loup traîne depuis des mois et à laquelle son organisme n'est plus en mesure de résister. Or, la date de sa libération approche.

Le prisonnier dégrafe la chaîne et la plaque d'identité de son cou et effectue l'échange. Condamné par la maladie, son compagnon a mis ce plan en branle depuis un an. Son Loup a graduellement blanchi ses cheveux blonds et s'est même infligé une cicatrice similaire à la sienne. De même corpulence, ils se ressemblaient assez pour tromper les gardiens. Pour la modification clandestine du code-barres, les complicités ont été achetées, payées en sueur et en faveurs...

— N'oublie pas ce que je t'ai appris, tousse l'agonisant, en montrant du doigt la tête de loup fraîchement tatouée sur sa poitrine.

— Stephan...

— Chhuut! C'est ton nom désormais.

Des sanglots le secouent. Une main tremblante effleure sa joue mouillée.

— Tout ira bien, mon gars. Il faut se dire au revoir.

— Non! Je ne peux pas t'abandonner! proteste-t-il.

Son ami montre le sang abondant qui coule de ses blessures.

— Je serai déjà... vidé quand ça sautera... Je ne sentirai rien.

Sa main retombe sur son côté. Il s'affaiblit vite.

— Petit?

— Oui? demande-t-il, étreignant la main moite du mourant.

— Veux-tu... m'embrasser... une dernière fois?

Il se penche farouchement sur celui qui lui a tout donné. Les deux hommes demeurent soudés l'un à l'autre, d'éternelles secondes. Puis, son compagnon le repousse doucement.

— File! Il faut... vivre...

Il fait trois pas, hésite, puis se retourne. Stephan Raphael Brunswick lui adresse un dernier signe de la main, comme pour éloigner un enfant curieux. *Dégage, petit.* Il court à s'en arracher les bronches. Le souffle de l'explosion le fauche juste comme il atteint l'entrée du boyau.

Lara se réveille, avec un double sentiment de perte. Elle réfléchit longtemps, seule dans son cocon.

∗　∗　∗

Rapport du septième jour – le 15 mai – *La personnalité du sujet vacille encore. Ses lobes frontaux montrent un sursaut d'activité inattendu.*

Stephan se laisse glisser sur la seule voie permettant d'échapper à l'anéantissement qui le guette. Il abandonne ses rôles un à un, à l'hôpital, au Tunnel, au Terrier, au Complexe, aussitôt happés par l'oubli. Comme quand il se laissait flotter sur le lac. Sa conscience lui semble devenir aussi mince qu'un cheveu, enroulée autour d'un nom…

Le révérend Black a invité Sardan pour l'étape ultime. Jude Lightning y assiste par le biais du réseau privé, depuis son condominium de la Pyramide. Oscar Saint-Onge, depuis les bureaux du *DAG*, suit aussi le déroulement du test. Black désigne un graphique.

— On dirait un bilan financier déficitaire, dit Saint-Onge.

— La courbe symbolise l'intégrité psychique du sujet.

Un point rouge apparaît, touchant la ligne. Un autre repère s'allume, au-dessous.

— Sa résistance est remarquable, mais le Module a atteint son objectif, dit Bill Morin.

— Que voulez-vous dire ? demande Sardan.

L'assistant se penche en avant.

— Le fil ténu qui relie la conscience de Stephan Brunswick à son identité s'est rompu. Il n'en reste qu'une pâte malléable, qu'on pourra reformer selon un moule choisi d'avance.

– Bref, un lavage de cerveau réussi, dit Lightning.

– Cet ancien criminel deviendra le premier soldat de la nouvelle armée du Christ, dit le révérend Black.

– Il refait surface ! s'écrie Oscar Saint-Onge.

Jéroboam Black cligne des yeux. Une fois le seuil d'identité franchi, la courbe d'activité cérébrale devait s'effondrer, faisant place nette au conditionnement. Cela ne colle pas au profil psychologique établi d'après le dossier civil du sujet. D'où vient ce sursaut de volonté ?

– Bah ! À toutes fins pratiques, l'objectif est atteint.

– Et votre reconstruction mentale ? demande Lightning.

– À ce stade-ci, on ne peut pas dire si la rééducation sera possible.

Kane Sardan les écoute, en se mordant les lèvres. Il a tenté jusqu'au bout de ménager la chèvre et le chou, mais le résultat de cette expérience le trouble.

CHAPITRE 38

Le calme avant la tempête

Le mardi 12 mai

Depuis son spectacle, Cassandre a rogné sur ses heures de sommeil et rencontré deux groupes de *Vampyrs*, la nuit, dans l'ouest de la ville. Elle a scruté à la jumelle l'*Emerald City*, pour espionner l'assistante de Xavier, et découvrir son lieu de travail. La jeune fille a vite rallié les habitants du réservoir à son projet : l'incendie pèse encore lourd sur les cœurs. Louis le muet devient volubile sur le clavier d'un antique PC ; il navigue avec dextérité sur le réseau indépendant qu'utilisent les Arlequins.

Avec la ferveur d'un élève architecte, l'ex-ballerine étudie un plan du Complexe obtenu par le Filet. L'édifice forme un anneau large de huit cents mètres. Une tour d'administration s'en élève comme la proue d'un navire. Tout l'après-midi, la jeune fille lance des suggestions que son oncle a écartées les unes après les autres, évoquant les détecteurs à ultrasons qui surveillent les canalisations, les caméras infrarouges et les cellules piézométriques sous terre...

— Des cellules piézométriques ?

— Ton poids déclenche une alarme. Tu poses un seul orteil sur le gazon et... *teu-chlac !*

Antoine tranche l'air de ses bras. Louis se baisse à temps pour ne pas être assommé. Le jeune Arlequin, qui s'est rapproché de Cassandre depuis le spectacle, participe activement aux discussions. Antoine essaie de ne pas voir les regards humides que s'échangent les tourtereaux. Il a beau s'opposer avec énergie au projet, Cassandre est déterminée, majeure et libre de ses finances. Lui-même dépend du bon vouloir de la ferme : il ne peut s'engager seul dans des grosses dépenses. Pendant les neuf derniers jours, il a fait deux fois le voyage à New Mexico pour aider aux travaux agricoles.

Peu à peu, un plan émerge de la forêt de possibilités. Cassandre tend une carte-monnaie presque noire à Thomas, qui siffle en la passant dans son lecteur de crédit.

— Ce sera assez ? demande-t-elle.

— Plus que suffisant pour acheter ton billet d'entrée.

— Le billet de sortie est-il inclus ? grince Antoine. Tu flambes tes économies, Cassandre ! T'as déjà perdu ta *job*, tu vas te retrouver avec rien ! Rien ! Comme ta mère !

— Ben justement, j'irai la saluer dans le Nord !

Le mercredi 14 mai

Antoine est reparti à la ferme avec une liste des outils dont Cassandre aura besoin. Shakti observe les préparatifs d'un air détaché que dément l'intérêt au fond de ses yeux. Babel prépare des messages pour le café Internet clandestin de son frère. Elle a recueilli en un temps record une liste des fournisseurs du Complexe. Les conspirateurs ont décidé d'exécuter leur plan le vendredi soir, alors que les chercheurs auront quitté les lieux pour la fin de semaine.

— Pour la diversion, n'oublie pas que les manifestations sont illégales.

— Mais qui est-ce qui interdit à des citoyens de faire une petite fête entre eux ? a demandé Cassandre, l'air mutin.

Le jeudi 15 mai

Le lendemain matin, Antoine descend de son *pick-up*, les traits tirés et le teint pâle. Cassandre accourt.

— Qu'est-ce qu'il y a ? Quelqu'un est mort ?

— Non. Tu as appris la nouvelle au sujet de Davos ?

— La station qui s'est désintégrée ?

— Ouais. Hé bien… Maxime a raconté à Zéphyr qu'un fou avait appelé la ferme un peu avant, pour avertir que Davos allait être attaqué.

— Et alors ? dit Cassandre. Le Forum n'est pas très populaire.

Antoine s'essuie le front.

— Pour en avoir le coeur net, j'ai vérifié mes messages. Il y en avait un de… Stephan Brunswick !

— Le gars de la pyramide ?

— Il a dicté l'adresse d'un verger et…

Antoine déplie un papier et lui montre une suite de chiffres.

— Un code d'accès au Filet, dit Cassandre.

— Je l'ai essayé. Il n'est plus valide, mais ça me chicote. Zéphyr a coincé Max et lui a tiré les vers du nez. Brunswick a téléphoné à la ferme, il a parlé de Davos, et affirmé qu'il se trouvait avec…

— Lara ! devine Cassandre.

— J'ai fait un tour à l'adresse du verger qu'il a dictée. Il n'y avait plus personne.

Il passe sous silence les taches de sang trouvées au sol, devant la maison. Il serre les poings.

– Alors… c'est *moi* qui vais entrer au Complexe avec toi, et pas ton beau Louis.

Le vendredi 16 mai, le soir

Aléna arrose une à une les plantes vertes de son appartement. Une voisine passera les prendre demain. Dans le vestibule, deux valises attendent. Elle va regretter la Cité d'Émeraude. Elle a pris sa décision, irrévocable. Non, elle ne suivra pas Xavier dans ses nouveaux locaux. Jamais plus Aléna Cyn ne jouera les deuxièmes violons…

*   *   *

Xavier traverse le passage faiblement éclairé de son condominium du Vieux Montréal. Seule note de luxe dans les pièces spartiates, l'aquarium abrite une quarantaine de poissons tropicaux. Il s'absorbe dans le glissement des corps striés de couleurs vives. Il laisse une minute passer. L'inquiétude qui l'habite n'a pas de point focal, c'est plutôt une ombre qui se dissout dès qu'il s'y attarde, comme l'enfant qui se sauve de lui dans ses cauchemars, lui laissant le goût amer d'une perte irréparable. Il prévient son chauffeur prêté par le *TOC*, s'habille et passe par la cuisine pour sortir. Il attrape une orange du panier de fruits sur le comptoir. Il aura beaucoup à faire cette nuit. Le jeune agent est déjà derrière le volant quand il sort.

CHAPITRE 39

La batterie perfide

Dans la nuit du vendredi 16 mai

Douze barils d'acides nitrique et chlorhydrique attendent au fond de l'entrepôt du Complexe. Ils ont été livrés avec toutes les précautions d'usage. Consciencieux, le responsable de l'entrepôt en a dévissé les couvercles. Sans respirer les dangereuses émanations, il a vérifié que tous les contenants étaient remplis d'acide jusqu'au bord, avant d'apposer son sceau d'approbation sur le formulaire de réception.

Le sommet d'un des barils tourne doucement sur son axe. Le quart supérieur se soulève, révélant un visage hirsute. L'homme lève avec précaution ce lourd chapeau : cinq litres de véritable acide qui ont trompé le surveillant. Il dépose le contenant sur le tonneau voisin et ferme la bonbonne d'air qui lui a permis d'attendre toutes ces heures. Des trous minuscules percés dans la paroi inférieure du tonneau évacuaient l'air vicié.

Antoine sort de sa cachette et en replace le couvercle. Le livreur reprendra les barils truqués le lendemain, en prétextant une erreur de livraison. Ce coup du Cheval de Troie leur permet de contourner Cerbère. Il aurait préféré un billet d'entrée plus confortable, mais a dû se contenter des complicités que pouvaient acheter les cinq ans de salaire d'une ballerine. Un autre couvercle se dévisse. Une fois sortie avec l'aide de son oncle,

Cassandre s'étire pour oublier les sacs de lest et la lourde batterie tassés contre sa petite personne. Elle porte un gilet à capuchon et des pantalons d'élastine noire avares du moindre reflet.

Avec les lunettes infrarouges qui le coiffent, le détecteur de mouvement accroché à son cou et les gadgets qui ballottent à sa ceinture, Antoine a l'air d'un gros *cyborg*. Il redoute moins la capture que d'être aperçu dans cette tenue ridicule. D'un coup d'œil, il s'assure que les caméras de l'entrepôt sont pointées vers le quai de déchargement. À sa gauche, fidèle au plan, se trouve la génératrice de secours du Complexe, grosse comme une camionnette. Il consulte sa montre. Dix heures cinquante. Louis et Thomas s'apprêtent à saboter le poste d'alimentation électrique le plus proche.

Juste avant la panne, Antoine aura relié sa batterie à la génératrice de secours. Achetée à prix d'or, la batterie trompeuse doit fournir du courant au circuit témoin de la génératrice, faisant croire à une alimentation normale alors que le Complexe sera plongé dans le noir. Il sort ses instruments et réveille l'électricien qui sommeille en lui.

00 h 15

Lara s'éveille, sans comprendre pourquoi. Quelque chose dans l'air a changé. Elle pense à son grand ami si malade. Non, il y a autre chose. Elle ferme les yeux et tourne sur elle-même, pour retrouver la délicieuse sensation d'étourdissement qui précède ses sorties. Puis, elle se met à sautiller, en proie à une excitation fébrile.

00 h 30

Louis fait tournoyer une pierre au bout d'un fil conducteur, en un geste archaïque de chasseur que Thomas apprécie. Le lasso improvisé tourne de plus en plus vite sous les pylônes, en amont du Complexe. Quand le mince câble siffle, le jeune homme effectue son lancer. La pierre tire le câble vers les lignes à haute tension. Au moment où le câble s'enroule sur deux d'entre elles, le court-circuit produit un arc électrique bleu, puis une pluie d'étincelles.

La panne frappe tout le quartier.

01 h 20

Antoine se fie à un plan digitalisé. Après avoir mis en place la batterie trompeuse, ils ont pris les escaliers de service. En montant, Cassandre a aspergé chaque œil électronique de peinture. Si le courant revient, les gardiens concluront à une défectuosité des caméras.

Des bandes phosphorescentes au bas des murs guident leurs pas. Jusque-là, ils ont eu de la chance. Ils parcourent le premier étage, évitant l'entrée. Une belle vitre blindée laisse admirer trois toupies faiblement éclairées : Orphée (le super calculateur), Eurydice (la mémoire) et Cerbère (le gardien). Un lacis de rayons infrarouges protège le trio, qui bénéficie d'une batterie d'appoint. Pour le moment, Cerbère est aveugle.

Les intrus montent au deuxième étage. Par les étroites vitres des portes, ils identifient des salles de conférence. Ils grimpent les escaliers jusqu'au troisième. Cette fois, les locaux sont verrouillés par des battants aveugles. Antoine a en main une clé passe-partout de concierge, obtenue grâce à une fréquentation douteuse (et coûteuse) de la Taupe. La porte scanne sa clef et l'accepte sans histoire. Ils se retrouvent dans une salle pleine de rats et de lapins en cage, dont les petits corps brillent comme des flammes en vision infrarouge. Vêtu d'un vieux T-shirt arborant le slogan *Meat is Murder*, en cas de capture, Antoine pourra évoquer le sort des animaux de laboratoire. Nul ne se doutera alors du réel motif de sa présence. Au pire, Cassandre et lui s'en tireront avec une amende salée. La batterie trompeuse tiendra encore une heure.

Cassandre ouvre toutes les cages. Elle est déçue, car les bêtes n'en jaillissent pas. Les lapins et les rats continuent à grignoter leur pitance, à tourner en rond ou à attendre la mort. Antoine y lit une triste parabole sociale. Ils explorent les locaux de part et d'autre du couloir, sans trouver la moindre trace d'une petite fille.

02 h 00

À partir du cinquième étage, les espaces entre les portes laissent deviner de vastes locaux. Ils visitent des laboratoires où le nom de Sardan trône en évidence. S'accoudant à un comptoir près d'un congélateur muet, Antoine consulte sa montre. Leur panne va faire dégeler de précieuses souches de thérapeuvirus. Révolté par la mort de son père faute d'accès à ce traitement, Antoine ne désire pas pour autant nuire à ces recherches.

– On devrait accélérer la cadence, dit-il.

Au sixième, ils retrouvent un autre labo occupé par des cages. Les animaux y ont l'air léthargique.

Un rai de lumière attire leur attention. Un générateur ronronne près d'une porte entrouverte. Cassandre se plaque au mur, comme dans les bons films, avant de s'étirer le cou. La pièce est vide, à part une console sur une table et quatre sièges. Un écran affiche une droite brisée, comme un bilan déficitaire.

— Regarde, chuchote Cassandre. Un essai sur le, euh, conditionnement. Non, la *conversion*. Curieux.

La console jouxte une cloison hermétique munie d'une roue digne d'un sous-marin. Tous deux partagent la même pensée : Lara se trouve-t-elle derrière ? Cassandre tourne la roue. Antoine s'approche pour l'aider... Un bruit de pas les alerte : quelqu'un vient d'entrer ! La jeune artiste se pelotonne sous la console. À court d'inspiration, Antoine s'aplatit de son mieux derrière la porte, qui reste ouverte à un angle quand même suspect. Figée par la peur, Cassandre voit une paire de jambes se diriger vers elle. Elle entend le bruit mat d'une tasse jetable posée sur une surface.

En sifflotant, le surveillant s'assoit et s'étire les jambes... qui heurtent un obstacle mou. Il n'a pas le temps de se demander ce que cette petite femme en noir fait ici, car un bruit, derrière lui, le surprend. Une face hirsute au rictus indéfinissable sous des lunettes rouges envahit son champ de vision. Puis, de grosses jointures de bûcheron l'assomment dans une pluie d'étoiles.

Antoine étend le surveillant au plancher. Il n'a jamais utilisé ses poings avant, sinon pour cogner sur une table lors de discussions animées.

— Je vais voir ce qu'il y a dans l'autre pièce, dit-il à Cassandre.

Il pénètre dans le ventre d'une baleine électronique. Non, l'endroit évoque plutôt un planétarium. Des milliers de points rouges tapissent un dôme. Un bourdonnement opprime ses tympans à mesure qu'il approche du centre du dôme. Le grésillement lui rappelle celui d'un pylône bourré de transformateurs. Il se trouve dans un champ magnétique assez puissant pour lui brouiller les neurones. Son ventre heurte un obstacle. Ses lunettes infrarouges lui révèlent une forme humaine recroquevillée, entravée par de larges bandes aux chevilles et à la taille. Une camisole de force lui enserre les bras. Des tubes évacuent ses déchets biologiques.

– Les maudits chiens sales !

– C'est Lara ? demande Cassandre.

– Non, répond-il dans un souffle. Un gars !

Ce n'était pas prévu au programme, mais Antoine ne va pas abandonner ce malheureux. Il se penche et se met à scier les sangles avec son canif, sans tenir compte de l'odeur nauséabonde. L'homme n'a pas réagi à sa présence. Le libérateur manque de faire une crise cardiaque quand une main lui tape l'épaule.

– Essaie cela, dit Cassandre. Je l'ai pris au surveillant.

C'est un jeu de clés magnétiques. Antoine les passe entre les anneaux. Les fixations s'ouvrent, révélant des aiguilles enfoncées dans la peau. Antoine les retire, avec les tubes d'évacuation, puis desserre la camisole. L'inconnu fouette l'air de ses bras, puis retombe dans sa prostration.

– Allons, vous voulez sortir d'ici, oui ou non ? demande Antoine.

Il le prend sous les aisselles. L'homme se débat, sans un cri, haletant, la peau glissante.

— Alors, tu viens ? demande Cassandre.

— Juste une minute !

Antoine perd patience. Au moment où il s'apprête à quitter le plateau, l'intérieur du « planétarium » est noyé d'une lumière aveuglante, accompagnée d'une musique discordante. Cassandre enferme le tintamarre dès que son oncle a franchi la porte, le rescapé inerte dans ses bras.

— Tu l'as assommé ? demande-t-elle. Ça devient une habitude...

— Pas le temps d'être diplomate, grogne Antoine.

Cassandre ne répond pas. Elle retire ses lunettes pour fixer le visage ravagé du cobaye. Antoine assoit l'homme sur une chaise. Il a déjà vu cette tête-là. Mais les joues n'étaient pas si creuses, ni les cheveux si courts. Il vérifie la nuque : la marque de Caïn s'y trouve.

— Mon Dieu, murmure Antoine, pourtant incroyant.

Il s'ébroue.

— On sacre notre camp !

—Et Lara ? proteste Cassandre.

— T'as vu ce qu'on a fait à Stephan ? J'ai pas envie de finir comme un rat, moi !

À l'époque des manifs, Antoine a eu affaire à des adversaires soucieux de préserver une apparence de légalité. Maintenant... la *game* a changé de niveau, comme dirait feu son père. Antoine s'empresse de passer un pantalon au cobaye. Cassandre repousse le surveillant déculotté dans le Module.

Ils redescendent par les escaliers, Antoine portant Stephan. Alors qu'ils se dirigent vers le hangar et les barils truqués, le couloir explose de lumière. Une sirène ulule leur présence. La batterie perfide a vécu.

02 h 36

Sardan referme son agenda en proférant un juron bien senti. Il se dégage de ses couvertures et de son épouse.

— Un problème au Complexe, explique-t-il, en s'habillant à la hâte.

Sa maison de la Cité d'Émeraude lui permet de rallier son lieu de travail en moins d'une demi-heure. Dans le passage, il surprend le regard curieux de son fils cadet, sorti de sa chambre. Il lui adresse un signe de main avant de disparaître dans l'escalier menant au garage. Un autre week-end gâché !

02 h 38

Antoine s'arrête pour souffler, appuyant son fardeau contre le mur. Cassandre et lui sont revenus sur leurs pas jusqu'à l'entrepôt sans faire de mauvaise rencontre. Leur chance s'arrête là : par la vitre renforcée, Cassandre voit des miliciens patrouiller devant les barils. L'un d'eux soulève un couvercle…

Les intrus se regardent. Leur ruse du Cheval de Troie a été éventée.

— Plan B, chuchote Antoine. On se planque en attendant la suite.

Cassandre approuve de la tête, même si renoncer à trouver Lara lui fend le cœur. Son émetteur trafiqué lance un signal à haute fréquence, trop bref pour que Cerbère puisse l'intercepter. Ils dévalent un escalier jusqu'au sous-sol. Canette de peinture en main, Cassandre cherche une caméra à aveugler. Elle n'en trouve pas ! Antoine peste, car il n'a pas le plan de cette section. Ils se réfugient derrière une porte pare-feu, puis, dans la première pièce que leur ouvre le passe-partout.

La pénombre qui règne leur dit que la génératrice de secours n'éclaire que les passages principaux. Cassandre sent un épais tapis sous ses pieds. « Bizarre comme labo. » Sa lampe balaie un grand jardin intérieur qui abrite un arbre en pot, une fontaine, une balançoire… Son cœur bondit : voilà l'endroit parfait où élever une enfant en vase clos !

– Lara ! Lara ? appelle-t-elle.

Aucune réponse. Elle inspecte les alentours. La salle est circulaire, ses murs caoutchouteux. Elle distingue plusieurs portes, chacune marquée d'une belle fleur bleue. L'une d'entre elles est légèrement entrouverte.

Au même moment, Lara bondit de son lit. Elle se presse contre la paroi de son cocon. Dans son rêve, elle a senti des présences amies, tout près. Elle crie aussi fort qu'elle le peut. Aucun son ne traverse les murs… Et elle ne peut pas sortir !

02 h 40

Antoine étend Stephan sur le tapis. Le rescapé pue à tel point qu'on pourrait les repérer à l'odeur. Antoine trempe un mouchoir dans le bassin, puis revient éponger le visage livide. Il frotte pour enlever la crasse accumulée sur le cobaye humain… et aussi pour oublier les conclusions qu'il a si aisément tirées à son sujet, bien installé à sa ferme. Il poursuit son nettoyage, pendant que sa nièce explore les environs.

Cassandre a pénétré dans un laboratoire en désordre. Le cercle de sa lampe glisse sur des comptoirs encombrés de microscopes et d'ordinateurs désuets. Elle bute sur des boîtes pleines de cartouches de données et de cylindres réfrigérés. Deux fenêtres artificielles donnent sur la salle de jeu.

Il y a une autre pièce, au fond, protégée par un lecteur de paume. Une précaution inutile, car la porte est entrebâillée. Cassandre la pousse. Lara se trouve-t-elle derrière ? Le lourd battant pivote vers la réponse.

CHAPITRE 40

La chambre des dormeurs

02h44

Le plafond disparaît, masqué par un enchevêtrement de fils et de tuyaux surplombant deux rangées d'aquariums cylindriques. Aussi hauts que larges, ils sont montés sur des pattes entre lesquelles coulent des fils et des tubes. La pièce, très grande, comporte une autre entrée, au bout.

— Lara ? appelle Cassandre. Lara ?

Elle devine des ombres déformées par la surface cylindrique. Curieuse de voir quelle sorte de poisson suscite l'intérêt des chercheurs, elle braque sa lampe sur un aquarium. Son cerveau croit voir des mollusques. Pourtant, les mollusques n'ont pas d'aussi gros yeux. Un des êtres a amorcé un mouvement pour protéger ses rétines toutes neuves de la lumière ; Cassandre distingue l'ébauche d'une main sous une pellicule diaphane qui laisse voir un réseau de vaisseaux sanguins. Au milieu, se trouve un organe rose qui bat. Qui bat. Cette vision, si… préhumaine, la remplit d'une peur viscérale. Elle se rejette en arrière.

— Ce sont des anges, murmure quelqu'un.

L'homme qui vient de parler s'approche du tableau. Des lampes LED y clignotent comme un arbre de Noël. La panne a dû leur nuire. Cassandre se mord les lèvres : avant de lancer l'opération, elle s'est assurée que les seuls malades qui requièrent des machines étaient soignés au pavillon de l'Institut Icare, dont la génératrice de secours fonctionne sans problème !

— Ils auront pour mission de créer une nouvelle humanité, dit l'homme.

— Qui êtes-vous ? Où est Lara ?

Il incline la tête et sa main effleure le crucifix sur sa poitrine. Rouge sur fond jaune, le logo *God-War* brille au centre de la croix.

— Je suis le révérend Jéroboam Black, dit-il.

— Où est Lara ?

— Lara est en sécurité. Et toi, Marie-Cassandre-Rosalie Comtois, tu as une chance inouïe.

Une lueur rouge brille entre ses yeux. L'implant de l'homme a dû identifier Cassandre à son visage trop présent dans les nouvelles récentes.

— Quelle chance ? demande-t-elle, en reculant.

— C'est le Ciel qui t'envoie ! Ton numéro spontané était touchant. Nous avons besoin de jeunes filles talentueuses. Ta troupe t'a abandonnée, alors que tu lui avais tout donné. Le Christ, lui, t'acceptera…

Ses paroles font vibrer une corde sensible chez la jeune artiste.

— Tu n'auras plus la tentation de la drogue…

Piquée au vif, Cassandre rétorque :

— Je n'ai pas…

Une poigne de fer lui emprisonne les bras. Elle ouvre la bouche pour prévenir son oncle. Vif comme un serpent, le Révérend la bâillonne de sa main. Cassandre se débat avec toute sa vigueur, mais l'homme fait preuve d'une force inattendue. Black appuie la base du crucifix contre le cou de sa victime.

— Paix, Marie-Cassandre, dit-il.

La jeune fille s'affaisse comme une fleur fanée.

Antoine lève la tête. Il a cru entendre parler Cassandre, dans l'autre local. Il se détache de Brunswick. Deux puissants faisceaux lumineux dédoublent son contour sur le mur.

— *Freeeze !* aboie un milicien.

Antoine obéit. Deux agents en blouson bleu l'immobilisent, un jeune costaud et un quinquagénaire massif au cheveu rare. Il est vite délesté de ses lunettes et de sa ceinture d'outils. Un troisième homme s'approche, les traits burinés comme par une grande tristesse, les cheveux noirs striés de blanc aux tempes. Il ressemble à un des croquis de Lara.

— Vous êtes le docteur Xavier ? devine Antoine.

— Xavier Peacegiver et vous êtes bien malvenu, dit l'autre, presque à regret.

— Vous allez porter plainte ? demande-t-il.

Aboutir en détention dans une cellule de la police de Montréal lui paraît subitement attrayant.

— Ce ne sera pas nécessaire, répond le chercheur, le visage fermé. Qui est avec vous ?

— Je suis seul, dit Antoine, trop fort.

— Un pieux mensonge, Antoine-Aurèle Comtois.

Un personnage apparaît, portant Cassandre inanimée. Antoine se rue contre les gardiens qui le retiennent.

— Que lui avez-vous fait ? rugit-il.

— Massage de la carotide. Cette enfant révoltée a besoin de repos, la première condition pour la tirer des griffes du Malin.

Antoine s'aperçoit que les miliciens qui le retiennent portent au col une épinglette reproduisant le logo du mouvement *GodWar*.

— Qu'allez-vous faire d'elle ?

Le révérend pointe le cobaye du doigt.

– Poursuivre mes tests. Un sujet plus jeune sera facile à convertir.

– Laissez-la tranquille !

– Une vie nouvelle l'attend après sa conversion. Elle connaîtra un bonheur que vous, pauvre athée, ne pouvez imaginer !

– Vous n'avez pas le droit ! J'exige de parler à mon avocat ! tonne Antoine.

– Vous êtes poussière et redeviendrez poussière. Je prierai pour votre âme, dit-il, lançant un regard oblique aux hommes.

Il sort, avec Cassandre aussi légère qu'une plume dans ses bras.

Xavier désigne le cobaye.

– Ramassez-le, ordonne-t-il.

Une telle invitation, sous le regard des deux gorilles armés, ne se refuse pas. Antoine reprend Stephan dans ses bras. Le canon d'un pistolet s'enfonce sans douceur dans ses *poignées d'amour*.

– Avance, ou je te transforme en compost ! grince le plus vieux des miliciens.

CHAPITRE 41

Veillée funèbre

02 h 50

Les gardiens du poste d'entrée remarquent un couple âgé qui longe le mur du Complexe, vers la bande de la forêt. Sans doute des amoureux nostalgiques que la panne de quartier a tirés du foyer... Peu après, une bande de fêtards rejoint le couple sous le couvert des arbres. Des chants montent, accompagnés de guitare. Une lueur surgit, ils ont dû faire un feu.

Kane Sardan aperçoit le groupe en arrivant mais, préoccupé par l'intrusion et la panne, il n'y voit qu'une innocente veillée en plein air. Il freine devant la réception et sort au pas de course. Il est rassuré de trouver Gordon Fisher au bureau de la réception.

— La panne a-t-elle touché Orphée ?

— Non.

— A-t-on capturé les intrus ? demande-t-il, en retenant un bâillement.

Le chef de la sécurité hausse les épaules.

— Pas encore, Monsieur le directeur.

02 h 51

Antoine suit Xavier et ses hommes de main jusqu'à une fourche. Un couloir mène au Zoo et l'autre se termine dans une petite pièce. Des chariots couverts et des seaux scellés sont rangés contre le mur, près d'un hublot. Au signal de l'homme massif, l'autre agent déverrouille et soulève un panneau d'accès. Une odeur de gaz et de charogne brûlée s'en échappe. Antoine entrevoit une grille, sous laquelle s'accumulent des cendres blanchâtres. L'espoir s'effrite dans sa tête.

— Vous allez nous tuer ? Pour une entrée par effraction ?

Xavier prend la parole.

— Je suis désolé. Il y a trop de choses en jeu pour que je vous laisse courir. Mon nouveau commanditaire n'apprécierait pas votre indiscrétion. Quant à Brunswick, mieux vaut qu'il parte en fumée lui aussi.

— Écoutez, proteste rapidement Antoine, on pourrait s'entendre, entre gens civilisés. Laissez-nous partir et on ne dira rien…

En parlant, il laisse glisser les pieds de Stephan au sol.

— Garde ce sale porteur dans tes bras ! glapit l'agent derrière lui.

Menacé par le gros milicien, Antoine fait un pas vers sa mort. Puis un second. C'est tout : il est déjà rendu. Il assoit Stephan, toujours inconscient, en travers de l'ouverture. Il se retourne. L'homme le vise toujours avec son pistolet. Lentement, Antoine étend le blessé sur la grille avant de s'introduire à son tour dans le four puant. Il a juste la place pour s'y accroupir. Il saisit doucement la poignée d'un des seaux, afin de le lancer au visage du milicien qui va fermer la porte…

— Reculez ! ordonne l'homme, prudent.

— Attendez, babille Antoine. Pour Lara, j'ai le droit de savoir…

Le claquement de la trappe interrompt son plaidoyer. Antoine change de tactique et cogne à coups redoublés sur le hublot.

02 h 55

Lara attend. Un trouble monte en elle, puis se mue en une colère violente. Elle se concentre sur son grand ami. Elle doit absolument le trouver. Et, pour cela, il faut sortir de son cocon. Les adultes ont toujours eu des clefs.

L'imagination lui manque. Tout à coup, Lara regarde son port d'injection. Elle sait qu'il transmet ses battements de cœur à la boîte au-dessus de son lit. Si son cœur s'arrêtait, quelqu'un viendrait ! Elle ne peut arracher la pastille orange, elle a déjà essayé. Donc, elle doit briser cette boîte.

02 h 57

Antoine a cessé de compter les minutes. La gorge lui brûle d'avoir tant hurlé. Il parcourt des yeux les déchets qui les entourent, en frissonnant de dégoût. D'un moment à l'autre, les flammes bleues cracheront sur eux leur haleine torride. Sa peur lui laisse un goût amer dans la bouche. Il aurait dû s'opposer au projet idiot de sa nièce. Par association, il pense à sa sœur, puis au pays dont l'histoire semble n'être qu'une suite d'échecs.

Stephan murmure faiblement. Antoine approche son oreille des lèvres qui remuent. Le pauvre diable appelle quelqu'un ! Tant bien que mal, Antoine s'assoit en tailleur et prend le cobaye dans ses bras. Il obstrue de son dos la lucarne, pour qu'on ne l'observe pas en train de jouer à la maman avec un bébé plus âgé que lui. Il se met à bercer Stephan. Une humidité suspecte coule le long de ses joues et dans sa barbe. Il s'essuie rapidement avec sa manche.

L'homme se pelotonne contre lui, en balbutiant dans un anglais cassé par les sanglots :

— Mon Loup, mon Loup... tu es revenu... Il fait si noir... Je vais devenir fou dans ce tunnel !

— Je suis là, murmure Antoine, honteux de le tromper.

Amère ironie : lui, le témoin impuissant de l'assimilation galopante des francophones, va crever en consolant un *Anglo* dans la langue de Shakespeare. Soudain, les mains s'agrippent plus fort à lui, le débit devient saccadé.

— Stephan, mon Loup, tu es revenu, ne me laisse pas, ne me laisse pas !

— Han ? fait Antoine. Heu... oui, oui... je suis revenu.

Il demeure immobile, même si la grille s'est depuis longtemps imprimée dans son postérieur. Une autre réalisation se grave en lui : ou bien deux prisonniers avaient le même prénom, ou bien la machine à conversion des fanatiques n'a pas misé sur le bon cheval. Ils se sont trompés de cobaye.

Qui est ce gars-là ? Comment connaît-il des codes privés du Midas de la Montagne, le grand Arthur ? Antoine réfléchit à toute vapeur. Un guitariste rock qui chante faux, mais qui s'y connaît assez en médecine pour aider la Taupe... Le scandale survenu dans la famille Lansdowne. Une hypothèse se dégage, tellement folle qu'Antoine n'ose pas y croire. Pour la vérifier, il va commettre l'acte le plus immoral de sa vie.

Il continue à bercer l'homme, en choisissant ses mots.

— Redis-moi ton nom, murmure-t-il.

— Peux pas, tu as dit… trop dangereux !

— Si, tu peux. Il n'y a plus de danger. Je suis revenu. Allez, redis-le moi. J'aime le son de ton petit nom…

Antoine se trouve très mauvais acteur, mais sa ruse fonctionne.

— C'est moi (*sanglot*) ton B… Basil…

— Tu vois, c'était pas si dur, dit Antoine dans sa barbe.

« Misère ! » pense-t-il. Il revoit les titres des journaux. L'interne saoul de l'hôpital de Vancouver, brouillé avec sa riche famille. Le court-circuit des appareils. Quatre morts par négligence. Le procès suivi par les médias, le père Lansdowne furieux, qui envoie plaider ses meilleurs avocats contre Basil, son fils aîné, le frère du Midas du Mont-Royal… Pourtant, Stephan-Basil a sauvé la vie de Lara. Il a risqué la sienne pour prévenir un attentat qui aurait déstabilisé l'ordre mondial (si pourri soit-il). Pour se racheter de son passé ?

Quelle que soit la vérité, il n'a pas mérité la torture qu'on lui a fait subir. Antoine appuie la tête de l'homme contre son épaule, pour qu'il respire mieux. Ce faisant, il frôle les électrodes, des saletés carrément soudées à ses tempes. Ces plaquettes et leurs cendres mêlées seront tout ce qu'il restera d'eux après l'incinération. Au fait, où est le feu ?

L'électricien en lui comprend : il faut un contact électrique pour activer l'ordinateur et mettre le feu aux gaz. Tant qu'Hydro-Québec n'a pas rétabli le courant au Complexe, il peut respirer.

Jeune, Antoine brûlait de sacrifier sa vie pour une cause. L'orignal des manifs mourrait au grand jour devant les flashes des caméras. Il repense aux cinq Patriotes pendus à Montréal, deux siècles plus tôt, mais toujours vivants dans la mémoire collective. Antoine, lui, sera oublié, comme il a choisi d'abandonner ses luttes.

— C'est pas grave, marmonne-t-il. Je vais rejoindre les milliers de disparus des dictatures et les millions d'Africains morts du sida pendant que les maudites compagnies qui auraient pu les sauver maximisaient leurs profits...

Il parle à voix haute pour éloigner la peur. Machinalement, ses doigts suivent le contour de la mâchoire de l'homme et caressent le duvet qui recouvre les joues creusées... Antoine retire vivement sa main. Qu'est-ce qui lui a pris ? Il pèse sur *rewind* dans sa tête, faisant défiler sa vie en accéléré. Jamais il n'a été attiré par un gars, il en est certain ! Les minutes s'égrènent sans lui apporter d'autre réponse que l'imminence de la mort.

Stephan-Basil remue en murmurant dans son sommeil.

CHAPITRE 42

L'aube des trahisons

03 h 00

Cassandre se laisse ballotter dans les bras de Black. Elle a réussi à rester immobile en reprenant conscience, grâce à son entraînement rigoureux de ballerine. À cause des ascenseurs en panne, le révérend monte les escaliers. Il n'est même pas essoufflé après six étages. Elle le soupçonne de bénéficier d'une force augmentée par des injections de myéline. L'homme suit un couloir, puis il entre dans le labo où ils ont trouvé Stephan : Cassandre reconnaît l'odeur d'animaux en cage. Elle ne doit pas céder à la panique si elle veut aider son oncle et le malheureux cobaye. Il lui faut choisir le bon moment.

Elle se sent déposer sur un lit. Puis… rien ne se passe. L'homme reste immobile, une présence oppressante trahie par son souffle régulier. Que fait-il ? Des minutes angoissantes s'écoulent. Soudain, elle comprend : le révérend *prie*.

03 h 10

Le feu est devenu de la braise. Babel serre la main de son époux. Elle s'est drapée dans une robe pleine de perles et de fleurs, pour célébrer la vie. Thomas échange un regard avec Louis, puis il se dresse en levant les bras comme un prophète.

Simultanément, huit cents jeunes *Vampyrs*, Arlequins et quelques *Acid Brains* escaladent la muraille du Complexe et sautent sur la pelouse. Ils piétinent allègrement les capteurs piézométriques de Cerbère.

03 h 15

Cyn et les agents de *GodWar* devraient avoir terminé de détruire la paperasse inutile. Ils emporteront tout le sérum et les dormeurs, au grand dam de leur commanditaire, le *TOC*... En dernier, Xavier ira réveiller Lara. Le bureau *GodWar* de Washington leur envoie un avion privé pour déménager le projet dans une base discrète. Les généticiens sont déjà partis.

Xavier inspecte, une dernière fois, la chambre des rêves. Il prend la chaise à bout de bras et détruit le cristal, le lien entre Orphée et Lara. Une pluie de verre tombe sur la table et le plancher.

Son agenda personnel tinte. Il serre les poings : le rythme cardiaque de l'enfant s'est arrêté. Lara, sa lame d'Ithuriel s'est laissée mourir ! Maudissant Brunswick à nouveau, Xavier espère qu'il va souffrir en brûlant, comme sa propre famille a jadis été martyrisée par la guerre !

Après avoir traversé le couloir au pas de course, puis la salle de jeu, il déverrouille la chambre de Lara. Il marche comme un automate vers le lit. Il soulève la couverture d'une main tremblante. Il voit des robes rembourrées les unes dans les autres. Au même moment, une petite comète noire le bouscule et referme la porte derrière elle.

– Lara !

Xavier se rue sur la porte. Elle est verrouillée. Il cherche sa clef. Ne la trouve pas. Il l'avait dans les mains quand il est entré... Il se rend compte que, pour la première fois, l'enfant a fait preuve de ruse. Elle l'a enfermé! Il appelle Cyn. Elle ne répond pas. A-t-elle fini d'emballer les échantillons de sérum? Peu importe. Il contacte son agent de liaison.

Lara s'adosse contre la porte de son cocon. Une larme roule sur sa joue, sans qu'elle comprenne exactement pourquoi elle pleure. Elle l'essuie avec sa manche de pyjama. Puis, Lara sort de sa salle de jeu, soudain consciente qu'elle n'y retournera jamais. Dans le couloir, si long, elle se met à courir, ivre de liberté. Elle se dirige vers son ami, aussi sûrement que l'aiguille aimantée d'une boussole indique le nord.

03 h 18

Kane Sardan, qui rédigeait, pour les actionnaires du Complexe, un rapport des dommages causés par la panne, voit les signaux s'allumer sur la surface de son bureau.

— Fisher! Qu'est-ce qui se passe encore?
— Le périmètre extérieur a été franchi.
— Arrêtez l'intrus et qu'on n'en parle plus!
— Euh... il y en a plus de sept cents.

Kane serre les poings. Il devrait appeler la police, mais les recherches ultrasecrètes menées au Complexe en souffriraient. Il pense soudain au projet Ithuriel. Il a obtenu de Peacegiver lui-même un résumé du projet réel. Il songe à le détruire.

* * *

Cassandre attend, jouant parfaitement son rôle de victime. Enfin, le révérend brise son silence.

– Billy ! Nous allons calibrer le Module pour cette demoiselle.

Pas de réponse.

– Billy ?

– Il est occupé, lui apprend une voix féminine.

À travers ses paupières mi-closes, Cassandre aperçoit une femme au teint mat. Un collier de jade brille à son cou. La femme des dessins !

– Docteur Cyn ? Je vous croyais en train d'aider à déménager le projet Ithuriel.

– Hum, j'ai terminé ce que j'avais à faire, dit-elle. Je suis juste venue ici pour une visite de compassion, explique-t-elle.

– Selon l'objet choisi, la compassion peut être une qualité ou une faiblesse ! se moque le révérend.

– Où est Brunswick ?

Cassandre est en mesure de voir Cyn dissimuler une seringue dans son dos.

– Cette épave humaine brûle dans les flammes de l'enfer !

– Dans l'incinérateur ? fait Cyn.

Affolée, Cassandre se redresse comme un ressort.

– Assassin !

Elle bondit sur le révérend, qui lui empoigne les cheveux en un geste fulgurant. Ses ongles griffent le surhomme à l'aveuglette. Des doigts d'acier se referment sur son cou. Cassandre se sent chavirer, son champ de vision se remplit d'éclairs jaunes. Subitement, la pression se relâche. Black pousse un cri silencieux, la bouche remplie d'écume. Il tombe, les jambes et les bras agités de spasmes.

– Il..., balbutie la jeune fille, sous le choc.

Le révérend Black ne bouge plus. Cyn lance la seringue vide dans un panier. Puis elle ramasse une petite valise.

– On n'a pas le temps de bavarder, si tu veux sortir d'ici vivante.

– Il faut secourir mon oncle!

– Ton oncle? Hé bien, c'est une sortie de famille! ricane Cyn.

03 h 26

Antoine a glissé dans un état mélancolique, ressassant tout ce qu'il aurait pu mieux faire dans sa vie. Il en est à sa troisième reconstitution, plus flamboyante que les deux premières, quand un déclic le ramène au présent. Il laisse Stephan rouler de côté (il a finalement opté pour ce nom au lieu de Basil). Quelqu'un déverrouille la trappe. Antoine se ramasse sur lui-même, décidé à vendre chèrement sa peau. L'écoutille s'ouvre. Il se propulse, frôle un tissu, puis atterrit sans douceur sur le plancher.

« Raté! » pense-t-il, face contre le sol, vaincu.

– Antoine?

La petite Lara se tient debout en pyjama rose près de lui. Ses doigts minuscules ont manipulé les verrous. Avant qu'Antoine soit revenu de sa surprise, une galopade se fait entendre. L'ancien activiste lève les poings, mais c'est Cassandre qui fonce sur lui.

– Mon gros ours, j'ai eu tellement peur pour toi!

– Lara ?

– Cyn ! s'écrie l'enfant.

Antoine reconnaît la femme des portraits, une mallette en main, l'expression songeuse.

– C'est gentil de nous aider, dit-il.

– Ne soyez pas naïf, je le fais plus pour moi que pour vous, répond-elle.

Il sort Stephan de l'incinérateur. Le cobaye a sombré dans une léthargie telle qu'Antoine a l'impression de secouer un élastique cassé.

Cyn lisse nerveusement une mèche brune. Elle jauge la jeune fille. Son lien avec Lara n'est pas aussi fort que celui qui unit l'enfant à Brunswick, mais il grandira. Lara, la petite plante en pot, étend ses racines vers le monde extérieur, une évolution inexorable que Xavier s'entête à nier. Aléna Cyn, elle, a fait son deuil.

– Nos chemins se séparent ici, annonce-t-elle.

– Vous pourriez alerter la police, suggère Cassandre.

– Cerbère empêche tout appel vers l'extérieur. Je le ferai une fois hors du Complexe.

Aléna Cyn s'éloigne avec sa valise. Avant que la courbe du couloir ne la cache, elle jette un dernier regard vers Lara. Celle-ci ne la remarque même pas, tant elle est absorbée par son nouveau tuteur.

CHAPITRE 43

Occupation au sommet

03 h 55

Depuis sa terrasse, Kane Sardan contemple les silhouettes qui se répandent sur les parterres mal éclairés. Il a fait taire les alarmes de proximité. Il rentre pour continuer son rapport des dommages, car ses laboratoires de thérapeuvirus ont souffert. Fisher l'avertit alors d'une activité inhabituelle dans la section Ithuriel.

— Quoi, vous pensez qu'ils déménagent ! ? s'écrie le directeur.

Il calcule le montant du bail qui manquera, ses doigts triturant la copie du projet. Une catastrophe ! Cerbère émet un autre signal. Kane perd ses couleurs quand il en voit la cause.

Des gens ont commencé à casser les vitres du Zoo, pourtant blindées. Les actionnaires du Complexe ne lui pardonneront jamais une telle erreur. Il quitte son bureau en furie.

04 h 32

Soufflant comme une baleine, Antoine n'a guère le loisir d'apprécier la murale mythologique du hall d'entrée. Ça leur a pris un temps fou pour traverser le Complexe en se cachant des gardiens. Tous n'étaient pas occupés par la diversion au Zoo. Hélas, ils trouvent les hautes portes verrouillées.

Un ascenseur bâille au rez-de-chaussée. Cassandre presse un bouton. Rien ne se passe.

– La panne ! On n'est pfffff... pas sortis du bois, marmonne Antoine, ralenti par le poids de Stephan.

Avec Lara, ils s'engouffrent dans un escalier de service. Ils grimpent et grimpent jusqu'à l'étage où, d'après leur plan, se trouve la haute administration et l'héliport. Antoine se laisse choir avec son fardeau, la figure rougie. Cassandre fixe le seul homme qui l'ait vue grandir. Sa mère répétait souvent qu'Antoine traînait trop de kilos... Une nouvelle crainte la mord au ventre.

L'autre représentant masculin ne vaut guère mieux. Un réseau de veines saillantes s'est dessiné sur ses tempes. Cassandre aide son oncle à le soutenir. Ils entrent dans une salle d'attente. Une porte affiche en lettres d'or *Director's Office*. Le passe-partout a vite raison de la serrure. Le plafond du bureau s'allume automatiquement.

Antoine catalogue en un coup d'œil la décoration comme du néo-contemporain douteux, enrichi d'un arrivisme certain. Ils allongent Stephan sur la causeuse, sous un Brecht criard pompeusement intitulé *Odyssée*.

Cassandre retourne sur leurs pas. Elle injecte de la colle *Fixtou* pour sceller les issues, dans l'escalier de secours et dans l'ascenseur inactif (au cas où). Elle termine par la porte aux lettres d'or.

05 h 00

Au Zoo, Kane et les techniciens qu'il a convoqués d'urgence se battent avec une marée grouillante. Il a enfilé une tenue aseptique et essaie d'oublier les contacts mous sous ses semelles. Un crachin tombe des gicleurs au plafond.

— Qu'est-ce qui s'est passé ? demande-t-il à un technicien mal réveillé.

— Des hurluberlus ont cassé une fenêtre et ont ouvert les tambours à souris.

— Et Cerbère n'a pas refermé la porte du Zoo ?

Le technicien du Centre de production se racle la gorge, hanté par le spectre des boulots-tempos comme futur gagne-pain. Il montre une pile de journaux-patates à moitié consumée.

— C'est que... un des casseurs a mis le feu. Le début d'incendie a déclenché la procédure d'évacuation du personnel : Orphée a court-circuité Cerbère et déverrouillé toutes les issues.

— Bref, Cerbère se soumet à Orphée, constate Sardan, le regard ailleurs que sur cet incompétent.

05 h 30

Xavier se tient au milieu de la salle de couvaison, en proie à une violente émotion. Les trois quarts des témoins lumineux clignotent à toute vitesse. Pendant son isolement dans le cocon, personne ne surveillait les fœtus ! Il triture la console, pour ajuster les flux d'oxygène et de nutriments aux dormeurs. Il ne pourra pas les emporter. Il va les perdre, ses lames d'Ithuriel, destinées à rétablir l'équilibre dans le monde et à instaurer une paix de cristal...

Lara n'est pas revenue. En retournant au laboratoire, il a trouvé son terminal ouvert. Les notes et les registres des séances, qu'il se gardait de mêler au réseau d'Orphée, ont disparu, ainsi que

les copies de sécurité. Il éclate d'un rire incontrô-
lable, stupide.

Il songe à Cyn, ce ne peut être qu'elle, qui l'a
trahi. Il pense à Kane Sardan, trop amoureux de
sa gloire personnelle. Il en veut à ce maudit ouvrier
qui lui a volé Lara. Il porte la main sous son veston
et touche l'alliage lisse de son arme.

06 h 05

Cassandre rapporte un verre d'eau de la salle
de bain. Antoine humecte les lèvres gercées du
cobaye déshydraté. Il se désaltère ensuite, mesurant à quel point il avait soif. Combien de temps
durera ce répit?

Modèle d'austérité minérale, le pupitre tout
en courbes est équipé de moniteurs amovibles à
haute résolution. Une cage contenant une souris blanche y est installée. Par réflexe, Cassandre
l'ouvre et libère le rongeur sur le tapis. Antoine
pianote sur le clavier du terminal pour compo-
ser un numéro, celui de la police ou de n'importe
qui, mais un *password* agaçant clignote à l'écran.
Rageur, il tape le mot de Cambronne qui n'obtient
pas plus de succès.

Par dépit, il fouille dans les tiroirs qu'il peut
ouvrir. Il y récolte une tablette à mémoire, des croquis de paysages sur des feuilles de papier et des
pièces d'identité. Il les examine, surpris. Ce sont
les cartes de Stephan, avec son permis de travail.
Sardan le séquestrait! Antoine les empoche aussitôt. Sur le bureau, il remarque un document marqué d'une fleur bleue. N'ayant rien d'autre à faire,
il le feuillette distraitement... puis il se redresse
bien droit.

Pendant qu'il lit, Cassandre franchit une large porte-patio qui donne accès à une coquette terrasse plantée d'arbres ornementaux. Elle s'appuie sur le garde-fou et scrute le terrain. Elle ressent une sorte de fierté : des milliers de personnes occupent les parterres. Une rangée de véhicules hétéroclites jalonne la rampe d'accès au Centre. Deux grands tipis ont poussé près de la guérite d'entrée ; des vapeurs de soupe chaude s'en dégagent.

– Antoine ! Viens voir !

Celui-ci glisse le document qu'il lisait dans sa poche. Il sort, plissant les yeux sous le soleil levant. Il distingue les vêtements à carreaux et les visages bissectés des Arlequins, les oripeaux métalliques des *Acid Brains*, et même les visages livides des *Vampyrs*, qui sortent rarement à la lumière du jour. Son cœur bondit quand il repère un petit groupe habillé de couleurs vives. Il reconnaît Thomas, Shakti et... la Taupe, sous d'énormes lunettes noires qui lui donnent l'air d'un insecte.

Une musique saccadée monte vers la terrasse. Des jeunes gens ont lancé de puissants haut-parleurs par-dessus la muraille. Les jardiniers-tondeuses qui sillonnent la pelouse peinent à les ramasser... Antoine s'apprête à faire une remarque caustique quand des bruits d'impact se font entendre, de l'autre côté de la pièce.

Oncle et nièce se précipitent à l'intérieur. Debout au centre de la marqueterie, Lara fixe la porte encollée. Prise d'une frénésie subite, elle saisit un bras de son ami et s'efforce de le faire lever du divan.

– Vite, sauve-toi !

Stephan ne réagit pas. Sa peau a pris une teinte cireuse inquiétante. Cassandre et Antoine l'installent maladroitement sur un siège pliant et l'adossent au mur, près d'un petit oranger en fleurs. Ensuite, ils débarrassent la causeuse de ses coussins et la tirent contre la porte. Ils renversent la table à café et une bibliothèque, avant de reculer vers la terrasse.

Mû par le sentiment d'avoir oublié quelque chose, Antoine retourne à l'intérieur. Il ressort avec un cadre dans les bras. Son œil vengeur suit le vol plané de l'*Odyssée*.

CHAPITRE 44

La décision de Lara

07 h 02

Antoine agite à bout de bras un petit oranger déraciné de son pot, afin d'attirer l'attention des manifestants. Cassandre fouille dans la rocaille décorative, en quête d'une arme.

Le contre-ré de Lara transperce leurs tympans.

– Zaviii !

Un homme vêtu de blanc s'avance vers eux, accompagné d'un jeune milicien. Tous deux sont armés. La porte et la barricade de meubles ont cédé comme des jouets dérisoires. Antoine recule avec les filles jusqu'au garde-fou. Xavier pointe vers eux un pistolet, un de ces minis tueurs en plastique indécelable. Une flambée de haine semble le consumer quand ses yeux se posent sur Stephan, toujours affalé sur la chaise pliante. Sur son ordre, le milicien renverse la chaise. Stephan tombe comme un sac.

Antoine réprime un mouvement de colère, car le milicien les garde à l'œil.

– Sale esclavagiste…, gronde Cassandre derrière lui.

Les muscles tendus d'indignation, elle tient un gros caillou blanc récupéré de la rocaille. Antoine serre son avant-bras.

– T'obtiendras rien en mourant, chuchote-t-il.

Xavier enjambe le corps inanimé de Stephan. Ils vont payer pour ses travaux perdus, mais il doit d'abord récupérer son Ithuriel.

— Lara, appelle-t-il affectueusement. Viens avec moi.

Elle ne bouge pas. Xavier abaisse le canon de son arme et tire. Le claquement sec fait sursauter l'enfant. Lara fixe le petit cratère creusé dans la dalle, près de la tête de Stephan. Du sang coule de son front sans doute éraflé par un éclat de béton. Xavier lui tend la main.

— Viens, Lara, ordonne-t-il. Nous partons d'ici.

Son canon vise cette fois directement la tête de Brunswick. Des larmes montent aux yeux de l'enfant. Elle avance à tout petits pas et se penche pour caresser les cheveux gris, d'une main hésitante. Xavier la saisit par le poignet et la tire si fort qu'elle bute sur le torse de son ami. Celui-ci reste affaissé au pied du petit oranger.

Xavier entraîne Lara, conscient qu'il a perdu toute influence sur elle. Il va repartir à zéro, la contraindre en menaçant la vie de son cher Stephan. Il se tourne vers son nouvel agent de liaison.

— Emmenez le porteur au garage. Nous partons.

Son séide fait un pas vers l'homme inanimé, puis se fige. Trois hommes en blouson bleu marchent vers eux, suivis de Sardan fraîchement prévenu de l'intrusion dans son bureau.

— Non, dit Sardan. Brunswick reste ici.

Xavier secoue amèrement la tête devant cette mesquinerie.

— Après le Module, il ne vaut plus rien de toute façon, dit-il.

Il braque son arme sur la nuque du porteur. L'enfant tente sans succès de se libérer de sa poigne.

— Non, Zaviii! crie-t-elle. Ne le tue pas! Je viendrai avec toi! Je...

Une détonation sèche interrompt ses supplications.

Pétrifiée, Lara fixe la tête de Stephan, intacte. L'étreinte de Xavier sur son poignet se relâche. L'arme claque contre les dalles. Son ancien protecteur tombe à genoux, une main pressant sa poitrine. Du sang coule entre ses doigts. Son souffle est devenu rauque. Xavier tend un bras vers elle.

Le regard intense s'accroche à Lara, comme pour épingler son portrait au fond de son âme. Il murmure deux syllabes, que seule son *Ithuriel* entend.

— Sou... sou...

L'ancien enfant de la guerre s'effondre lentement à côté de son espoir.

CHAPITRE 45

Le fils prodigue

Kane Sardan tient encore levé son pistolet laqué. Il expire avec force, comme s'il pouvait expulser le dégoût qui l'envahit. Il vient de franchir la dernière frontière dans une escalade d'actes irrémédiables.

Il compile les données à toute vitesse. Même s'il parvient à maquiller la mort en accident, il ne se relèvera jamais d'une enquête. Payer assurera le silence des valets de Xavier et des miliciens, mais le gros barbu en jeans ne se taira pas. C'est inscrit dans ses yeux féroces. Le projet *Ithuriel* est classé top secret. Lara a coûté une fortune ; les commanditaires du *TOC* voudront la récupérer, mais seul Xavier en possédait la clef. Son bras droit, Cyn, a disparu.

Incrédule, l'agent de liaison du mouvement *GodWar* s'est précipité vers son patron.

— Rentrez-le, ordonne Kane, et ramassez son arme.

L'homme traîne le corps à l'intérieur du bureau, en laissant un sillage rouge sur les pierres plates. Kane se sent seul, horriblement seul, malgré la présence de ses miliciens. Un tumulte assourdi lui parvient : ordres des gardiens, vitres cassées et cris des manifestants.

Un mouvement brise sa concentration. Une adolescente blonde essuie avec un mouchoir la coupure au front de Brunswick. Son jeune visage élève le prix que Kane doit payer pour retrouver la paix. Il doit faire disparaître ces intrus. Il soupèse cette décision contre les vies qu'il sauvera avec ses prochains thérapeuvirus. De plus, une partie de lui (qu'il s'efforce d'ignorer) songe au Nobel… Il s'adresse au barbu, sûrement le cerveau de l'opération.

— Entrez. Vite !

Antoine fait un pas en avant, puis, s'arrête. Il ne mourra pas en mouton. Tant que lui et Cassandre restent sur la terrasse, on n'osera pas les tuer. Du moins, il l'espère. Sardan pointe le court canon vers lui. Trop loin pour bondir, trop près pour éviter le minuscule obus qui le trouera comme une motte de beurre, Antoine ferme les yeux.

— *DAD, DON'T!*

Les mots canonnés à pleine gorge figent tous les acteurs sur place. Loin d'une prière, l'ordre vibre d'une implacable autorité, surtout livré dans sa langue natale. Kane Roderick Sardan paralyse, comme si la commande avait pincé tous ses nerfs.

Encadré par les portes du bureau, un jeune moine se tient droit. Un duvet épouse la courbure de son crâne. La brise soulève des pans de sa toge orange, révélant un physique vigoureux. À côté de lui, se tient une Noire au physique tassé dans une salopette, les yeux cachés par d'extravagantes lunettes de soleil. Un stéthoscope ballotte sur sa poitrine. À sa gauche, arrive un déguisé au visage scindé en deux couleurs, en pourpoint moyenâgeux, un de ces Arlequins rêveurs ! Derrière eux, un gourou à barbe blanche en tunique brodée, et une petite femme enveloppée dans une foule de châles colorés, complètent le tableau.

En trois pas fluides, le moine couvre la distance qui le sépare du directeur. Il retire l'arme des doigts de Kane, comme à un enfant. Du bout des doigts, il lance le pistolet dans le vide.

Cassandre en reste bouche bée. Debout côte à côte, Sardan et Shakti partagent une ressemblance qui lui aurait échappé autrement : le front haut, les yeux ombragés par d'épais sourcils, le menton, la courbure des lèvres…
— Shakti, c'est, c'est lui ton…, balbutie-t-elle.
La Taupe émet un *Hah!* amusé.
Revenu de sa stupeur, un des miliciens met en joue cet étrange arrivant. Cassandre agrippe le col de la veste pare-tout et frappe l'homme à la nuque, avec sa pierre. Elle n'a pas à frapper une seconde fois.
Antoine, lui, vient de faire tomber l'autre milicien comme un domino, pour l'empêcher de tuer sa nièce. Hélas, l'homme trapu démontre un redoutable entraînement au combat. Le néophyte dépense toute son énergie pour protéger ses zones vulnérables. Le grand Louis s'empresse de lui porter secours. Une grappe d'Arlequins déferlent sur les miliciens et les réduisent à l'impuissance.
Antoine, libéré, s'avance près de Cassandre qui a testé son agenda.
— Je peux faire un petit appel?

Kane ne sait pas ce qui est le pire : endurer cette invasion anarchique ou retrouver le fils en lequel il avait placé toutes ses espérances. Un cerveau génial, ramolli par des prières!
— Michaël, dis-moi que je rêve.

Le jeune homme en toge le regarde sans un mot avec, au fond des yeux, de la... pitié ? de la tristesse ? de la honte ? Il le méprise à ce point, c'est ça ?

— Je m'appelle Shakti, maintenant.

— Retourne à ton temple !

— Il a brûlé. Mon temple se trouve partout, désormais.

Kane lui tourne le dos. Il observe l'occupation bigarrée des parterres du Complexe. Des fourgonnettes de police y déversent leurs escouades anti-émeutes. Il a tout perdu. Le Complexe, sa carrière, le respect de ses pairs, le fruit de ses recherches, le prix Nobel... et sa liberté, puisqu'il vient de tuer un homme. Il pense à ses deux jeunes fils qui dorment encore, inconscients de ses actes... Il peut se sauver dans un autre pays, mais ce serait avaliser sa défaite, abdiquer ses responsabilités. Non. Il n'y a qu'une façon d'effacer ses erreurs.

Il enjambe le parapet. Un bras solide le ceinture et le tire en arrière.

— Se tuer constitue aussi une fuite.

En état de choc, Kane dévisage ce fils qui l'a si bien deviné.

— Il ne me reste plus rien ! Rien !

Michaël lui rend son regard, sans ciller.

— Il y a moi. Je serai toujours là pour toi, maintenant.

Dans la voix calme de son fils, quelque chose le touche. Comment peut-il être si paisible ? Dépassé par les événements, Kane porte machinalement la main à sa poche de gilet. Georgina n'est pas là. Il tombe aussitôt à quatre pattes.

CHAPITRE 46

Le maître de la Pyramide

Assise auprès de son ami, Lara l'appelle d'une voix douce. « Comme s'il pouvait l'entendre », pense Cassandre, accroupie près d'eux. La petite fille se concentre, pour chasser la cacophonie des mots autour d'elle.

Sur le chemin de leur mémoire commune, elle a déterré l'ancien nom de Stephan. Mais *Basil* tinte comme une cloche fêlée, tandis que *Stephan* chante clairement dans la tête de l'enfant, en parfaite résonance avec son grand ami. Elle appelle encore, ses lèvres remuant à peine.

> *Le noir et le silence l'enveloppent. Il se sent bien ici, niché au creux de l'oubli. Quelque part, ou nulle part, une vague de chaleur l'effleure, lumineuse, tous bruits éteints. Une voix résonne comme un cristal. Pourquoi l'a-t-on tiré de son lac de paix ? Qui l'appelle ? Le nom heurte la grille dorée qui enferme sa conscience. Des arabesques de métal y racontent une histoire, avec des personnages finement ciselés. En haut, il voit un enfant qui pleure dans des ruines. Plus bas, deux garçons se chamaillent dans l'eau. Il y a un loup hurlant dans une caverne. Une pyramide juchée sur une montagne… Debout derrière la grille, une petite fille aux longs cheveux l'appelle, le visage cerné par la souffrance. Qui lui a fait mal ? Il ne sait pas ce qui arrivera s'il se laisse rejoindre. Il craint de perdre la paix gagnée dans l'oubli. Mais il a toujours été curieux. Alors, il repousse la grille à deux mains.*

– Stephan !

Le nom déverse en lui un torrent de souvenirs qui reprennent aussitôt leur place. Les bons, les mauvais, les doux… Il ouvre les yeux sur le visage de Lara. Il tente d'étreindre l'enfant. Il parle, en un murmure rocailleux couvert par la rumeur de la foule.

– Lara… Personne… ne te fera de mal… jamais.

Blottie contre lui, Lara le sent vaciller. Il retombe contre Cassandre qui le soutenait.

– On ne peut pas rester ici, dit la Taupe qui s'est agenouillée près d'eux.

Des hélicoptères sillonnent le ciel. Les caméras vont transmettre le profil de l'orignal des manifs à des kilomètres… Antoine relève Stephan et s'apprête à fuir par le bureau, lorsqu'il remarque les pales d'un gyravion qui tournent au ralenti. L'appareil orné d'un L doré s'est posé sur le toit dans un silence que seules permettent les technologies avancées. Un homme en descend, puis saute sur la terrasse avec une grâce de fauve.

Arthur Lansdowne s'arrête à quelques pas d'eux. Un médaillon cuivré pend à son cou. L'habit orné d'une bande de soie bleue à la taille indique qu'il a été dérangé au milieu d'un gala de charité sur un autre fuseau horaire.

– Wow, murmure Cassandre malgré elle.

Antoine, lui aussi, retient un « wow ». Premièrement, leur distance sociale se voit. Les traitements et les soins esthétiques ont conservé au quinquagénaire une allure juvénile, tandis qu'Antoine, qui a quatre ans de moins, passerait pour son père un peu obèse. Deuxièmement, il n'y a aucun danger que la tête dirigeante de *Lansdowne Future* reconnaisse son frère aîné. Même si on pompait un coup de vieux dans le corps d'Arthur, jamais il ne ressemblerait à un poète maudit rongé par les travaux forcés, les nuits blanches et la maladie.

Ses trois gardes du corps l'ont rejoint. L'homme d'affaires mesure l'ampleur du désastre. Loin d'être un investissement rentable, le Complexe Orphée ne lui a rapporté que des maux de tête. Le directeur Sardan cherche quelque chose à genoux. Pathétique. L'implant de l'oligarque identifie tout ce beau monde en quelques secondes.

Le colosse barbu devant lui s'appelle Antoine Aurèle Comtois, 46 ans, activiste connu des milieux policiers à l'époque où il était surnommé l'orignal des manifs. Il s'est retiré dans une ferme biologique. Fille de l'activiste Alminthe Comtois et de père inconnu, la petite blonde aux ongles de métal a été la danseuse étoile de la troupe *Equinox*, basée à New York.

L'homme aux cheveux gris emmêlés, qui gît à leurs pieds, est Stephan Raphael Brunswick, un contractuel temporaire du Complexe. Juste avant, il travaillait pour l'agence qui entretenait les parterres de la Pyramide. Ancien guitariste rock, lourd dossier criminel. Il a purgé une peine au Tunnel entre 2023 et 2034, où il a contracté la *bitcheuse*.

La femme trapue aux lunettes en fonds de bouteille s'appelle Ange-Élisabeth Saint-Gilles, née à Port-au-Prince, diplômée de McGill, arrêtée deux fois pour pratique illégale de la médecine. Son adresse actuelle est inconnue. Le vieux hippie à barbe blanche, près de la porte, est Thomas

Ronald Boyce, diplômé en histoire et littérature de McGill. Son épouse, Annabel Nguyen, diplômée en littérature, a été arrêtée pour avoir abrité un serveur Internet illégal. Louis Boyce-Nguyen est leur fils adoptif. Le moine qui tend une souris blanche à Sardan est Michaël Dupuis, fils naturel de Kane Sardan et de Dana Dupuis, peintre décédée. Membre de la communauté bouddhiste de la Lumière, dispersée lors des émeutes religieuses.

Son regard tombe sur la petite fille qui se tient, protectrice, auprès de l'homme effondré. L'enfant du projet Ithuriel ! Aucune donnée ne s'affiche sur elle : le Filet reste muet.

La fillette le regarde avec une détermination farouche.

— Comment t'appelles-tu, petite ? demande Arthur.

— Lara, dit-elle. Stephan est mon ami. Ne lui faites pas de mal !

Arthur retient une réponse acerbe. Son *ami* s'est déjà fait tout le mal possible pour un parasite social de son espèce ! L'enfant est trop jeune pour comprendre les règles du jeu. Il se tourne vers l'ancien original des manifs.

— Monsieur Comtois, après tous les dégâts que vous et vous amis avez causés au Complexe, vous êtes mûrs pour une accusation d'entrave économique !

Le barbu se croise les bras.

— Pas si vite ! C'est moi qui vous ai averti de l'attentat !

Lansdowne ne se laisse pas impressionner.

— N'importe qui pourrait en dire autant. Vous n'êtes qu'un écolo pathétique !

– Un écolo qui connaît votre code d'accès au réseau familial Lansdowne, clame-t-il. Celui qui commence par Jamie9998…

La façade polie du PDG de *Lansdowne Future* glisse de son visage.

– C'était vous ? s'écrie-t-il.

– Non, dit Antoine, satisfait de l'émoi du grand Arthur. Ce n'est pas moi qui vous ai fait prévenir.

– Qui alors ?

L'envie de révéler à l'oligarque la présence de son frère *aîné* chatouille Antoine. Des tests d'ADN confirmeraient sans doute leur parenté. Puis, il songe aux actualités. Les attentats contre la station Davos et contre Arthur. Le père en train de mourir. La fortune qui serait léguée au plus vieux. Il imagine des attentats contre Stephan et Lara. Arthur accepterait-il de partager son héritage ? Antoine opte pour une demi-vérité.

– Un inconnu a appelé chez moi en pleine nuit, pour me donner ce code.

« … un inconnu qui a voulu protéger son p'tit frère, malgré tous les ennuis que cela pouvait lui rapporter », pense-t-il.

Indécis, Arthur reporte son attention sur le type étendu. Une icône d'information clignote dans son champ de vision, signal optique envoyé par son implant.

– Écoutez Téléquité, vos nouvelles sans déguisement ! interrompt une voix, venant du ciel.

Une femme est perchée dans un panier en bambou suspendu sous une immense enveloppe d'air chaud en forme de saucisse. Comme Arthur, interdit, tarde à réagir, ses gardes du corps pointent leurs pistolets mitrailleurs vers cette nouvelle menace. La femme en jeans et en blouse noire se contente de sourire. Douze lentilles de caméra brillent à sa ceinture et chacune pivote comme des yeux de caméléon.

— Ici Loulou Nagard, en direct depuis l'occupation du Complexe Orphée !

Arthur pourrait – moyennant des millions en frais judiciaires – ordonner à ses gardes d'abattre l'intruse, en plaidant la légitime défense. Cependant, une cinquantaine de montgolfières transparentes survolent le Complexe, toutes équipées d'une minicam de quelques grammes. Des dizaines d'autres montent de la foule, en dépit de l'intervention tardive de la police appelée en renfort. Il entend le grondement des hélicoptères de *Magna Media*…

« Oh, wow ! Loulou n'a pas changé d'un poil ! », pense Antoine, ébloui.

— Monsieur Lansdowne, dit la journaliste avec un aplomb remarquable, quelle est votre implication dans le projet Ithuriel ?

Arthur cligne des yeux. Habitué à réagir rapidement devant l'adversité, il incline la tête, plaquant une expression aimable sur ses traits.

— Madame Louise-Aimée Nagard, que diriez-vous de poursuivre cette discussion ailleurs ? Je vous promets l'exclusivité de l'entrevue.

* * *

Pendant le trajet en hélicoptère, Antoine s'est pressé contre Loulou, un peu pour oublier son vertige, beaucoup pour lui passer discrètement un document marqué d'une fleur… Maintenant, il est nerveux. Depuis une heure, Arthur s'entretient avec la journaliste, dans une salle hermétique. Loulou a pu tomber dans un piège, comme les héros des films qu'Antoine regardait, enfant. Pour tuer le temps, il admire le panorama. Du sommet de la Pyramide, il voit presque la ferme, au pied des Appalaches! Cassandre soulève un petit cadre d'une étagère : deux garçons s'éclaboussent dans l'eau.

Stephan a été étendu sur un divan. Le domestique de Lansdowne est venu deux fois s'enquérir de cet invité, tout en leur offrant des jus. L'enfant a offert un sourire lumineux qui a semblé toucher le vieil homme.

Enfin, Loulou réapparaît, suivie de l'oligarque. Elle a éteint ses caméras de ceinture.

– Je vous remercie de votre temps, que je devine précieux.

– J'espère que vous tiendrez votre part du marché.

– Oui, si le marché est équitable!

La journaliste repart, non sans avoir tapé au passage sur la bedaine d'Antoine.

– On se reverra tantôt, l'Orignal! Surveille le Filet, ce soir.

Arthur reste debout devant le quatuor.

– Monsieur Comtois, j'ai obtenu un accord avec le réseau Téléquité pour taire la portée réelle du Projet Ithuriel. Autrement, la panique s'emparerait du monde politique. Ne soyez pas naïf, cependant. On ne remettra pas le génie dans la bouteille. Des assistants du projet ont disparu dans la nature. Ils recommenceront ailleurs, mais pour le moment, ils ont intérêt à se faire discrets.

Il ne reste que vous. Si vous ameutez l'opinion publique…

— Oh, ça va, j'ai compris, marmonne Antoine.

— Maintenant, j'aimerais que vous m'en disiez davantage sur l'inconnu qui m'a fait prévenir. Jamie a dit que l'homme s'est présenté comme un ami de la famille. Vous devez posséder un enregistrement de la conversation.

— Je l'ai effacé.

L'oligarque croise les bras.

— J'ai été clément au sujet de votre entrée par effraction au Complexe, dit-il, mais je peux vous poursuivre en justice. Ou faire saisir votre ferme. Quant à cette enfant, sa place est dans un orphelinat…

— Vous n'enfermerez jamais Lara ! dit une voix rauque.

Stephan Brunswick s'est levé, soutenu par la jeune acrobate. La détermination reflétée dans ses yeux injectés de sang frappe Arthur. Il a croisé ce type au Complexe, lors de la fameuse séance.

— Il est… inutile de menacer Antoine et les autres. C'est moi qui vous ai averti.

— Comment un ancien bagnard peut-il espérer me convaincre d'être un ami de ma famille ?

D'un ton haché, Brunswick récite une suite de chiffres qu'Arthur reconnaît.

— Ce compte aux Barbades est fermé depuis longtemps ! Avec moi, seules trois personnes le connaissaient. Deux sont mortes : ma mère et mon frère Basil.

Le regard voilé de fatigue croise celui de Jamie, avant de se fixer sur Arthur.

— J'ai vos codes, parce que votre frère et moi avons été amants au Tunnel.

Choqué, Arthur Lansdowne consulte son implant : les dates de séjour dans les chantiers du grand pipeline concordent. Il gagerait sa pyramide que Sardan a tenté d'utiliser ce pauvre type pour le faire chanter !

— Je ne suis pas un ingrat, dit-il. Je ferai transférer à votre compte la somme que vous me demanderez, Monsieur Brunswick.

Assez près de Lansdowne pour le toucher, Stephan lève sa tête grise à la même hauteur que celle de l'oligarque.

— Je ne veux pas de votre sale argent, dit-il. Par contre, mes amis du réservoir...

— Vos doux écolos seront dédommagés. Vous ne voulez rien pour vous-même ? Vous êtes porteur du C-38 : je peux vous obtenir un traitement.

— Stephan veut surtout qu'on nous laisse en paix ! dit une voix claire.

L'enfant a glissé sa main dans celle de l'homme. Au milieu de son visage amaigri, ses yeux paraissent immenses. Lansdowne considère cette fillette étrange, porteuse de tant d'espoirs... qui aura peut-être la chance d'une vie normale, loin des intrigues qu'il connaît trop bien. Au fond, Lara est la clé d'un secret, dont on aurait perdu la serrure.

— C'est d'accord, dit-il. Mais toi, ma petite, tu n'as aucune existence légale. Même pas de nom...

— Je veux m'appeler Lara Brunswick !

Son ami vacille, comme frappé par un grand coup de vent. Arthur le retient spontanément, en agrippant les épaules maigres.

— Vous avez une bonne avocate.

— Vous ne savez pas à quel point, murmure Brunswick, les yeux embrumés.

Cassandre intervient.

– Monsieur Lansdowne, il y a autre chose...

– Hé, je ne suis pas le Père Noël!

– Ça ne devrait pas vous coûter cher. Ma mère devait être libérée le mois dernier. On l'attend toujours. J'aimerais que vous fassiez réviser son dossier.

– D'accord, jeune fille. Mes avocats vont s'en charger.

Cassandre prend la main libre de Lara. Soutenu par Antoine, Stephan s'apprête à sortir.

– Attendez, Brunswick! dit soudain Lansdowne. Mon frère...

– Ouais? grogne l'interpellé.

– C'est juste que... que... je me demandais... au Tunnel...

Le puissant financier a un air de petit garçon triste.

– Est-ce que Basil... vous a parlé de moi?

Le regard de l'ancien prisonnier traverse la fenêtre vers le nord, vers le tombeau où gît celui qui lui a sauvé la vie.

– Ouais, dit-il. Il m'a parlé de vous.

– Que disait-il?

– Que vous étiez un sale profiteur et un hypocrite!

Arthur exhale un « ah » traînant, blessé. Stephan se tourne à demi, un éclair d'amusement dans ses yeux délavés.

– Mais il vous aimait bien quand même.

Épilogue

Les News
qui comptent pour vous

■ **Le mardi 20 mai 2042** ■
Une publication de *Magna Media* inc.

L'invasion du Complexe Orphée par des casseurs provoque la démission de son directeur

Le Complexe Orphée a été le théâtre de la plus grosse manifestation de grogne populaire depuis l'ère des Choix difficiles. Des casseurs ont causé des millions de dommages et nui aux recherches. L'ancien orignal des manifs, Antoine Comtois, aurait même été aperçu sur les lieux, mais la police ne confirme aucune arrestation. Le directeur, Kane Sardan, a remis sa démission juste avant d'être arrêté pour meurtre sans préméditation.

Un chercheur controversé disparaît

Le révérend Jéroboam Black, qui menait des recherches neurologiques, a disparu pendant la nuit de l'invasion. Les manifestants affirment avoir découvert un Module « de conversion ».

recherches neurologiques, a disparu pendant la nuit de l'invasion. Les manifestants affirment avoir découvert un Module « de conversion ». Toutefois, un proche collaborateur du chercheur, William Morin, a affirmé à *Magna Media* que l'appareil testait simplement les limites de stress sur des animaux. Interrogé sur la disparition du révérend Black, le représentant du mouvement *GodWar* au Canada a cité une phrase aussi biblique que cryptique : « Tu es poussière et tu redeviendras poussière. »

Le *Tactical Operation Center* lié à l'incident du Complexe Orphée…

Lors de l'invasion, une dispute entre le directeur Kane Sardan et le chercheur Xavier Peacegiver se serait soldée par la mort de ce dernier. L'enquête préliminaire a démontré que l'assassiné tenait à la main une arme déchargée. Le Dr Peacegiver dirigeait un projet de traitement de la leucémie, soutenu par le *TOC*. Interrogé, le général Jude Lightning déclare qu'il s'agit « d'une perte irrémédiable pour la recherche ».

Le réservoir des « Harmonistes » sera reconstruit à neuf

Les médias de gauche ont été prompts à exiger la réouverture de l'enquête au sujet de l'incendie du réservoir occupé par des artistes, malgré les preuves de négligence dans la construction (cliquer pour l'article original). Prévoyant sa réélection, le maire de Montréal a affiché une sympathie tardive envers ces marginaux qui se définissent comme des « Harmonistes ».

Réseau Téléquité :
vos nouvelles
sans fard !

Le mardi 20 mai 2042

Lansdowne croit que le *DAG* conspirait pour détruire Davos

Une entrevue exclusive d'Arthur Lansdowne, par Loulou Nagard

Celui que ses adversaires surnomment le Midas de la Montagne affirme que l'attentat dirigé contre l'hôtel orbital Davos a été coordonné par des responsables du *Democratic Advancement Center*. Ils ont intérêt à jeter de l'huile sur le feu, depuis que Lansdowne a proposé de réduire la dette de l'Europe. Or, si elle avait eu lieu, la disparition simultanée de huit cents chefs d'État et gens d'affaires aurait provoqué une instabilité propice à la guerre civile. Pour sa part, l'honorable Oscar Saint-Onge, la tête pensante du *DAG*, a nié toute implication dans cette triste affaire.

L'occupation du Complexe Orphée met au jour une éthique douteuse

Le Complexe Orphée a été le théâtre de pratiques douteuses, découvertes par les occupants, tels que cette chambre de matrices artificielles (cliquer pour en savoir plus) et un dispositif de torture au sixième. Selon Thomas Boyce, l'occupation du Complexe visait à dénoncer les problèmes éthiques de la mainmise du privé sur la recherche.

Le mouvement *GodWar* impliqué dans le scandale du Complexe Orphée

Sous couvert de recherches neurologiques

cupation du Complexe visait à dénoncer les problèmes éthiques de la mainmise du privé sur la
recherche.

Le mouvement *GodWar* impliqué
dans le scandale du Complexe Orphée

Sous couvert de recherches neurologiques,
le mouvement *GodWar* testait un appareil de
conversion forcée. En dépit des accusations d'entrave économique lancées contre les journalistes,
des photos du Module de conversion ont fait le
tour du Filet.

L'activiste Alminthe Comtois bientôt libérée

Les amis du mouvement Terre-Unie seront
heureux d'apprendre que le dossier de l'activiste
a fait l'objet d'un réexamen. Mme Comtois aurait
été l'objet de charges de travail exagérées et subi
un traitement abusif. À la lumière de ces faits, un
juge de la Cour Économique spéciale a avancé la
date de sa libération du camp Nord.

Cassandre longe les quais encombrés de lys d'eau.
Arthur Lansdowne a tenu sa promesse : elle et son
oncle n'ont pas été inquiétés par les autorités.

Le fleuve reflète un ciel rouge qui promet une
chaude journée le lendemain. À cette distance, les
échafaudages qui entourent la coque du réservoir
ont l'air de fragiles pattes d'insecte. Une aide subs-
tantielle est venue de *Lansdowne Future*. Le vent
pousse vers elle un journal de patate à moitié désa-
grégé. Les chaînes de *Magna Media* ont enterré
l'affaire. Xavier mort et Cyn disparue, le projet
Ithuriel s'est évaporé dans les méandres bureau-
cratiques. Pas un mot sur Stephan ou sur Lara n'a
été prononcé par le réseau Téléquité. Seul Sardan

a été épinglé. Shakti, son fils retrouvé, demeurera auprès de lui pour la traversée des enfers qui l'attend.

En passant sous les échafaudages, Cassandre entend son oncle pester contre l'inertie des politiciens dans le dossier de l'abolition des camps de travail. Thomas l'écoute bramer avec un sourire d'habitué.

On a réaménagé des chambres au premier étage du réservoir. Cassandre va y habiter un certain temps « pour réfléchir à son avenir ». Taquin, son oncle estime que la proximité du beau Louis compte pour beaucoup dans son choix. Dans l'immédiat, sa participation aux récents événements et une entrevue sur Téléquité lui ont valu trois offres dans de modestes troupes de danse-théâtre. Toutefois, elle doit penser au long terme. En aidant à la reconstruction, elle s'est découvert un intérêt pour l'architecture.

Cassandre enjambe des caisses. Des livres se sont matérialisés, venant d'un peu partout, pour recréer la bibliothèque. Leurs pages sont de plastique autant que de papier, mais Thomas et Babel n'en sont pas moins émus. Les Harmonistes ne savent de quoi se réjouir le plus : de la reconstruction de leur domicile ou de la présence de la Taupe en surface. Le docteur Ange-Élisabeth Saint-Gilles rejette tout compromis avec le système, mais une association de citoyens s'est formée pour lui aménager un nouveau Terrier.

Stephan se repose dans un hamac, assommé par les doses massives d'antibiotiques que la Taupe lui a administrées, après avoir retiré les électrodes de ses tempes. Antoine a jugé bon de préserver l'anonymat de la fillette et de son chevalier servant. Sardan, le seul homme capable de leur nuire, semble respecter le pacte de silence conclu avec son fils.

La Taupe a réexaminé Lara et refermé le port d'injection. Nourrie normalement, l'enfant devrait rattraper son retard de croissance et jouir d'une longue vie.

— Son organisme purgera les drogues. Vous savez, les enfants sont résilients.

— Et Stephan ?

Elle se frotte les mains.

— J'ai fait tout ce que je pouvais. J'espère que ce sale rétrovirus ne choisira pas de se réveiller aujourd'hui.

— Oh non, vous croyez que... s'inquiète Antoine.

La Taupe soupire et plisse ses yeux fatigués.

— Le C-38 peut rester dormant pendant des années. Stephan devrait se rétablir physiquement. Mentalement... je ne sais pas. D'après ce que vous m'avez raconté, il lui faut un endroit plus calme que cette ruche !

Antoine acquiesce. Le martèlement incessant des constructeurs n'est guère propice au rétablissement d'un convalescent. Un endroit paisible, loin de l'agitation urbaine...

— Ça peut se faire, dit-il en se grattant la barbe.

Même s'il doit se battre contre Maxime, Zéphyr et le reste des fondateurs. Peu importe son identité réelle ou combien de temps il lui reste à vivre, Stephan ne sera plus jamais séparé de Lara. Antoine s'en fait le serment.

Cassandre entre, un livre sous le bras, pour s'entretenir avec Ange-Élisabeth. Ses gestes mesurés et sa voix posée témoignent de la subtile alchimie qui continue de la transformer.

Lara s'est assise près du hamac. Ses yeux noirs ne quittent pas le visage de son grand ami. Elle passe sa main sur le bandage lui couvrant le front et murmure tout bas, comme si elle craignait de le réveiller.

— Tu n'auras plus mal, Stephan. On va aller chez Antoine. Il ne l'a pas dit, mais je le sais. Il y aura plein d'arbres. Et tu me montreras à lire, hein ?

La fillette n'est pas consciente de la présence de Taupe, de Cassandre et d'Antoine.

— Je crois que Stephan a un bon remède pas loin, chuchote Antoine à sa nièce.

Les deux adultes s'éloignent, laissant Lara veiller sur celui qu'elle a choisi comme père.

Glossaire

Acid Brains : Enfants de la génération « A1 » qui ont abandonné tout espoir, et se détruisent avec des drogues dures.

Agendas : Unités com avec micro-ordinateur et lecteur de code-barres, de la taille d'un cellulaire. Servent à la communication et à la consommation, et sont reliées au Filet.

Arlequins : Successeurs des Indignés de Wall Street, jeunes révoltés sans domicile fixe, aux habits flamboyants. Souvent arrêtés à vue.

Bitcheuse : Variété C-38, une mutation du virus du sida qui affecte les capacités cognitives.

Boulot-tempo : Emploi temporaire sur appel, chichement payé, géré par des agences spécialisées.

Choix difficiles (ère des −) : Plan d'austérité budgétaire et de privatisations tous azimuts implanté au Canada par Oscar Saint-Onge, au début des années 2020.

Code-barres : Numéro tatoué sur la nuque des prisonniers du Tunnel et des camps de travail gérés par les prisons privées. Surnommé « la marque de Caïn ».

Complexe Orphée : Centre de recherches privé dirigé par Kane Sardan, loue ses équipements et labos aux universités et aux compagnies.

Democratic Advancement Group (DAG) : *Think tank* spécialisé en propagande et conditionnement des foules.

Emerald City : Communauté fermée installée dans Westmount.

Equinox : Troupe de danse acrobatique de Cassandre.

Ferme : Ferme biologique et auberge située à New Mexico, en Estrie ; gérée par un groupe de propriétaires.

Filet : Évolution du réseau Internet, ayant englobé la télévision et la radio. Comme Dieu, il est partout, voit tout et entend tout (ou presque).

Fonds *Preachers* : Important fonds de placement lié au mouvement *GodWar*.

GodWar (mouvement –) : Fanatiques chrétiens intolérants. Bien financés, ils veulent « implanter » le royaume des cieux sur la terre.

Harmonistes : Surnom donné par Cassandre à Thomas et ses amis, qui essaient de mener une vie indépendante dans un ancien réservoir.

Ithuriel : Ange légendaire cité dans un poème de Milton, possédant une lance céleste qui révélait toute fausseté. Ithuriel est un projet ambitieux mené en secret.

Lansdowne Future : Société regroupant les entreprises d'Arthur Lansdowne, en énergie, communications et recherches spatiales.

Magna Media : Monopole de médias commerciaux, contrôle 180 médias électroniques et papier, dont *Télé-Crasse*.

     Le projet Ithuriel

MégaMart : Super épicerie-entrepôt, contrôle presque tout le secteur alimentaire. En lutte contre les derniers Couche-tard.

Module de conversion : Instrument de conditionnement psychologique en train d'être testé.

NQA (*No Questions Asked*) : Milice privée populaire. Utilisée au Complexe Orphée.

Pacte Boréal : Alliance de la Russie, de pays d'Europe et d'Amérique du Nord, pour gérer l'exploitation des gisements de l'Arctique et la construction de la banquise artificielle.

Pandémies : Avec le réchauffement, des animaux remontés des zones tropicales transportent, des superbactéries résistantes aux antibiotiques, qui ont causé des épidémies.

Phoenix **(consortium)** : Association d'industriels pour construire la banquise artificielle.

Pointe (secteur de la −) : Les terrains des anciennes raffineries de pétrole dans l'Est de Montréal.

Prisons privées : Système carcéral à but lucratif, loue ses prisonniers pour des travaux forcés.

Pyramide : Centre d'affaires luxueux construit au sommet du Mont-Royal par Arthur Lansdowne.

Téléquité : Réseau de nouvelles indépendant, entretenu par des journalistes ou anciens journalistes, tous bénévoles.

Terrier : Hôpital clandestin qui soigne les pauvres, tenu par la Taupe. Toléré par la municipalité et la police.

TOC *(Tactical Operation Center)* : Groupe chargé
    de protéger les intérêts de l'Amérique du Nord.
    Mène une lutte antiterroriste. Le *TOC* finance le
    projet Ithuriel.

Tunnel : super pipeline enfoui, combinant un oléo-
    duc, un gazoduc et trois conduites, partant du
    Labrador vers la Côte Nord. Les prisons privées
    louent leurs détenus à ce projet. Taux de morta-
    lité (officiellement des accidents) gardé secret.

Vampyrs : Jeunes ayant par dépit renoncé à vivre le
    jour. Génération éduquée uniquement par les
    divertissements du Filet.

Vermouille : Champignon infectant les érables.

Yacht People (allusion aux *Boat People*) : Jeunes
    immigrants de l'Inde et de Chine, instruits et très
    compétitifs qui occupent les meilleurs emplois.

Remerciements

L'inspiration derrière un roman d'anticipation puise à un grand nombre de sources. Un auteur observe les forces en action dans la société et imagine leur évolution future. Ainsi, j'ai mis en scène les effets des « choix difficiles » prônés par des tenants de la croissance économique à tout prix. Ce monde marqué par les excès de pouvoir et les problèmes écologiques sert de toile de fond à la quête de sens des personnages. Le conflit cité au début reflète un amalgame d'événements qui se sont produits au Proche et au Moyen-Orient. Il va de soi que tous les personnages et les noms de compagnies de ce récit sont inventés.

L'histoire de Lara a connu un bon nombre d'avatars. Mes parents, Jacques et Thérèse Laframboise, m'ont encouragée lors des premiers balbutiements de l'intrigue. Mes premiers lecteurs ont été : Patrick Ouellet, Pascale Paradis, Nicolas Pitre (qui en a transféré une première version sur disquette) et Gilles Gagnon (entre-temps devenu mon époux). Micheline Lafrance, puis Natasha Beaulieu en ont lu et commenté des versions intermédiaires. Michel Toulouse a créé l'échiquier monochrome décrit au chapitre 10. L'évolution rapide du savoir et les nouvelles technologies m'ont motivée à retricoter les mailles de l'intrigue.

Beaucoup de personnes m'ont donné leurs suggestions et leurs encouragements, tant au plan littéraire que scientifique : qu'elles trouvent ici l'expression de ma reconnaissance. S'il reste des erreurs, ce sont uniquement les miennes.

À propos de l'auteure

Michèle Laframboise est une savante folle devenue auteure de science-fiction. À la plume ou au pinceau, elle concocte des intrigues captivantes se déroulant dans des mondes empreints de mystère.

Puisant dans sa formation scientifique, elle a publié une vingtaine de romans et d'albums de BD ainsi que de nombreuses nouvelles, récoltant plusieurs distinctions et prix littéraires. Sa dernière série jeunesse, *La quête de Chaaas*, suit les aventures d'un adolescent dans une civilisation de super-jardiniers.

Michèle vit en Ontario où elle partage son temps entre le dessin, l'écriture et sa famille. Elle anime aussi des ateliers sur la *Crème glacée littéraire*, où elle marie littérature et caricatures pour redonner confiance aux jeunes.

Table des matières

DE LA MÊME AUTEURE

Roman

Le labyrinthe de Luurdu, Montréal, Médiaspaul, 2012.

Mica, fille de Transyl, Gatineau, Vents d'Ouest, coll. «Nébuleuse», 2012.

La spirale de Lar Jubal, Montréal, Médiaspaul, 2011.

L'axe de Koudriss, Montréal, Médiaspaul, Montréal, 2009.

Le potager d'Ysandre et autres récits, Ottawa, CFORP, 2008.

Les vents de Tammerlan, Montréal, Médiaspaul, 2008. Prix Aurora 2009, catégorie meilleur roman en français.

La quête de Chaaas, Montréal, Médiaspaul, 2007.

Le dragon de l'Alliance, Montréal, Médiaspaul, 2005.

Les mémoires de l'Arc, Montréal, Médiaspaul, 2004. Prix Aurora 2005, catégorie meilleur roman en français.

Le stratège de Léda, Montréal, Médiaspaul, 2003.

Piège pour le Jules-Verne, Montréal, Médiaspaul, 2002.

Ithuriel, roman, Paris, Naturellement, 2001.

Les nuages de Phoenix, Montréal, Médiaspaul, 2001. Prix Cécile Gagnon 2001 de la relève en littérature jeunesse.

Albums de bandes dessinées

La Plume Japonaise, Ottawa, Vermillon, 2010.

Le Jardin du général, Montréal, Fichtre, 2009.

Ruego, Ontario, Mississauga, 2007. Tirage de collection numéroté.

Séances de signatures, Montréal, Fichtre, coll. «Tchiize», 2006.

Duk-Prah, der Job Jäger, Montréal, Zone convective, 1998.

Duk-Prah, the Job Hunter, Montréal, Zone convective, 1997.

Duk-Prah, chasseur d'emplois, Montréal, Zone convective, 1997.

Pianissimo !, Montréal, Zone convective, 1997.

Technologie salvatrice II, Montréal, Zone convective, 1996.

Technologie salvatrice !, Montréal, Phylactère, 1991.

Les aventures écologiques du CREM, Montréal, Autoédition, 1987.

FORAND, Claude. *Ainsi parle le Saigneur* (polar), 2007.

FORAND, Claude. *On fait quoi avec le cadavre ?* (nouvelles), 2009.

FORAND, Claude. *Un moine trop bavard* (polar), 2011.

LAFRAMBOISE, Michèle. *Le projet Ithuriel*, 2012.

LAROCQUE, Jean-Claude et Denis SAUVÉ. *Étienne Brûlé. Le fils de Champlain* (Tome 1), 2010.

LAROCQUE, Jean-Claude et Denis SAUVÉ. *Étienne Brûlé. Le fils des Hurons* (Tome 2), 2010.

LAROCQUE, Jean-Claude et Denis SAUVÉ. *Étienne Brûlé. Le fils sacrifié* (Tome 3), 2011.

MARCHILDON, Daniel. *La première guerre de Toronto*, 2010.

ROYER, Louise. *iPod et minijupe au 18e siècle*, 2011.

ROYER, Louise. *Culotte et redingote au 21e siècle*, 2012.

VOLDENG, Évelyne. *Haïkus de mes cinq saisons*, 2011. Réédition.

Couverture : photomontage
(Shutterstock® images / Timy, Diversepixel).
Photographie de l'auteure : Gilles Gagnon
Maquette et mise en pages : Anne-Marie Berthiaume
Révision : Frèdelin Leroux